서유기

이원호 기업소설

서유기 ②

승자와 패자

황금물고기

차례

1장
새옹지마

다음 날 오전 10시 반, 서동수는 말끔한 모습으로 시청 앞 플라자호텔의 커피숍에 앉아 있다. 아침에 호텔에서 사우나까지 하고 나왔기 때문이다. 지저분해진 기분을 바꾸려는 의도였는데 효과는 있는 것 같다. 온몸이 개운했기 때문이다. 그때 커피숍으로 오정미가 들어섰으므로 서동수의 몸에 긴장감과 함께 에너지가 축적되었다. 오정미는 정보회사 과장으로 박서현의 뒷조사를 맡겼다. 더욱이 산뜻한 용모의 30대다. 가볍게 목례를 한 오정미가 앞쪽에 앉더니 지그시 서동수를 보았다. 탐색하는 것 같은 시선이다.

"추석 잘 지내셨어요?"

그렇게 오정미가 물었으므로 서동수는 쓴웃음을 지었다. 오정미가 어젯밤 일을 알고 물은 것처럼 들렸기 때문이다.

"예, 덕분에."

건성으로 대답한 서동수가 시선을 주었더니 오정미는 들고 온 서류봉투에서 서류를 꺼내며 말했다.

“어제도 박서현 씨는 김경호 씨를 만났습니다.”

오정미가 탁자 위로 사진을 꺼내 놓았는데 얼핏 봐도 박서현의 모습이 보였다.

“박서현 씨 집 근처 모텔입니다.”

이제는 오정미가 외면하고 말했다. 서동수는 사진을 집어 한 장씩 보았다. 사진 묶음은 제법 두꺼웠는데 남자의 얼굴도 선명하게 드러났다. 박서현과 둘이 모텔로 들어가고 나오는 장면이다. 박서현은 당당했다. 모텔에서 나올 때도 턱을 치켜들고 있다. 조금 뒤에서 나오는 남자 놈은 키도 서동수보다 작은 데다 왜소했다. 코도 작다. 그때 오정미의 목소리가 울렸다.

“오후 9시 반에 박서현 씨 부모 집 앞에서 만나 곧장 모텔로 갔다가 11시에 나왔습니다.”

“…….”

“모텔 앞에서 바로 헤어지더군요.”

“…….”

“그런데요.”

머리를 든 서동수의 눈을 똑바로 바라보면서 오정미가 입술 끝을 찌푸리며 웃었다.

“마리오란 남자, 본명은 김경호인데요, 전과 3범입니다. 사기, 공갈협박 혐의로 교도소에서 4년 살았습니다.”

서동수의 어깨가 저절로 늘어졌고 오정미는 말을 잇는다.

"타고 다니는 차도 대포차고, 지금은 신촌의 오피스텔이 주거지로 되어 있는데 어젯밤 제가 아는 사람한테 부탁해서 불심검문을 했더니 진면목이 드러났습니다."

"……."

"박서현 씨하고는 깊은 관계가 된 지 얼마 되지 않은 것 같습니다. 저한테 의뢰하신 날부터 사흘 동안에 두 번이나 모텔에 가는 걸 보면 그렇습니다."

"……."

"덕분에 조사가 쉬웠어요. 박서현 씨 부모님 댁에 찾아가 보니까 마리오, 즉 김경호가 집 앞에 주차시킨 차에서 기다리고 있었거든요."

"……."

"그날도 김경호의 대포차를 타고 나가서 근처의 모텔로 들어가더군요."

그것을 사진으로 찍었다. 박서현이 김경호의 팔을 끼고 당당하게 모텔로 들어간다. 한낮이다. 그 동안 딸 미현은 할머니하고 집에 있었을까? 머리를 든 서동수가 오정미를 보았다.

"난 이 여자가 하루에 열 놈하고 그 짓을 해도 관심이 없습니다. 그런데……."

"딸 때문이죠?"

불쑥 물은 오정미가 다시 입술 끝으로 웃는다.

"이미 양육권은 주셨지만 협의를 하실 수 있어요. 그리고 이 여자도 남자하고 놀고 싶어서 딸이 귀찮을지 모르니까요."

오정미도 박서현을 '이 여자' 라고 했다.

"나다."

하고 송화구에 대고 말했으나 박서현은 이미 발신자 번호를 읽고 알고 있을 터였다. 그래서 가만있었지만 서동수는 받아준 것만으로도 고마워서 서둘러 말을 이었다.

"나, 집 앞에 와 있는데 잠깐 미혜를 데리고 나와."

그러고는 덧붙였다.

"선물을 줘야겠어."

서동수의 시선이 하나는 손에 들고 하나는 내려놓은 두 박스의 선물 상자로 내려갔다. 박스는 이리저리 옮겨 다니느라고 찢어진 데다 손잡이는 달랑거렸다. 그때 박서현이 말했다.

"미혜는 자."

오후 1시 반이다. 추석 다음날이어서 거리는 아직도 한산하다. 이곳은 남현동의 주택가. 지금 서동수는 박서현의 부모가 사는 2층 저택 길 건너편에 서 있다. 오정미의 사진으로 보면 어제 마리오 김경호의 대포차가 주차했던 위치다. 심호흡을 하고 난 서동수가 말했다.

"깨워서 데리고 와."

"그건 안 되겠어."

차분한 목소리로 박서현이 말했을 때 서동수가 다시 숨을 깊게 들이켰다가 천천히 뱉었다. 눈앞이 흐려진 것은 머리에 열이 올랐기 때문이다.

"너, 이혼조건에 미혜를 만날 수 있도록 해준다고 했어. 안 그래?"

서동수가 한마디씩 말한 것은 목소리가 높아지는 것을 막으려는 의도다. 그러나 결국 말끝이 떨렸다. 그러자 박서현이 쏟아 붓듯 말했다.

"중국에서 가뭄에 콩 나듯 와서 아빠 흉내 내려고 들지 마! 아이한테 안 좋아. 차라리 잊고 사는 게 낫다구! 그리고 이제 미혜는 잊어가는 중이니까 괜히 풍파 일으키지 말란 말이야!"

서동수는 눈만 크게 떴고 박서현의 말이 이어졌다.

"이제 미혜도 아빠 찾지 않는단 말야! 알았어? 지금 서울에 있다지만 중국에 가면 또 잊을 것 아냐? 언제부터 딸한테 관심을 가졌다고 그래? 같이 살 적엔 일주일에 한 번 얼굴 볼까 말까 하던 주제에."

"야, 이 씨발년아."

마침내 서동수의 입에서 욕이 나갔다. 얼마든지 박서현의 말에 말로 맞받아줄 수도, 그리고 논리적으로 이길 수도 있다고 생각했지만 상황이 안 좋다. 자신은 지금 길가에서 쫓겨난 방문판매원처럼 상품 박스를 쥐고 내려놓고 있는 상황이다. 어디 이럴 수가 있단 말이냐?

"이, 개 같은 년아. 네가 사람이냐?"

했을 때 통화가 끊겼다. 예상하고 있던 터라 길게 숨을 뱉은 서동수가 핸드폰을 귀에서 떼었다. 그러고는 선물박스를 내려다보았다. 잠시 후에 서동수는 저택의 대문 앞에 서서 벨을 누른다.

"누구요?"

하고 전(前) 장인 박병만이 물었지만 CCTV 화면으로 이미 보았을 터였다. 서동수가 렌즈를 향해 웃어 보였다.

"안녕하십니까? 미혜를 만나려고 왔습니다."

"이 사람아."

하고 박병만이 말했을 때 곧 전(前) 장모 최영주의 목소리가 울렸다.

"아니, 그런다고 갑자기 이렇게 오면 어떻게? 지금은 남남인데……."

"서현이한테 이야기했습니다. 미혜만 보고 가겠습니다."

정색한 서동수가 말했더니 잠깐 정적이 흐른 후 철거덩 소리와 함께 철문이 열렸다. 그 순간 서동수는 눈이 뜨거워지면서 저절로 어금니가 물어졌다. 그것은 각각 미혜와 박서현에 대한 몸의 표현이다.

"아빠아!"

현관문을 열고 들어선 순간이다. 서동수는 그야말로 벽력 같은 외침을 들었다. 모든 소음을 압도한 외침, 서동수는 달려오는 미혜를 보았다. 주위에 박병만, 최영주, 뒤쪽으로 박서현까지 시선을 주고 있었지만 서동수의 눈에는 미혜만 보였다.

"미혜야."

서동수는 제 목소리가 떨리는 것을 듣는다. 달려온 미혜가 안기도록 팔을 벌린 채 기다린 시간은 2초쯤 되었지만 행복했다. 미혜를 중심으로 빛이 퍼져 나가는 것 같다. 이윽고 미혜가 서동수의 품에 안겼다. 가볍고 조그만 몸, 웃음 띤 얼굴.

"아빠아."

다시 미혜가 불렀을 때 서동수는 대답 대신 힘껏 껴안는다. 그 순간 눈에서 눈물이 쏟아져 내렸지만 놔 두었다. 그 꼴을 둘러선 셋이 다 보고 있을 것이었다.

"미혜야."

미혜의 뺨에 볼을 비비고 난 서동수가 이제는 한쪽 손잡이가 떼어진 선물 박스와 바닥이 찢어지기 시작한 박스를 미혜 앞에 놓았다. 그러고는 풀기 시작했다. 그렇다, 주위에서 내려다보는 세 쌍의 시선에 슬슬 경멸감이 떠오르기 시작할 것이었다. 하지만 할 수 없다.

"와아!"

중국산 판다 인형, 바비인형 세트, 전자 게임기, 공주 저택 등이 박스에서 쏟아져 나오자 미혜가 손뼉을 쳤다. 응접실 바닥이 장난감 전시장이 되었고 박서현은 서동수를 쳐다보지도 않았다. 그때서야 몸을 일으킨 서동수가 두 전(前) 장인 장모를 향해 허리를 굽혀 인사를 했다.

"예의상 절을 드려야겠지만 탐탁지 않게 생각하실 것 같아서요."

그러고는 탁자 옆에 비행기 안에서 산 490달러짜리 양주를 놓았다.

"이것도 예의상 가져왔습니다만 술은 죄가 없으니 버리지는 말아 주십시오."

"말은 잘해."

하고 최영주가 툭 쏘았고 박병만이 눈으로 소파를 가리켰다.

"앉게."

"감사합니다."

그러나 박서현은 옆쪽에 팔짱을 끼고 서서 미혜를 내려다보고만 있다. 표정이 마음대로 안 되는 미혜를 한 대 때려주고 싶은 것 같다.

"아빠, 이거 어떻게 하는 거야."

하고 미혜가 오픈카에 탄 바비인형을 들고 왔으므로 어색한 분위기가 다시 수습되었다. 서동수가 작동법을 알려주자 미혜는 밝은 표정으로 돌아갔다. 그때 박병만이 묻는다.

"언제 중국에 가는가?"

"예, 사흘쯤 더 있을 겁니다."

바로 대답한 서동수의 시선이 박서현을 스치고 지나갔다. 박서현은 이제 외면한 채 서 있다. 일부러 어색한 분위기를 조성해서 빨리 서동수를 내쫓으려는 의도다. 어깨를 편 서동수가 박병만을 보았다. 박병만은 대기업 임원으로 정년퇴직을 한 후에 지금은 낚시와 해외여행으로 세월을 보낸다. 올해 65세였는데 정정해서 50대 후반으로 보인다. 서동수가 듣기로는 정년퇴직 전까지 여자관계로 수없이 최영주의 속을 끓여온 인물이다. 그래서 최영주는 서동수와의 이혼을 주장한 편이었고 박병만은 말리는 쪽이었다. 그때 서동수가 헛기침을 하고 나서 박병만에게 말했다.

"어르신, 드릴 말씀이 있습니다."

"뭔가?"

아직 두 여자는 마실 것도 내놓지 않았다. 서동수가 똑바로 박병만을 보았다.

"미혜 엄마에 대한 일입니다."

이야기는 이렇게 시작되었다.

"미혜 엄마가 만나는 남자가 있습니다." 그 순간 둘은 얼떨떨한 표정을 지었지만 박서현의 얼굴은 대번에 누렇게 굳어졌다.

"제가 추석 전날에 여기 집 앞에 왔다가 그 남자하고 나가는 걸 보았습니다." 그렇게 꾸몄다. 오정미를 시켰다고 하면 지랄부터 할 터였다. 그러자 물론 박서현이 먼저 대들었다.

"뭐라구?"

했지만 사실인데 어쩌겠는가? 두 부모의 얼굴이 제각기 굳어졌다. 최영주는 또 불륜과 맞닥뜨린 표정이고 박병만은 '그것 봐' 하는 얼굴이 되었다. 그때 다시 서동수가 말을 이었다.

"추석날인 어제도 여기 왔었습니다. 그런데 이번에는 가까운 모텔에 가더군요. 예, 저기, 사거리 왼쪽 슈퍼 옆에 행복모텔이 있지 않습니까?

그곳에…….”

“야, 이 자식아! 네가 뭔데!”

그때 박서현이 고함을 쳤고 이번에 가장 먼저 반응한 것이 미혜였다. 판다 인형 위에 바비 공구를 올려놓던 미혜가 눈을 크게 뜨고 소리쳤다.

“엄마! 왜 그래!”

그러자 박서현이 부풀렸던 어깨를 내리면서 목소리를 낮춘다.

“네가 무슨 자격으로!”

“하긴 그래. 자네가 무슨…….”

했지만 박서현을 스쳐 가는 최영주의 시선이 차갑게 느껴졌다. 그때 서동수가 탁자 위에 서류봉투를 놓으며 말했다.

“전 미혜 엄마가 좋은 남자 만나기를 바라고 있습니다. 그래야 미혜도 안정된 분위기에서 자랄 수 있을 테니까요. 좋은 남자만 만나면 얼마든지 축하해줄 수가 있습니다.”

“허튼소리 말고 나가!”

박서현이 말했을 때 미혜가 다시 머리를 들었다. 이제 장난감 식탁을 차리려는 참이다. 서동수가 서류봉투에서 서류를 꺼내 박병만 앞에 놓았다.

“제가 그 남자 신원을 조사했더니 전과 3범에 사기, 공갈범으로 4년 동안 교도소에서 복역한 인간입니다. 여자한테 사기치고 간통 후에 협박한 전과가 있지요.”

“누가 그래? 이 자식아!”

하고 달려든 박서현이 서류를 움켜쥐려고 했지만 먼저 박병만이 잡았다. 눈을 치켜뜬 최영주가 박서현을 밀치면서 박병만 옆에 앉는다. 그로부터 30분쯤이 지난 후에 응접실 안 분위기는 가라앉았다. 그 동안 박병만은 여러 번 고함을 질렀고 최영주는 서류를 보면서 몸서리를 쳤으며 당사자인 박서현은 울고불고 했다. 셋이 그러는 사이에 서동수는 미혜와 함께 현관 밖으로 나와 놀았다. 탁자 위 서류에는 마리오에 대한 자료가 다 있다. 오정미가 사진까지 붙여진 전과기록, 주민증 카피, 법원 판결문까지 복사해왔기 때문이다. 타고 다니는 자동차 사진에다 그 번호판이 대포차라는 경찰 확인서도 있다. 그것을 박병만이 꼼꼼히 확인하면서 박서현과 대질시킨 것이다. 이제 미혜는 제 방에서 게임에 몰두하고 있다. 모두 중국산 제품이지만 다양하고 고급스럽다. 그때 서동수가 말했다.

"미혜 엄마를 위해서도 그렇고 미혜를 위해서 제가 이 인간을 떼어 내겠습니다. 괜찮겠습니까?"

"아, 그럼."

뱉듯이 말한 박병만이 외면한 채 말을 이었다.

"수고스럽지만 부탁하네."

"맡겨주십시오."

앞쪽에 앉은 전(前) 장인, 장모에게 머리를 숙여 보인 서동수가 시선을 내린 채 말했다.

"이런 말씀 드리기 어색합니다만 미혜 엄마를 너무 꾸짖지 말아 주십시오. 다 저 때문에 일어난 일입니다."

"그래서 어떻게 하실 건데요?"

다 듣고 난 오정미가 그렇게 물었는데 표정이 묘했다. 꼭 남의 초상집에 들어와서 상주 노릇하는 인간을 보는 것 같다. 그 시선을 받은 서동수가 헛기침을 하고 나서 말했다. 물론 외면한 채다.

"그야 마음 같아서는 때려죽이거나 가위로 그놈 자지를 잘라내고 싶지만 어디, 더 좋은 방법이 없겠습니까?"

"나 참."

피식 웃고 난 오정미가 정색했다.

"그런 해결사를 좀 알아요."

"발이 넓으실 줄 알았습니다."

"왜요?"

"아니…… 그냥."

그때서야 머리를 든 서동수가 오정미를 보았다.

"어떻게 하는 것이 좋겠습니까?"

"본색이 탄로났다고 말해주면 대개 놀라 떨어지는데요."

"그렇게 안 되면요?"

"그러니까 그걸 말할 때 좀 겁을 줄 필요가 있지요."

"어디 사냥총이라도 좀 빌려서……."

"직접 하시게요?"

"참 해결사를 아신다고 했죠?"

그러자 오정미가 눈을 가늘게 뜨고 지그시 서동수를 보았다.

"마음이 편치 않으시죠?"

소공동의 지하 커피숍 안이다. 오후 8시경이었는데 오늘 오정미를 아침저녁으로 두 번이나 만나는 셈이다. 서동수는 다시 외면한 채 대답하지 않았다. 뻔한 것을 물었기 때문이다. 이혼을 했다지만 자식까지 데리고 있는 전처가 그런 놈하고 놀아나는 꼴을 알게 되었으니 속이 편할 리가 있겠는가? 오정미가 말했다.

"우리 회사에서 전문으로 이용하는 해결사들이 있어요. 아마 깜짝 놀라서 두 번 다시 나타나지 않을 겁니다."

"경비는?"

"간단한 일이니까 두 사람 고용해서 200이면 충분할 것 같아요."

머리를 끄덕인 서동수가 가슴 주머니에서 두툼한 봉투를 꺼내 오정미 앞에 놓았다.

"500입니다. 나머지는 오정미 씨 수고비로 드립니다."

"아뇨, 전."

놀란 듯 손까지 들었던 오정미가 서동수의 표정을 보더니 슬쩍 웃었다.

"받아야겠네요."

"받으셔야죠."

그러자 오정미가 봉투를 집어 가방에 넣더니 손목시계를 보았다.

"말 나온 김에 바로 처리해야겠어요. 저, 지금 가서 일 시켜야겠어요."

"아, 그러시려구요?"

자리에서 일어선 오정미가 서동수를 내려다 보았다.

"두 시간이면 일 끝날 것 같아요."

서동수의 시선을 받은 오정미가 다시 웃었다. 불빛에 반사된 눈동자가 반짝였다.

"오늘밤 숙소는 어디시죠?"

그 순간 서동수가 자리에서 엉거주춤 일어섰다. 이제 둘은 탁자를 사이에 두고 마주보았다. 오정미의 입이 다시 열렸다.

"일 끝내고 찾아가도 돼요?"

서동수는 오정미의 말끝이 떨리는 것을 들었다. 그러나 시선은 떼어지지 않는다.

"그럼요."

갈라진 목소리로 말한 서동수가 헛기침을 했다.

"그런데 오정미 씨 남편이 고용한 정보회사 사람이 또 우리를 미행할 수도 있지 않을까요?"

"추석에 가족 있는 여자가 이렇게 일하고 다니겠어요?"

눈을 흘긴 오정미의 모습이 요염했으므로 서동수의 머리에 열이 올랐다.

새옹지마(塞翁之馬)란 곧 세상만사가 예측할 수 없이 변하므로 인생에 일희일비할 필요가 없다는 뜻으로 쓰인다. 따라서 긍정적이고 낙관적인 인간은 액운이 닥쳐도 이것으로 액땜을 했다고 치부하며 버틴다. 서동수가 그런 유형이긴 한데 오정미의 등장은 전혀 예측 밖이었다. 굳이 표현하자면 서씨지마(徐氏之馬)는 도망간 말 대신에 더 괜찮은 말 한 마리가 들어온 셈이 되었다. 서동수가 거부할 이유가 없다. 밤 12시 반, 침대에 누워 있던 서동수가 고대하던 벨소리를 듣는다. 벌떡 일어선 서동수가 서둘러 문을 열었더니 오정미의 모습이 드러났다. 서동수와 시선이 마주치자 오정미가 피식 웃는다. 자연스러운 웃음이어서 서동수의 긴장감이 풀어졌다.

"잘 끝냈어요."

방으로 들어서며 오정미가 말했다.

"각서까지 받아내었어요."

뒤로 다가간 서동수가 허리를 끌어안았지만 오정미는 안긴 채로 말을 잇는다.

"자백하고 맹세하는 동영상까지 찍어 가져왔는데 보실래요?"

"아니, 나중에."

오정미를 당겨 안았더니 이미 단단해진 물건이 파고들었다.

"아휴, 이 아저씨, 급하긴."

그러면서 오정미가 엉덩이를 물건에 대고 비볐다.

"바람 많이 피운 대포 같네."

"오래 굶어서 그래."

"나, 좀 씻고."

몸을 비튼 오정미가 서동수의 팔을 풀면서 말했다.

"빨리 씻고 나올 테니까 침대에서 기다려, 응?"

서동수는 오정미의 얼굴이 상기되어 있는 것을 보았다.

"이러고, 기다리지."

서동수가 가운을 벗어던지자 알몸이 드러났다. 이미 잔뜩 성이 난 물건이 오정미를 향해 건들거리고 있다.

"아휴."

대포를 노려보는 오정미의 두 눈이 번들거리고 있다.

"나도 많이 굶었단 말이야."

다가온 오정미가 두 손으로 대포를 감싸 쥐며 말했다. 오정미의 손이 조금 찼으므로 놀란 대포가 꿈틀거렸다.

"아휴, 나 못 참겠어."

대포를 힘주어 쥐었던 오정미가 털썩 무릎을 꿇더니 입 안에 넣었다.

"으음."

이것도 예상 밖이다. 신음을 뱉은 서동수가 오정미의 머리칼을 두 손으로 움켜쥐었다. 쾌락이 발끝에서 머리끝까지 펴져 나갔다. 혈관을 타고 전류가 흐르는 것 같다. 오정미의 혀는 마치 뜨거운 뱀이 꿈틀거리는 거 같다. 그때 뱀이 떨어져 나갔다. 그러더니 오정미가 몸을 일으키며 말했다.

"지금 할 테야."

오정미가 윗도리를 벗을 때 서동수는 스커트를 벗겼다. 오정미가 브래지어를 풀어 던지기 전에 이미 서동수는 팬티를 끌어내렸다. 이제 둘은 알몸이 되었다. 잠깐 방 복판에 선 서동수가 오정미의 알몸을 본다. 오정미가 입을 벌렸다가 서동수의 시선을 받더니 다물었다. 감상하라는 표시였다. 오정미의 젖가슴은 풍만했다. 그런데 땅콩만 한 젖꼭지는 이미 단단하게 세워졌다. 부드러운 허리의 곡선, 그리고 도톰한 아랫배와 그 밑쪽의 검은 숲, 숲 복판에 벌려진 선홍빛 골짜기 안에 검은 동굴의 표면이 드러났다.

서동수는 입 안에 고여 있던 침을 삼켰다. 눈에 열이 나서 뜨거웠고 시선이 동굴 위쪽에 솟아난 콩알만 한 꼭지에 닿았을 때 더 이상 참지 못했다.

서동수는 오정미의 몸을 번쩍 안아 들었다. 무릎 밑과 등에 팔을 받쳤더니 가뿐하게 올라갔다. 오정미가 두 팔로 서동수의 목을 감아 안는다. 얼굴이 상기되었고 물기가 밴 눈이 번들거리고 있다. 침대로 가는 네 걸음 동안 오정미가 뜬 목소리로 말한다.

"내가 이렇게 될 줄 알았어."

서동수가 오정미를 침대 위에 던지듯이 내려놓고는 침대 옆에 무릎을 꿇고 앉았다. 그러자 오정미의 알몸이 바로 가로로 눈앞에 펼쳐졌다. 머리만 숙이면 오정미의 젖가슴을, 아랫배를, 그리고 골짜기를 입술로 애무할 수가 있게 된 것이다.

"뭐 해? 올라와."

오정미가 말했을 때 서동수의 입술이 젖꼭지를 물었다. 그 순간 입을 딱 벌렸던 오정미가 눈을 감는다. 방안은 아늑하다. 이제 서동수는 모든 것을 잊었다. 눈앞에 펼쳐진 오정미의 눈부신 알몸은 신의 축복이었다. 젖꼭지가 떨어져 나갈 것처럼 탱글거렸고 오정미의 온몸이 꿈틀거리고 있다. 무릎을 세웠다가 비틀더니 다리를 주욱 뻗었는데 발가락 끝이 활처럼 아래쪽으로 굽혀졌다. 서동수의 입술이 젖가슴에서 아랫배로 내려오자 오정미의 신음이 더 높아졌다.

"자기야, 자기야."

오정미가 서동수의 머리칼을 움켜쥐었다가 풀면서 허리를 들었다가 내린다.

"난 됐으니까, 이젠 응? 응?"

그러나 서동수의 입술은 끈질기다. 한손은 젖가슴에, 다른 쪽 손은 발목과 발등을 애무하면서 입이 골짜기로 내려갔다. 원시인이 보면 짐승을 꼼짝 못하게 장악하고 뜯어먹는 줄 알 것이다.

"아, 아."

입술이 골짜기를 건드린 순간 오정미의 신음이 높아졌다. 다음 순간 오정미가 두 다리를 벌려 서동수의 머리를 감싸 조였다. 이제 서동수의 머리는 골짜기에 갇혔다. 세상은 뜨겁다. 쾌락의 신음은 인간이 뱉는 가장 달콤한 음악이다. 이제 서동수는 한 생명 무궁한 생명으로 통하는 성스러운 동굴에 얼굴을 처박고 있다. 뜨거운 생명수는 인간이 내뿜는 영약 같다. 갈증 난 사람처럼 서동수는 생명수를 들이켰고 온몸을 비틀면서 오정미는 천상(天上)의 노래를 부른다. 얼마나 시간이 지났는지 모른다. 서동수는 머릿속이 하얗게 변하는 느낌을 받는다. 동시에 숨도 막혔는데 오정미가 두 다리로 머리를 비틀어 조였기 때문이다. K-1에서도 이렇게 무지막지하고 제대로 걸린 자세가 보기 드물 정도다. 그 상태에서 오정미가 절정에 올랐기 때문이다. 날카로운 비명이 방안을 메웠고 서동수는 질식사 직전에야 오정미의 주짓수에서 풀려나왔다. 보라, 서동수의 얼굴은 알로에로 범벅이 되었다. 신음 끝에 앓는 소리를 뱉어내던 오정미가 이제 사지를 펴고 늘어졌다. 가쁜 숨결로 아랫배가 거칠게 움직였다. 다리 사이는 젖었지만 감추려는 의식도 없다. 그때 서동수가 침대 위로 올라가 오정미의 몸 위로 오른다. 눈을 감고 있던 오정미가 앓는 소리와 함께 겨우 팔을 들어 서동수의 목을 감았다.

"자기야, 사랑해."

그 순간 서동수는 목이 메었으므로 숨을 들이켰다. 눈이 뜨거워졌고 이어서 가슴이 미어졌다. 그래서 대답 대신 오정미의 다리를 벌리고는 거칠게 몸을 합쳤다.

"아."

턱을 치켜든 오정미가 커다란 신음을 뱉더니 두 다리로 서동수의 하반신을 감싸 안았다.

"자기 참 불쌍해."

다시 오정미가 헛소리처럼 말했을 때 서동수는 힘차게 허리를 움직이면서 눈물을 쏟았다.

다음날 오전 11시경, 서동수는 다시 남현동의 박서현 본가에 와 있다. 이제는 김경호 일 때문에 박서현은 물론이고 부모도 문전축객을 할 수 없는 처지다. 철모르는 미혜가 뛰며 반겼으므로 서동수는 무릎 위에 올려놓고 이야기를 했다. 응접실의 소파에는 박병만 부부와 박서현까지 다 모였다. 부부는 서동수 앞에 앉았지만 박서현은 대각선 위치에서 서동수의 옆모습을 응시하고 있다. 서동수가 김경호한테서 받아온 서류 카피를 탁자 위에 놓았다.

"각서 받았습니다. 밑에 자백서도 있습니다."

놀란 두 부부가 같이 손을 뻗었다가 제각기 각서와 자백서를 나눠 들더니 서로 읽고 나서 바꿔 보기까지는 5분도 안 걸렸다. 그 동안 미혜는 답답한 지 제 장난감한테 갔고 박서현은 몸을 굳힌 채 눈동자만 굴리고 있다. 둘이 머리를 들었을 때 서동수가 말했다.

"갖고 계시지요."

둘은 입을 다문 채 호흡만 가누었다. 자백서에는 박서현에게 금품을 요구할 예정이었다고 써 있는 것이다. 곧 정사 장면을 찍을 계획이었다고도 자백했다. 지난번에도 그런 필름으로 협박해서 돈을 뜯어내고 가정을 파탄시켰던 것이다.

"어, 어떻게 이런 걸 받았나?"

박병만이 겨우 그렇게 묻자 서동수가 외면한 채 대답했다.

"양아치는 더 독한 양아치가 처리할 수 있습니다. 그렇게만 알고 계시지요."

"그렇겠지."

머리를 끄덕인 박병만의 시선이 박서현을 스치고 지나갔다.

"고맙네."

이번에는 박병만이 외면하고 말했다.

"내가 부끄럽구만."

"아닙니다."

머리를 저은 서동수가 허리를 펴고 셋을 둘러보며 말했다.

"저는 미혜 엄마가 잘되기를 진심으로 바랄 뿐입니다. 정말 좋은 남자를 만나서……."

"그만해."

하고 박서현이 말을 잘랐지만 목소리가 낮았고 날카롭지가 않다. 그때 최영주가 말했다.

"썩을 넌 지가 뭘 잘했다고 나서? 잠자코나 있지."

놀란 서동수가 머리를 들었으나 아무도 시선을 마주치지 않는다. 그때 서동수가 가슴 주머니를 부시럭거리더니 봉투 두 개를 꺼내 탁자 위에 놓았다. 저절로 세 쌍의 시선이 봉투에 모여졌을 때 서동수가 말했다.

"일 년에 두어 번 한국에 올 것 같습니다. 그때만이라도 제가 미혜를 만나게 해주시고 이렇게 인사라도 하게 해주시면 고맙겠습니다."

"그건 좋아. 만나야지. 그런데."

하면서 박병만이 턱으로 봉투를 가리켰다.

"저건 뭔가?"

"인사드리려고 진즉 가져왔는데 이번 일 때문에 기회를 놓쳤습니다."

"돈인가?"

"예, 미혜 엄마하고 나눠 쓰시라고 500씩 1,000 가져왔습니다."

"우린 돈 필요 없어. 가져가."

"미현이 봐 주시는데 그냥 올 수 없었습니다."

그러고는 서동수가 자리에서 일어섰다. 경멸할지도 모르지만 할 수 없다. 특히 내 본색을 아는 박서현한테는 씨가 먹히지 않는 수작이겠지만 없는 것보다는 낫다. 이것이 나다.

"아빠아."

서동수가 일어나는 바람에 미혜가 소리치며 달려왔다. 그래서 서동수의 가슴이 또 울컥했다.

한번 정나미가 떨어지면 다시 붙기가 어려운 것이 남녀 관계다. 따라서 고수(高手)는 이쪽이 아등바등할수록 상대가 더 진저리를 친다는 사실을 알고 행동한다. 물론 어려운 일이다. 이걸 참을 능력이 있다면 관계가 나빠질 리가 있겠느냐는 말이 나올 정도다. 서동수에게 가장 바람직한 환경은 사랑하는 딸 미혜의 엄마인 박서현과 함께 살면서 제멋대로 노는 것이었다. 그것이 모든 남자의 이상향이라고 믿고 있다. 박서현으로부터 이혼 요구를 받았을 때 아차, 했지만 이미 물은 엎질러졌다는 사실을 깨달았다. 그러고는 순순히 헤어져 주는 것이 최선이라고 판단했던 것이다. 남녀 관계의 이치를 알고 있었기 때문이다. 자, 그리고 지금, 남현동 전(前) 처갓집 대문 앞에서 서동수가 전처 박서현과 마주 보고 서 있다. 따라나온 미혜를 서동수가 안아 들었기 때문에 셋이 마주보는 셈이다. 정원 건너편 본채에서 박병만은 안 그러겠지만 최영주가 내다보고 있을 것이다. 박서현은 줄곧 외면한 채여서 시선이 마주치지는 않았다. 그때 서동수가 말했다.

"미혜를 재워놓고 나이트 같은데 다녀. 요즘은 그런데 괜찮은 놈 많아."

박서현의 시선이 퍼뜩 올라갔지만 서동수의 가슴께에 머물렀다. 미혜를 안은 서동수가 말을 잇는다.

"한 놈 여러 번 만나지 말고. 피차 안 좋으니까 말야."

"아빠, 누구 만나는데?"

하고 미혜가 물었으므로 서동수가 대답했다.

"응, 사진 찍는 아저씨."

"무슨 사진?"

"침대 사진."

그때 박서현의 시선이 올라왔고 둘은 마주 보았다. 박서현의 얼굴에 희미한 웃음이 떠올랐다가 지워지면서 입이 열렸다.

"고마워."

"뭘."

"조금도 질투 같은 건 없지?"

"할 수 없지 뭐."

"내가 더럽지?"

"천만에."

머리까지 저은 서동수가 미혜를 다시 추어올려 안았다. 미혜가 부담을 덜어주려는 듯 서동수의 목을 두 팔로 껴안았다. 서동수가 박서현을 똑바로 응시하며 말했다.

"난 지금이라도 널 핥아 먹을 수 있어."

"더러운 놈."

"이젠 전처럼 오빠라고 해라."

서동수는 박서현의 눈에 적의가 사라지고 있는 것을 느낀다. 물기까지 배어 있는 것이다. 그때 다시 미혜가 물었다.

"엄마가 아빠한테 오빠라고 해?"

"그럼."

박서현을 응시한 채 서동수가 말을 잇는다.

"옛날에 그랬어."

"소름이 끼쳐, 지금도."

박서현이 초점이 먼 시선으로 서동수를 바라보며 말했다.

"그래서 어젯밤에 카페 폐쇄했어."

"나이트로 바꾸라니까."

"시끄러."

두 손을 벌려 미혜를 받아 안은 박서현이 눈을 흘겼다. 그 순간 서동수의 목구멍이 좁혀지면서 눈에서 열이 났다. 미혜를 안은 박서현이 말을 잇는다.

"미안해, 미혜한테도."

"진짜야, 너도 즐길 권리가 있어."

그러자 박서현이 미혜에게 말했다.

"미혜야, 아빠한테 안녕히 다녀오세요 하고 인사해."

그 순간 이번에는 가슴이 미어졌으므로 서동수는 숨을 들이켰다.

"아빠, 안녕히 다녀오세요."

미혜의 목소리가 먼 곳에서 울리는 것 같다.

인천공항에는 오정미가 배웅 나와 있었으니 이번 추석 귀경사업은 성공적이었다고 볼 수 있겠다. 5번 게이트 안에서 기다리던 오정미가 서동수를 보더니 환하게 웃는다. 밝다. 오후 3시 반 공항 건물이 다 환해지는 것 같다.

"일 잘 끝냈어?"

다가선 오정미가 묻는다. 서동수를 향한 시선이 뜨겁다. 뜨거운 밤을 보낸 연인의 눈빛은 대번에 표시가 난다. 깊고 은밀한 비밀을 공유하고 있다는 의식, 쾌락에 대한 기대, 자지러졌을 때의 연상 등등이 섞여져 있는 터라 본인만 모를 뿐이다. 아니 자신을 돌아볼 정신이 없는지도 모르겠다. 지금 오정미가 그런 셈이다. 서동수가 손바닥으로 오정미의 볼을 살짝 쓸었다. 보톡스를 맞았거나 비싼 크림을 덕지덕지 칠한 여자라면 질색을 했겠지만 오정미는 서동수의 손바닥을 잡아 제 볼에 붙여 누른다. 영화의 한 장면 같다.

"나와줘서 고맙다."

"오늘은 쉬는 날이라 할 일도 없어."

오정미가 맑은 눈으로 서동수를 보았다.

"서울 오면 연락할 거지?"

"그럼."

"내가 중국 가면 마중 나와 줄 거야?"

"당연히."

서동수가 지그시 오정미를 보았다. 오정미는 32세, 이른바 돌싱녀다. 결혼 1년 만에 이혼하고 돌싱녀가 된 지 3년, 혼자 사는 것이 좋다고 했다. 3년 동안 사랑했던 남자하고 결혼했는데 갈라선 이유는 성격차이라고만 했다. 서동수가 오정미의 손을 쥔 채 발을 떼었다.

"잘 지내, 내가 자주 연락할 테니까."

"헤어지더라도 몇 번 더 만나고 싶어."

서동수의 손을 힘주어 쥐면서 오정미가 말을 이었다.

"상처가 남더라도 자기를 내 가슴에 심어놓고 싶다는 뜻이야."

"알았어, 그럼 네가 중국에 와, 비행기로 한 시간 거리니까."

오정미의 시선을 받은 서동수가 눈에 힘을 주었다. 눈으로 말할 수도 있다. 바로 이런 경우다. 서동수가 발을 떼면서 오정미를 응시하며 눈으로 말한다.

"널 안고 싶어. 아주 세게."

"나두 그래. 나, 지금 달아올랐어."

그렇게 오정미가 맞받는다. 아마 뜻있는 사람이 그들을 보았다면 둘의 머리 위쪽에서 둥근 원이 빛나고 있을지도 모른다. 그리고 그날 오후 6시경이 되었을 때 서동수가 칭다오의 아파트로 들어섰다.

"아저씨."

반가운 나머지 조은희의 딸 백미현이 한국어로 소리쳐 맞는다. 서동수는 벨을 누르지 않고 열쇠로 문을 연 것이다. 오늘 온다고 했기 때문에 비행기 시간을 아는 둘은 기다리고 있었을 것이다.

"이제 오세요?"

조은희가 다가오며 인사를 했는데 원피스 차림에 얼굴에 화장까지 했다. 서동수의 시선을 받는 순간 눈빛으로 말한다.

"난 언제나 가다리고 있어요."

서동수가 면세점에서 산 화장품 박스를 조은희에게, 백미현에게는 한국산 시계를 건네주었다. 기뻐서 눈이 동그래진 백미현이 제 방으로 들어갔고 서동수의 방으로는 조은희가 따라 들어왔다. 조은희도 딸하고 고향인 옌지에 다녀온 것이다. 서동수의 뒤에서 저고리를 벗기면서 조은희가 말했다.

"선생님 덕분에 잘 다녀왔습니다."

서동수가 추석 보너스로 5,000위안을 준 사례를 하는 것이다. 저고리를 받아든 조은희가 이제는 바지 벗기를 기다리며 서있다. 서동수는 소리 죽여 긴 숨을 뱉는다. 이것은 만족한 한숨이다.

다음 날 회사에 출근한 서동수는 예상했던 대로 이인섭이 회사를 그만둔 것을 알았다. 이인섭이 화란을 통해 사직서를 보내온 것이다. 사직하는 방법도 여러 가지가 있지만 이인섭은 하급(下級)의 방법을 택했다. 상급(上級) 방법은 본인이 직접 사직의 원인을 제공한 당사자에게 사직서를 내는 것이 될 것이다. 그래야 본인도 당당하고 상대도 뒤가 개운하다. 그리고 그날, 화란이 비정기 인사에서 대리로 승진해 총무과 2인자가 되었다. 인사는 사내 게시판과 사고(社告)로 컴퓨터에서 발표되었기 때문에 못 본 직원들이 많아서 조용했다. 오전 10시, 승진 인사를 하려고 책상 앞으로 다가와 선 화란에게 서동수가 물었다.

"이 대리한테 업무 인계인수 절차를 밟지 않아도 문제없겠지?"

"예, 대충 설명을 들었어요."

화란의 얼굴은 상기되었다. 시선이 마주치자 화란은 머리를 숙였다.

"진급, 감사합니다."

"권한과 책임이 같이 따르는 거야."

"열심히 하겠습니다."

"특히 후원사업에 신경을 써야 돼."

"그건 제가 원했던 일이니만치 최선을 다하겠습니다."

머리를 끄덕인 서동수의 표정이 부드러워졌다.

"생산부에 있다는 네 후배를 불러."

"예, 보스."

화란의 얼굴이 환해졌다. 그 모습이 눈부셨으므로 서동수는 외면했다. 그로부터 30분쯤이 지난 후에 서동수는 회의실에서 화란의 후배인 소천(素川)과 마주 앉아 있다. 소천은 긴 머리를 뒤로 묶어 올려서 목이 드러났는데 날씬한 체격의 미인이다. 쌍꺼풀 없는 맑은 눈이 반짝였고 도톰한 입술은 꾹 닫혀 있다. 이미 화란으로부터 내막을 들은 터라 온몸을 던지듯이 열중한 자세다. 소천은 생산부에서 자재관리를 맡고 있었는데 입사경력 2년, 화란의 대학 2년 후배가 된다. 서동수가 소천에게 물었다. 물론 영어다.

"중국에 진출한 한국 기업에 대한 네 생각을 듣자."

그러자 소천이 기다리고 있었던 것처럼 대답했다.

"배울 점도 있지만 버릴 점도 있습니다."

유창한 영어다. 머리를 끄덕인 서동수가 다시 묻는다.

"배울 점, 버릴 점을 한 가지씩만 말해 봐."

"배울 점은 기업 경영이고, 버릴 점은 금전만능 사상입니다."

또박또박 말한 소천이 똑바로 시선을 주었으므로 서동수는 숨을 들이켰다. 소천은 직선적인 성품 같다. 서동수가 표정을 바꾸지 않고 물었다.

"그 예를 하나만 들 수 있나?"

"야근을 시켜도 수당만 많이 주면 된다고 생각하는 것 같습니다."
"그렇군."
설명이 부족했기보다 문화의 차이다. 아직 중국은 그것이 당연하다는 인식이 박혀 있지 않다. 인간적 관계가 우선이다. 서동수가 다시 물었다.
"회사에서 너한테 그렇게 일을 자꾸 시키면 어떻게 할 건가?"
"하지요."
거침없이 대답한 소천의 얼굴에 희미하게 웃음이 떠올랐다가 지워졌다.
"열심히 일하면서 회사 분위기를 바꿔 나가겠습니다. 제가 승진을 하면 그만큼 영향력도 늘어날 테니까요."
서동수는 슬그머니 어금니를 물었다. 이건 화란보다 더 물건인 것 같다. 양자강 뒷물이 앞물을 친다고 했던가? 하지만 네가 흡수될 것인지 이쪽이 바뀔 것인지 어디 두고 볼까? 서동수가 소천을 향해 빙그레 웃었다. 매력 있는 놈이다.

후원회 사업은 급속도로 진행이 되었는데 화란이 기안한 벽지 학교시설 보수, 자재 기증안이 채택되었다. 그 벽지가 화란의 할아버지 고향인 산둥(山東)성 서쪽 오지 마을이다. 현지답사 명목으로 화란이 할아버지 장옹(張翁)을 모시고 고향에 다녀왔는데 현 정부의 환영을 받았다. 그러고 나서 실무 협상차 서동수가 화란과 함께 지난(濟南)에서 버스로 다섯 시간을 달려야 닿는 양천마을로 출장을 떠난다. 지난까지는 비행기로 가지만 1박 2일은 어림없는 일정이어서 2박 3일 출장이다. 칭다오 공항에서 지난행 비행기 좌석에 나란히 앉았을 때 서동수가 불쑥 물었다.
"나하고 네가 2박 3일로 갔다 오면 의심하는 인간들이 있을까?"

"있겠죠."

앞을 향한 채로 화란이 금방 대답했다.

"하지만 상관없어요."

"상관없다니?"

왼쪽 볼에 서동수의 시선을 받은 화란의 얼굴에 희미한 웃음이 떠올랐다.

"개의치 않겠다는 말이죠."

"그렇군."

"그것이 걸리세요?"

이제는 화란이 서동수를 보았고 둘의 시선이 마주쳤다.

"걸린다."

해놓고 서동수가 심호흡을 했다.

"별일 없을 건데 그런 소문이 나면 좀 억울한 면이 있지 않겠어?"

"그럼 별일을 만드시든지."

시선을 준 채로 화란이 말을 잇는다.

"보스는 생각이 너무 많아요."

"네가 내 입장이 되어 봐."

"되어 봤습니다."

"같이 잔 사이에 제대로 명령이 먹힐 것 같나?"

"회사에서는 상하 관계가 분명해야죠."

"그럴 수 있어?"

"할 수 있을 것 같아요."

"그럼 됐다."

"뭐가요?"

"오늘밤부터 같이 자자."

"안 되겠는데요."

의자에 등을 붙인 화란이 이를 드러내고 소리 없이 웃었다.

"내가 내키지 않아서요."

"그것 봐."

서동수도 의자에 등을 붙이고는 길게 숨을 뱉었다.

"자기도 전에 이러니 잔 후에는 아주 올라타겠군."

"올라타요?"

"네 멋대로 한다는 말이다. 섹스 이야기한 건 아냐."

비행기가 활주로에 섰으므로 서동수는 눈을 감았다. 비행기가 이륙할 때 서동수는 500을 세는 버릇이 있다. 비행기 사고는 이륙할 때의 5분 동안에 일어날 확률이 가장 많다는 것이다. 비행기는 대충 60쯤 세었을 때 올라간다. 눈을 감은 서동수가 50쯤 세었을 때 화란이 몸을 붙이더니 낮게 말했다.

"보스, 기회 놓치면 안 돼요."

서동수가 눈을 떴다. 그러나 어느새 화란은 앞을 향한 채 시치미를 뗀다.

"무슨 말야?"

참지 못한 서동수가 묻자 화란이 머리를 돌려 시선을 주었다. 여전히 시치미를 뚝 뗀 얼굴로 화란이 말했다.

"너무 미루면 긴장이 풀려서 오히려 역효과가 나요. 이해하시겠어요?"

"내키지 않는다면서 무슨 말야?"

"자신감을 가져요. 보스, 핑계를 만들어 대지 말고요."

화란의 시선을 받은 채 서동수가 소리 죽여 숨을 뱉었다. 맞다. 자신감이다. 조금 더 뻔뻔해져야 된다. 그래야 이긴다.

중국 경제는 급속 성장을 하는 중이었지만 아직 벽지까지 문명의 혜택이 골고루 미치지 못했다. 산골짜기에 위치한 양천마을은 30여 호의 민가에 주민수 100여 명, 산비탈을 깎아 만든 논밭을 경작하고 산다. 부업으로 닭과 돼지, 염소를 기를 뿐 그 흔한 특산물도 없는 빈촌(貧村)이다. 마을 위쪽의 산 중턱에 교실 세 개짜리 초등학교가 세워져 있는데 문짝도 없고 창문에는 판자를 붙여서 대낮에도 어둡다. 이것이 주위 20리 안에 하나밖에 없는 양천초등학교였다. 다음 주의 후원회 조인식에는 본사의 사장이 참석할 예정이었으므로 현 관계자들과 함께 현장까지 답사하고 현청 소재지로 돌아왔을 때는 오후 6시쯤이었다. 그리고 현령이 주최한 만찬을 마친 것이 오후 10시 반, 60도짜리 백주(白酒)를 20잔쯤 마신 서동수는 호텔 방에 들어서자마자 옷도 벗지 않고 쓰러졌다. 그러고 나서 서동수가 눈을 뜬 것은 몸이 흔들렸기 때문이다. 옷이 벗겨지느라고 팔다리가 들렸다가 내려지고 있다. 바로 화란이 벗기고 있는 것이다.

"뭘 하는 거야?"

벗겨지는 바지춤을 잡으면서 서동수가 묻자 화란이 눈을 흘겼다.

"옷 벗기고 있잖아요."

"왜?"

하면서 벽시계를 보았더니 오전 2시 반이다.

네 시간쯤 잔 터라 술은 거의 깼지만 머리가 빠개지는 것 같다. 화란이 두 손을 허리에 짚고 섰는데 가운 차림이다. 화란의 방은 바로 옆방인 것이다.

"혹시 죽었나 보려고 왔어요."

"살았으니까 네 방으로 돌아가."

"싫어요."

그러더니 화란이 침대 위로 올라와 시트 속으로 파고들었다. 시트를 목 밑까지 당긴 화란이 말했다.

"씻고 양치질하고 들어와요. 보스."

침대 끝에 선 서동수가 입을 반쯤 벌리고는 화란을 내려다보았다.

"이봐, 보스라는 말은 빼라, 낯 뜨겁다."

"그럼 허니라고 해요?"

"너, 정말 장난칠 거야?"

서동수가 눈을 치켜뜨자 화란이 시트 밑에서 꿈틀거리더니 곧 팔 하나가 나왔다. 손에 쥔 것은 바로 은색 가운이다. 가운을 벗은 것이다. 화란이 가운을 내던지면서 말했다.

"보스, 나 다 벗었어요."

화란의 두 눈이 똑바로 서동수를 응시하고 있다. 얼굴은 조금 붉어졌고 이젠 굳어진 표정이다.

"날 알몸으로 쫓아내든지 말든지 해요."

"이, 빌어먹을."

이것은 한국말이었지만 화란은 분위기로 말뜻을 알아차린 것 같다. 화란이 그 얼굴로 말했다.

"마지막 기회예요. 보스."

화란의 시선을 받은 채 서동수는 심호흡을 했다. 그러고는 몸을 돌려 욕실로 다가갔다. 서동수가 욕실에서 나왔을 때는 20분쯤 후였다. 화란이 시킨 대로 양치질까지 했고 알몸에 가운만 걸친 것이다. 그러나 침대를 본 서동수의 얼굴에 쓴웃음이 번졌다. 침대가 비어 있었기 때문이다. 시트는 젖혀진 상태였고 서동수의 벗겨진 옷은 옷장에 단정히 걸려 있다.

한동안 시트와 방안을 둘러본 채 서 있던 서동수가 발을 뗐다. 먼저 테이블 위에 놓인 방 열쇠를 집어들고 방을 나왔다. 그러고는 화란 방문 앞으로 다가가 벨을 누른다. 누르고 나서 5분쯤 기다렸을 때다. 방문이 열렸다. 서동수의 시선을 받은 화란이 외면하더니 잠자코 비켜섰다. 화란은 다시 가운 차림이다. 그러나 슬리퍼를 신지 않아서 흰 발과 가지런한 발가락이 드러났다.

그렇다. 저녁 만찬에서 백주(白酒)를 연거푸 마신 것은 의도적이었다. 취해 떨어져 버리려는 작전, 즉 오늘밤을 그냥 넘기겠다는 의도였다. 권하는 독주(毒酒)를 사양하지 않고 마실 때 화란의 시선이 자꾸 느껴졌던 것이다.

"내가 당신의 의돌 알아."

하는 것 같은 눈빛이었다. 방 안으로 들어선 서동수가 곧장 화란의 침대로 다가갔다. 그때 뒤에서 문 잠그는 소리가 들리더니 화란이 묻는다.

"불 끌까요?"

"놔 둬."

반사적으로 서동수의 입에서 대답이 나왔다. 침대 앞에 선 서동수가 다가오는 화란을 보았다. 가운 자락이 흔들리면서 무릎 밑의 맨다리가 쭉쭉 드러나고 있다. 서동수의 시선을 받은 화란이 웃었는데 굳어진 얼굴이 일그러졌다.

"뭘 봐요?"

"마침내,"

다가선 화란의 어깨에 두 손을 얹은 서동수가 지그시 시선을 주었다.

"너하고 이렇게 되는군."

"당연한 거죠."

말을 받은 화란의 두 손이 서동수의 허리를 감아 안는다. 그 순간 하체가 부딪치면서 서동수의 단단해진 남성이 화란의 몸에 닿았다.

"그렇군."

서동수가 머리를 숙이자 화란은 눈을 감는다. 자연스럽다. 화장기 없는 화란의 민얼굴이 눈앞에 펼쳐졌다. 눈을 감은 얼굴이다. 입술은 1센티쯤 열려 있었는데 물기를 머금어서 번들거리고 있다. 서동수의 입술이 부딪치자 화란은 기다렸다는 듯이 입을 열었다. 입술을 빨던 서동수의 입안에 화란의 말랑한 혀가 뜨거운 뱀처럼 꿈틀거리며 파고들었다. 서동수는 갈증 난 사람처럼 화란의 혀를 빨았다. 이제 화란이 두 팔로 서동수의 목을 감싸 안았다. 그러고는 몸부림을 치듯이 하반신을 비벼대고 있다. 그때 서동수는 화란의 가운을 어깨에서부터 벗겼다. 그 순간 서동수의 가슴이 더욱 세차게 뛴다. 화란은 가운 밑에 아무것도 걸치지 않았기 때문이다. 느슨하게 맨 허리끈이 저절로 풀어지면서 가운이 발 밑으로 떨어졌고 화란은 이제 알몸이 되었다. 서동수는 입술을 떼고 화란을 침대 위로 밀어 넘어뜨렸다.

알몸을 펼치며 침대 위에 누운 화란이 서동수를 올려다보았다. 보라, 붉어진 얼굴과 반짝이는 두 눈, 반쯤 열린 입에서는 가쁜 숨소리가 울려

나오고 있다.

두 팔을 벌려 시트를 움켜쥔 터라 상반신이 다 드러났다. 밥공기를 엎어놓은 것 같은 젖가슴, 홀쭉해진 배와 그 아래쪽의 검은 숲, 골짜기 두 개의 안쪽은 선홍빛으로 반들거리고 있다. 서동수의 시선을 받은 화란이 두 다리를 조금 더 벌렸다. 그러자 미끈한 하반신이 더 크게 눈앞에 펼쳐졌다. 이제는 골짜기의 아래쪽도 보인다. 숨을 들이켠 서동수가 가운을 벗어 떨어뜨렸다. 그러자 서동수의 알몸도 드러났다. 그때 누워 있던 화란의 눈빛이 강해졌다. 화란의 시선이 닿은 곳은 서동수의 남성이다. 서동수는 화란의 붉은 혀가 아랫입술을, 윗입술을 핥는 것을 보았다. 그때 화란이 서동수의 남성을 응시한 채 말했다.

"보스, 나, 키스하게 해줘요."

목소리에 습기가 다 달아나서 다른 사람 같다. 서동수도 침을 끌어 모아 삼켰다.

머리가 백지 상태로 되어가고 있었지만 그 말뜻을 모르겠는가? 서동수는 침대로 오른다. 그러나 머리는 화란과 반대 방향이다. 하반신을 화란에게 키스하도록 맡긴 것이다. 당연히 서동수는 화란의 샘에 키스하는 자세가 되었다.

뜨겁다, 지친 호흡을 뱉으면서 서동수는 문득 비린 정액 냄새를 맡는다. 금방 잡힌 문어처럼 화란은 온몸을 밀착시킨 채 비명을 질러대고 있다. 다 잊었다. 머릿속은 텅 빈 채로 꿈틀거렸으며 그때마다 번져오는 자극, 쾌락을 맞아 비명이 나온다. 둘의 몸은 땀으로 젖었다. 벌써 몇 번 절정에 올랐는지 화란은 말할 것도 없고 서동수도 세지 않았다. 그저 끈질기게, 참고, 또 참으면서 화란과 엉겨 있다. 방 안은 습한 열기로 가득 찼다. 화란은 아직 서툴다. 말과는 달리 몸은 굳어졌고 수동적이다. 그러나 지금은 수줍음이 다 사라졌다. 이제 또다시 화란은 절정으로 오르고 있다. 벌써 한 시간이 지난 것이다. 두 다리를 추켜올렸던 화란이 서동수의 하반신을 빈틈없이 감으면서 또 폭발했다. 이번에는 더 길다. 숨이 끊어진 것처럼 뚝 멈췄다가 내뿜었는데 울음소리가 섞여 있다. 격렬한 절정이다. 그 순간 서동수도 참았던 대포를 터뜨렸고 화란이 맞았다. 포탄의 폭발을 느낀 화란의 절정이 더 길어졌다. 이윽고 둘의 호흡이 가라앉기 시작한 것은 10분쯤이나 지난 후였다. 그때까지 둘은 서로의 몸을 어루만졌고 땀에 젖은 머리칼을 젖혀 두었으며 시선만 마주치면 키스를 했다. 아직도 합쳐진 몸을 확인한 듯이 허리를 흔들어 보기도 했으며 수줍음을 되찾은 화란이 눈을 흘기기도 했다.

"사랑해요."

문득 화란이 말했으므로 위에 엎드린 서동수가 시선을 주었다. 눈과의 거리는 10센티미터도 안 된다. 화란이 서동수의 등을 손바닥으로 쓸면서 말을 잇는다.

"행복해요."

서동수는 대답 대신 화란의 입술에 키스했다. 화란이 두 팔로 서동수의 목을 감으면서 입을 열어 혀를 내밀어 주었다. 다시 하반신이 꿈틀거리다 아직 합쳐져 있던 서동수의 몸이 다시 딱딱해졌다. 그러자 놀란 화란이 입을 떼고는 서동수를 보았다. 두 눈이 크게 떠졌다.

"보스, 이제 그만."

그러나 서동수는 다시 입을 막았고 화란의 두 다리가 저절로 올라갔다가 하반신을 감는다. 탁상시계가 오전 4시를 가리키고 있다. 입술이 잠깐 떼어졌을 때 화란이 거친 숨을 뱉으며 말했다. 서동수를 보았지만 눈동자의 초점은 멀다.

"사랑해요."

다시 방 안에 비명이 터지기 시작했다. 이제는 서로의 몸놀림에 익숙한 터라 둘은 빈틈없이 움직인다. 뜨겁다. 뜨겁고 긴 밤이다. 서동수는 머리를 숙여 화란에게 입을 맞췄다. 비명을 질러대던 화란이 온몸으로 엉키며 입을 받는다. 서동수의 온몸은 활기가 충전되고 있다. 마치 화란으로부터 에너지를 받는 것 같다. 이윽고 둘의 몸이 떨어졌을 때는 또다시 30분쯤이 지난 후였다. 이제는 둘이 나란히 누워 천장을 바라본 자세다. 그때 서동수가 입을 열었다.

"화란, 너처럼 좋은 여자는 처음이다."

그것이 무슨 뜻인지 화란은 금방 이해하지 못한 것 같다. 서너 번 눈을 깜박이고 나서야 이해한 화란이 몸을 비틀어 서동수의 가슴에 얼굴을 붙였다.

"정말이세요?"

"그럼."

화란의 알몸이 서동수에게 바짝 붙었다. 서동수의 가슴을 손바닥으로 부드럽게 쓸면서 화란이 말했다.

"저도 처음 느꼈어요."

"정말이야?"

"이렇게 좋은 건 처음이었다구요."

가슴에 닿는 화란의 숨결을 느끼면서 서동수는 만족한 숨을 뱉는다.

에너지뿐만이 아니라 자신감까지 얻은 것이다.

양천마을 출장을 다녀온 다음 날 오전, 회의실에서는 셋이 둘러앉았는데 서동수와 화란, 그리고 소천이다. 이번 후원회 사업의 실무자 셋이 모두 모인 셈이다.

"닷새 후에 본사 사장님이 오실 테니까 완벽하게 준비해야 돼."

주의를 준 서동수의 시선이 화란과 마주쳤다. 그 순간 서동수의 머릿속으로 지난 이틀간의 영상이 주마등처럼 스치고 지나갔다. 자세히 말하면 이틀 밤의 영상이다. 첫날밤을 그렇게 보낸 후에 다음 날 밤은 아예 저녁밥만 먹고 서동수의 방에서 지냈다. 마치 넘칠 듯이 차 있던 제방의 둑이 무너진 것처럼 둘의 정욕은 터져 나갔다. 밤이 새도록 엉켜 있었지만 지치지도 않았던 것이다. 시선은 곧 떼어졌지만 서동수는 화란의 눈에서도 같은 기운이 떠 있는 것을 읽었다.

"큰일 났다."

그때 서동수의 머릿속에 그런 단어가 떠올랐다.

"이렇게 될 줄 알았어."

그런 말도 떠올랐다. 그때 소천이 자리에서 일어서며 말했다. 물론 영어다.

"커피 가져오겠습니다."

"어, 그래. 고마워."

서류에 시선을 준 채로 말한 서동수가 소천이 회의실을 나가자 머리를 들고 화란을 보았다.

"보스 행세하기 힘들구나."

"왜요?"

시선을 든 화란의 눈 주위가 붉어져 있다. 서동수가 시선을 준 채로 말했다.

"널 보면 꿈틀거리면서 비명을 지르던 순간이 떠올라."

"그러지 마세요."

화란의 얼굴이 순식간에 빨개졌으므로 서동수는 당황했다. 그래서 자리에서 일어나며 입맛을 다셨다.

"그렇게 순진한 놈이 남의 방에는 왜 들어오는 거야?"

서둘러 회의실을 나간 서동수가 마침 커피잔을 들고 다가오는 소천을 손짓으로 불렀다. 책상 앞으로 소천을 데려간 서동수가 이것저것을 시킨 후에 10분쯤이나 지나고 나서 회의실로 들여보냈다. 소천이 놓고 간 커피잔을 들어 한 모금 삼킨 서동수가 길게 숨을 뱉었다.

"내가 방심했어."

그러나 이미 엎질러진 물이다.

"하긴 내가 공장 총무과장을 하려고 중국에 온 것은 아니니까."

다시 혼잣말로 자신을 위로한 서동수가 회의실로 들어섰다. 그때 서동수와 시선이 마주친 화란의 얼굴은 이제 멀쩡해졌다. 회의를 마친 서동수가 자리에 돌아와 앉은 지 얼마 되지 않아서 핸드폰이 진동을 했다. 발신자번호를 보았더니 화란이다. 머리를 든 서동수는 화란의 자리가 비어 있는 것을 보았다. 서동수는 핸드폰을 귀에 붙였다.

"응, 무슨 일이야?"

"미안합니다. 보스."

화란이 가라앉은 목소리로 말을 잇는다.

"컨트롤이 잘 안 되었는데 앞으로는 잘 될 것 같아요. 그러니까 걱정하지 마세요."

"아니 괜찮아."

서동수가 심호흡을 했지만 충동을 억누르지는 못했다.

"난 너를 보면서 욕망을 억누르기 힘들었어. 내가 걱정이다."

"농담하지 마세요, 보스."

화란의 목소리에 긴장감이 덮여 있었으므로 서동수는 어금니를 물었다. 웃음을 참은 것이다. 그렇구나. 이런 스릴로 사내 연애를 하는가 보다. 다시 심호흡을 한 서동수가 말을 잇는다.

"걱정하지 마. 나도 참는 건 선수니까."

앞으로 가능한 한 화란과의 섹스는 참는다.

"중국 소비시장 규모는 엄청나."

우명호가 정색하고 말을 잇는다.

"은행에 있다 보면 고객들에 대한 정보가 빠른 편이지. 이 시장은 계속해서 커질 거다. 아마 5년은 이 성장세가 계속될 거야."

그것은 서동수가 피부로 느끼고 있던 참이다. 1년 전만 해도 세계 시장을 무대로 전자제품을 팔던 영업팀장 아니었던가? 영업팀은 정보가 생명이다. 중국 시장 규모와 성장 가능성도 알고 있는 것이다. 오후 7시 반, 회사에서 퇴근한 서동수가 우명호와 함께 청양의 한국식당에서 오징어볶음으로 저녁을 먹고 있다. 추석 연휴 끝내고 중국에서 처음 만난 셈이다. 수저를 내려놓은 서동수가 넌지시 우명호를 보았다.

"네가 보기에 어느 사업이 유망할 것 같으냐?"

"그야 소비산업이지."

조금도 망설이지 않고 우명호가 말했다.

"유흥업도 좋고."

"빌어먹을 자식."

"룸살롱이 돈 벌기 좋지."

우명호도 수저를 내려놓더니 눈을 가늘게 떴다.

"너, 사업 하려고 그래?"

"내가 중국에 그냥 온 것 같으냐?"

입맛을 다신 서동수가 의자에 등을 붙이고 말을 잇는다.

"파면되는 대신으로 난데없는 의류사업부 소속 공장 총무과장이 되어서 중국 땅으로 던져졌단 말이다."

"……."

"내가 아무 생각 없이 왔을 것 같으냐?"

"인마, 그럼……."

"이곳에서 사업을 할 거다."

"중국 시장이 크지만 만만하지가 않아. 유대인이 발을 붙이지 못하는 곳이 중국이야."

"그땐 아무것도 없었기 때문이지."

"중국 상인은 유대인보다 더 지독하다는 말 못 들었어?"

"한국 상인은 어떻고?"

"이 자식이."

입맛을 다신 우명호가 정색했다.

"무슨 사업을 하려는 거야?"

"몇 개 검토 중이야."

"회사는?"

"결정이 되면 정리해야겠지."

"자식, 회사 총무과장으로 기반이 굳어지는 것 같더니."

"그런데 넌 언제 귀국하는 거야?"

"연장 신청을 했으니까 일 년쯤 더 근무하게 될 거다."

"잘됐다."

서동수가 머리를 끄덕이자 우명호는 이맛살을 찌푸렸다.

"야, 아서라. 나한테 사업자금 대출해 달라는 소리는 먹히지 않을 테니까."

"딴 놈보다 수수료를 더 줄 테니까."

"어림없는 소리 말아."

"세탁소나 갈까?"

불쑥 서동수가 묻자 우명호는 몸을 굳혔다. 그러고는 입술만 달싹이며 묻는다.

"너 그렇게 당하고 또 가고 싶어?"

"당하기는? 스릴 만점이었지."

우명호에게 윤지영, 본명 진희명으로부터 빠져나온 이야기를 해준 것이다.

"연락해 봐."

서동수가 재촉하자 우명호는 핸드폰을 꺼내 들며 투덜거렸다.

"이 여편네가 지난번 사건으로 우리한테 삐친 모양이야. 요즘은 연락도 안 해."

우명호를 시켜 전 선생을 보낸 것을 말하는 것이다. 버튼을 누른 우명호가 핸드폰을 귀에 붙이더니 곧 어깨를 부풀리며 말했다.

"나요, 우 사장. 추석 잘 지내셨어?"

서동수에게 눈을 끔벅여 보인 우명호가 말을 잇는다.

"누구 없어?"

세탁소에 도착했을 때는 오후 9시가 되어갈 무렵이었다. 주인 메이는 무표정한 얼굴로 둘을 맞았는데 아무 일도 없었던 것처럼 말했다.

"두 분이 기다리고 계세요."

"벌써?"

놀란 우명호가 계단 밑에서 멈춰 섰다.

"이번에는 누구요?"

"짝퉁 사러 오신 사모님들요."

칭다오의 짝퉁사랑은 유명하다. 특히 시계는 특, 상, 중, 하급으로 나누어져 있는데 특급은 한국 시계방에서도 구분하지 못한다고 했다. 그러나 몇 년 전만 해도 우명호는 상급 짝퉁시계를 선물할 때 예의상 두 가지 주의사항을 전했다는 것이다. 첫째, 비올 때는 착용하시지 말고, 둘째, 시계 차신 상태에서 박수를 치시면 안 된다는 것이다. 그런데 지금은 중급도 박수칠 때 분침이 떨어지지 않는다고 했다. 계단을 오른 둘이 방으로 들어서자 두 여자가 맞는다.

"이쪽은 서 사장님, 이쪽은 우 사장님."

그렇게만 소개한 메이가 눈치도 보지 않고 나간 것은 너희들 마음대로 하라는 의미일 것이다. 그때 서동수가 발을 떼어 왼쪽에 앉은 여자 옆으로 다가가 앉았다. 둘 다 40대 중반쯤으로 평범한 용모인 데다 잔뜩 긴장하고 있는 것이다. 서동수가 먼저 자리를 차지하자 우명호도 오른쪽 여자 옆에 앉는다.

"여긴 처음이시죠?"

이미 술상이 차려져 있었으므로 술잔을 든 서동수가 여자에게 물었다. 여자가 머리만 끄덕였는데 이제는 당황했는지 눈동자가 흔들렸다. 잔에 양주를 따른 서동수가 말을 이었다.

"메이한테는 술값에다가 뚜쟁이 비용을 내셨겠지만 저한테는 안 주셔도 됩니다."

한 모금에 술을 삼킨 서동수가 지그시 여자를 보았다.

"서로 즐기는 데 무슨 대가가 필요합니까? 저는 한 달 동안 굶었기 때문에 오늘 밤에 다섯 번은 할 겁니다."

"아유, 죽겠네."

그렇게 말을 받은 것은 앞쪽 여자다, 여자가 이를 드러내고 웃었다.

"걔도 여러 달 굶었거든."

"그럼 지금 하실까요?"

정색한 서동수가 여자한테 묻고 나서 머리를 돌려 우명호에게 말했다.

"야, 넌 옆방으로 가."

"그러지."

우명호가 엉거주춤 일어나 파트너를 보았다. 서동수의 기세에 휩쓸린 척 따르는 형국이라 안 되어도 상처를 덜 받는다. 그때 여자가 따라 일어서더니 서동수를 향해 다시 웃었다.

"서 사장은 러키가이야, 저 까탈스러운 여자의 마음에 들었다니."

"야, 시끄러."

옆쪽 여자가 눈을 흘겼으므로 여자는 입을 다물고는 우명호를 따라 나갔다. 방에 둘이 있게 되었을 때 서동수가 앉은 채로 바지 혁대를 푸는 시늉을 하면서 물었다.

"누님, 밑에만 벗읍시다."

"자, 잠깐."

눈을 크게 뜬 여자가 서동수의 팔을 잡았다. 여자한테서 옅은 향내가 맡아졌다. 베이지색 가을 점퍼에 같은 색 바지 차림이었는데 아랫배도 나오지 않았다. 서동수의 시선을 받은 여자의 얼굴이 조금 붉어졌다.

"우리 이야기 좀 해, 서둘지 말고."

"무슨 이야기 말입니까?"

정색한 서동수가 묻자 여자는 입술 끝으로 웃었다.

"그냥, 아무 이야기나, 막 그러기에는 너무 어색하잖아?"

그러자 서동수가 눈으로 아래쪽을 가리켰다.

"누님, 그러다가 이게 죽는데요?"

"그러지마."

아래쪽으로 엉겁결에 시선을 따라 내렸던 여자가 울상을 지었을 때 서동수의 욕정이 와락 치솟았다. 반발심, 또는 잔인함일 수도 있다. 상대가 강하다고 생각했다가 약점을 보였을 때 잔인하게 뭉개 버리고 싶은 가학성, 서동수는 여자의 팔을 뿌리치고 일어섰다. 그러고는 바지와 팬티를 한꺼번에 끌어내렸다. 그러자 이미 성이 날 대로 난 남성이 건들거렸고 여자의 시선이 붙잡아 매어진 듯이 그곳에 꽂혀졌다. 그때 서동수가 말했다.

"누님, 바지만 벗으시죠."

여자가 얼어붙은 듯 가만있었으므로 서동수가 말을 이었다.

"어색하시면 뒤에서 해드리죠."

그때 여자가 일어섰다. 그러고는 서동수를 향해 머리를 저었는데 붉어진 얼굴에 일그러진 웃음이 떠올라 있다.

"못하겠어. 미안해."

그때 서동수가 여자의 어깨를 움켜쥐었다.

"그럼 내가 시켜드릴게."

서동수는 어느덧 화가 울컥 솟아올랐기 때문에 손아귀에 힘이 실려졌다. 여자가 눈만 크게 떴지만 몸을 비틀지도, 입을 열지도 않는다. 서동수는 여자를 다시 의자에 밀어 앉혔다. 행동이 거칠어서 여자는 등을 소파에 부딪쳤다.

"이러지 마."

다시 여자가 말했을 때 서동수는 바지를 잡았다. 옆구리 쪽 훅을 풀고 지퍼를 내릴 때 숙여진 머리가 여자의 귓불에 닿았다. 도톰한 귓불이다. 지퍼를 내린 서동수의 손목을 여자가 쥐었다. 그러나 약하다. 서동수가 여자의 귓불을 입술로 물면서 말했다.

"그냥 넣을 거야."

다음 순간 서동수는 바지와 팬티를 한꺼번에 끌어내렸다. 여자의 단화가 벗겨지면서 순식간에 하반신은 알몸이 되었다. 서동수는 소파 위로 여자를 밀어 눕혔다. 이제는 여자가 순순히 눕더니 다리 한쪽을 내려 방바닥을 짚는다. 균형을 맞추는 것이다. 그것을 본 서동수의 몸이 불덩이처럼 달아올랐다. 서동수는 여자의 몸 위로 엎드렸다. 이미 하반신은 알몸인 상태여서 몸이 붙여졌다.

"자, 넣어."

서동수가 남성을 붙이면서 말하자 여자는 두 손으로 감싸 안았다. 이제 여자의 가쁜 숨결이 서동수의 목에 닿는다. 치켜뜬 두 눈에는 초점이 잡혀 있지 않았다. 여자가 남성을 동굴 끝에 서둘러 붙였을 때 서동수가 말했다.

"해달라고 해."

그러자 여자가 두 손으로 서동수의 어깨를 쥐면서 말했다.

"해줘."

다음 순간 서동수는 온몸이 뜨거운 불구덩이로 빠져드는 느낌을 받는다. 그 불구덩이는 용암이 쏟아져 나오는 화산의 분화구였다. 입을 딱 벌린 여자의 입에서 신음이 터져 나왔다. 방안은 열기로 덥혀지기 시작했다. 두 몸의 사지가 빈틈없이 엉켰다가 풀어졌으며 낡은 소파는 부서질 듯이 삐걱거렸다. 서동수는 머릿속이 하얗게 비워지는 느낌을 받으면서 열중했다. 여체는 신비롭다. 여자의 입에서는 쉴 새 없이 신음이 터져 나왔는데 그것은 생(生)에 대한 탄성이나 같다. 같은 자세로만 하는데도 쾌락은 매번 달라졌으며 이윽고 여자가 서동수의 어깨를 잡더니 헐떡이며 말했다.

"다 벗겨줘. 잠깐 쉬고, 응?"

상반신의 점퍼가 답답한 것이다. 서동수가 위에 앉은 채로 점퍼 지퍼를 내리고 벗겼더니 여자는 스웨터를, 브래지어까지 서둘러 떼어내듯이 벗어 던졌다. 그러자 여자의 눈부신 알몸이 펼쳐졌다. 그때 여자가 말했다.

"자기야, 천천히 해줘."

서동수가 일어나 앉았을 때는 한 시간쯤이 지난 후였다. 주위는 조용했다. 짝을 이룬 후에는 각각 갈 길을 가는 터라 우명호도 일이 끝나면 혼자 돌아간다. 방안은 아직 열기가 가라앉지 않았다. 이제 알몸이 된 여자는 점퍼로 하반신만 가린 채로 아직도 가쁜 숨을 뱉어내는 중이다. 상기된 얼굴로 눈을 감고 있는 모습이 고혹적이다. 숨소리에 가는 신음이 섞여 나온다. 여자는 소파에 누운 채 일어날 기력도 없는 것 같다. 옷을 대충 챙겨 입은 서동수가 여자의 허벅지에 손을 얹고 말했다.

"누님, 나 갈게."

여자가 눈을 뜨더니 초점이 잡힌 눈동자로 서동수를 보았다.

"응, 잠깐만."

힘들게 상반신을 일으킨 여자의 젖가슴이 조금 늘어졌다. 그러나 탄력 있는 몸매다. 군살도 없고 피부는 윤기가 난다.

"그런데 그냥 가도 돼?"

여자가 손으로 젖가슴을 가리면서 묻자 서동수는 피식 웃었다.

"그럼, 왜?"

"난 좀 주는 줄 알았는데."

"난 그런 남자가 아니라니깐."

"그래도 미안해서 어떻게."

"아, 됐어. 난."

주춤 말을 멈춘 서동수가 지그시 여자를 보았다. 아직 여자의 이름도 모른다.

"누님, 이름이 뭐야?"

"이희영이야."

그러더니 무엇을 찾는 시늉을 했다.

"왜? 팬티 찾아?"

서동수가 묻자 여자는 머리를 젓는다.

"아니, 내 가방."

"가방은 왜?"

"내 운전면허증 보여주려고."

"운전면허증은 왜?"

"내 이름이 진짜라는 걸 알려주고 싶어서."

"나아 참."

쓴웃음을 지은 서동수가 소파에 등을 붙였다. 지금 둘은 방 안쪽 소파에 나란히 앉아 있었는데 하나는 입고 하나는 벗었다. 서동수는 다 입고 저고리만 남겨둔 반면 이희영은 점퍼로 아래쪽만 가린 상태다. 그때 이희영이 말했다.

"나, 정말 좋았어."

"나도 그래, 누님."

"언제 또 만나줄 거야?"

이희영의 시선을 받은 서동수가 심호흡을 했다.

"누님, 이러고 다녀도 괜찮아?"

"나, 이혼했어."

점퍼로 아랫도리를 여미면서 이희영이 말을 잇는다.

"자식 둘은 애 아빠가 키워, 1년에 한두 번씩만 만날 뿐이지."

"……."

"애 아빠가 다른 여자 생겨서 이혼한 거야. 난 이혼하면서 위자료 좀 받았고."

"그만."

손바닥을 펴 보인 서동수가 이희영을 똑바로 보았다.

"누님, 그런 이야기 다른 남자한테 하지 않는 게 나아. 이건 도둑질해 가라고 집 대문을 열어놓은 것 같아서 그래."

"저기, 나는……."

"나 같은 놈 많아."

눈을 치켜뜬 서동수가 말을 잇는다.

"나보다 물건 더 크고 더 잘해 주는 놈 많다고. 그때마다 이렇게 감동해서 대문 열어주면 어떻게 해?"

그러고는 서동수가 자리에서 일어섰다.

"그래, 누님. 한 달에 한 번 정도 만나서 회포를 풀도록 하지."

"정말?"

가라앉아 있던 이희영의 두 눈이 커졌고 얼굴이 환해졌다. 그러고 보니 이희영도 미인이다. 환한 얼굴이 아름다운 미인.

중국 땅에 제일 먼저 진출한 한국 기업군(群) 중 하나가 섬유산업일 것이다. 그러나 한중 수교 20년이 지난 현재 노동집약적이며 부가가치가 적은 섬유산업은 경쟁력이 저하되면서 위기를 맞았다. 임금과 원부자재 가격 인상, 중국 본토 제품의 질적 향상이 그 원인이다. 그러나 다 위기인 것은 아니다. 오히려 매출이 증가하고 기반을 굳힌 한국 섬유업체도 있다. 동양상사는 일찍부터 자사 브랜드를 개발, 전 세계에 수출했기 때문에 고가(高價)의 이미지를 갖추고 있다. 따라서 중국산 생산품의 이윤은 줄었지만 그것을 중국 시장 개척으로 상쇄했다. 중국 내수 시장이 폭발적으로 성장하는 터라 고가 브랜드의 제품으로 기반을 굳혀 간 것이다. 현재 동양섬유에서 생산된 10여 개의 고급 브랜드, 20여 개의 중급 브랜드 제품은 중국 전역에 분산된 200여 개의 매장에서 판매되고 있다. 이 영업은 베이징의 현지법인 동양공사가 맡았다. 동양섬유의 중국 영업부 역할인 것이다. 오후 6시 반, 서동수가 칭다오 중심부인 크라운호텔 커피숍에서 한영복과 마주 앉아 있다. 한영복이 간쑤성에서 날아온 것이다. 지난번 인력 충원 관계로 이인섭과 함께 한영복을 찾아가 만난 후로 두 달 만이다.

"갑자기 뵙자고 해서 놀라셨지요?"

커피잔을 든 한영복이 물었으므로 서동수가 빙긋 웃었다.

"아뇨, 반가웠습니다."

"정말이십니까?"

따라 웃은 한영복의 얼굴이 하회탈처럼 펴졌다. 그렇다. 웃는 얼굴은 펴졌다고 표현하는 것이 맞다. 찌푸린 얼굴은 오그라진 것이다. 한영복이 그 얼굴로 말을 잇는다.

"제 소문 들으셨습니까?"

"예, 공장을 인도네시아로 옮기신다고……."

그러자 한영복이 천천히 머리를 끄덕이며 말했다.

"절반은 맞혔습니다. 그리고 절반은 지금까지 비밀로 감춰 두었지요."

서동수가 잠자코 시선을 주었다. 오전에 갑자기 한영복의 전화를 받고 만날 약속을 한 것이다. 물론 한영복의 '영복섬유'가 인도네시아로 이전할 계획이라는 정보는 생산부에서 들은 터여서 곧 연락할 작정이었다. 한영복이 말을 이었다.

"그래서 내가 서 과장님을 뵙자고 한 겁니다."

"저를 말씀입니까?"

얼굴을 굳힌 서동수가 똑바로 한영복을 보았다. 한영복은 중국에서 사업을 한 지 20년이 넘었다. 그리고 섬유 한우물만 판 사람이다. 언제나 앞을 내다보고 남보다 두어 걸음 빠르게 나가는 터라 지금까지 수백억 원을 벌었다는 소문이 났다. 어느덧 한영복의 얼굴에서도 웃음기가 지워져 있다.

"나는 서 과장님이 영업 출신이라는 걸 압니다."

서동수는 호흡을 조정했다. 그렇다면 리베이트를 먹다가 이곳으로 좌천당한 것도 알 터였다. 한영복이 말을 이었다.

"전자에 계실 때 실적도 뛰어나셨다고 들었습니다."

"자, 그럼."

심호흡을 한 서동수가 똑바로 한영복을 보았다.

"이제 말씀하시지요. 무슨 일입니까?"

"저하고 동업합시다."

상반신을 기울인 한영복이 서동수를 마주 보았다.

"난 이제부터 중국 소비 시장에 뛰어들려고 합니다. 그것이 내가 감춰둔 절반의 사업이지요."

한영복이 서두르듯 말을 잇는다.

"그러려면 서 과장님 같은 인재가 필요합니다."

"도대체 어떤 일을 하실 건데요?"

서동수가 묻자 한영복은 심호흡부터 했다.

“동양섬유의 판매 전략을 그대로 답습하는 겁니다. 먼저 섬유의 중급 브랜드 제품을 생산, 판매할 겁니다.”

“…….”

“난 생산을 책임질 테니 서 과장께선 영업을 맡아 주십시오. 지분을 절반씩 갖는 동업제로 시작하십시다.”

“…….”

“간쑤성 공장은 인도네시아로 옮겨 중급 브랜드를 생산해서 들여오고 고급 브랜드는 한국에서 들여올 겁니다.”

“한국에서 말입니까?”

놀란 서동수가 묻자 한영복이 머리를 끄덕였다.

“동대문 시장에서, 거긴 무엇이든 만듭니다. 세계 최고 수준입니다. 라벨만 붙이면 돼요.”

서동수는 심호흡을 했다. 자신은 섬유시장을 모르지만 한영복은 수십 번, 수년간 검토를 해왔을 터였다.

“능력 있는 사람도 많을 텐데 하필 저를…….”

서동수가 혼잣소리처럼 말했더니 한영복이 정색했다.

“나도 신중한 편입니다. 미안합니다만 서 과장님에 대해서 많이 알아보았습니다.”

“…….”

“그리고 서 과장님도 제2공장 총무과장으로 이 귀중한 시간을 보내실 작정은 아니지요?”

그 순간 서동수의 얼굴에서 쓴웃음이 번졌다.

“제가 허송세월하는 것처럼 보이십니까?”

"사업을 하려면 저하고 하십시다. 기회는 다시 오지 않습니다."

한영복이 말을 이었다.

"난 자본금이 좀 있습니다. 서 과장님 투자를 바라는 것도 아닙니다. 검토해주시기 바랍니다."

서동수는 한영복의 얼굴에 진심이 배어져 나온 것을 보았다. 진심으로 자신을 필요로 하는 것 같다.

그날 밤, 한영복과 저녁을 먹으면서 반주로 위스키를 한 병 가깝게 마시고 난 서동수는 12시가 다 되었을 때 집으로 돌아왔다.

"어서 오세요."

아파트 문을 열고 들어섰더니 소파에 앉아 기다리던 조은희가 웃음 띤 얼굴로 맞는다. 규칙대로 조은희는 중국어를 한다. 서동수가 번들거리는 눈으로 조은희를 보면서 웃었다.

"당신을 보면 항상 자극을 받아."

"좋은 현상이죠?"

방으로 따라 들어온 조은희한테서 옅은 향내가 맡아졌다. 향수다. 조은희는 이제 향수까지 뿌리고 있단 말인가? 이것이 바로 색향(色香)이다. 옷장 앞에 선 서동수가 저고리를 벗고 조은희는 뒤에서 받는다. 그때 조은희가 말했다.

"안주인 행세는 안할 테니까 날 안아줘요."

이것은 중국말이다. 그 순간 숨을 들이켠 서동수가 앞쪽을 향한 채로 빙그레 웃었다. 조은희는 점점 노골적이 되어 가지만 그와 반비례로 이쪽은 더 벽을 쌓게 되는 것이다. 그것을 조은희도 알고 있는 것 같다. 이제 바지를 벗으면서 서동수가 말했다.

"그건 알아. 하지만 참고, 상상하는 자극도 만만치가 않지."

조은희가 바지를 받으면서 손으로 슬쩍 서동수의 남성을 건드렸다가 놓았다. 이미 남성은 잔뜩 성이 나 있는 것이다.

"이 정도면 벌써 몇 번 관계를 맺은 사이의 분위기죠."

"하지만 안 했다는 것이 중요하니까."

몸을 돌린 서동수가 조은희의 원피스를 들치고는 쓴웃음을 짓는다. 조은희의 원피스 안은 알몸이었기 때문이다. 짙은 숲과 선홍빛 동굴 입구까지 다 드러났다.

그때 서동수가 시선을 들고 조은희를 보았다. 조은희의 얼굴은 상기되었다. 마주 보는 눈동자 안으로 온몸이 빨려드는 것처럼 느껴졌다. 그 순간 서동수는 들쳤던 원피스를 내리면서 말했다.

"오늘은 그만."

"또."

쓴웃음을 지은 조은희의 얼굴이 일그러졌다. 그러나 선선히 들고 있던 바지를 옷장에 걸었다. 그렇게 오늘밤도 지나가는 것이다. 씻고 자리에 누운 서동수는 오늘 만난 한영복의 제의를 떠올린다. 한영복의 추측은 맞다. 의류공장 총무과장으로 보낼 생각은 없었던 것이다. 중국으로 밀려 나올 적에도 기회를 찾을 작정이었다. 자신은 이미 동양그룹에서 낙인이 찍힌 인물이다. 아무리 공을 세운다고 해도 그 '전과'는 지워지지 않는다. 동양그룹에 몸담고 있는 한 숙명처럼 따라다닐 것이었다. 한영복은 파격적인 제안을 했다. 투자하지 않아도 지분의 반을 준다는 조건이다. 더구나 한영복은 중국에서 20년간 경륜을 닦은데다 평가도 좋은 기업가인 것이다. 서동수는 문득 인생의 전환점이 자신도 모르게 다가오는 느낌을 받는다.

다음 날 오전, 회사에 출근한 서동수의 책상 앞으로 화란과 소천이 다가와 섰다.

"보스, 행사 출장 관계로 드릴 말씀이 있습니다."

화란이 영어로 말했다. 후원 사업을 말하는 것이다. 이제 내일 본사의 사장이 중국을 방문, 현지에서 중국 측 고위 관리와 함께 학교 기공식을 거행할 예정이었다. 학교 건설을 맡을 회사는 바로 국제공사로 결정되었는데 리베이트 금액이 건설자금으로 된 셈이다. 곧 셋은 회의실로 자리를 옮겨가 앉았다. 화란과 소천은 요즘 '행사' 관계로 정신이 없다. 내일은 사장단과 함께 양천마을에 가야 한다. 화란이 입을 열었다.

"오늘 저 대신 소천이 양천마을에 가야 할 것 같아요."

서동수는 잠자코 시선만 주었고 화란의 말이 이어졌다.

"전 여기서 할 일이 있습니다."

"그럼 그렇게 하지."

소천은 이미 한사람 몫을 충분히 하고 있는 터라 서동수가 소천에게 말했다.

"현지에서 준비할 것 다 알고 있지?"

"네, 보스."

그러면서 소천이 자리에서 일어섰다.

"바빠서 지금 출발해야겠어요."

활기에 찬 소천의 모습을 본 서동수의 가슴이 서늘해졌다. 소천이 회의실을 나갔을 때 서동수가 화란을 보았다. 서동수의 시선을 받은 화란이 말했다.

"내일 제 할아버지도 내빈으로 참석하세요. 그래서 모시고 가야겠어요."

"그렇구나."

정색한 서동수가 머리를 끄덕였다.

"사장단과 함께 모시고 갈까?"

"아녜요, 현 정부에서 차를 보내준다고 했어요."

화란이 수줍게 웃었다.

"이래봬도 할아버진 군(軍) 원로시거든요."

이번 후원사업도 화란의 할아버지 고향에서 시행되는 것이다.

"그럼 너도 내빈용 VIP 좌석에 앉겠구나."

서동수가 말하자 화란이 웃음 띤 얼굴로 묻는다.

"보스, 오늘밤 시간 있으세요?"

"없어."

"술 한잔 사주세요. 며칠간 행사 준비하느라고 제대로 쉬지도 못했잖아요?"

"행사 끝나고."

"내일은 여유가 없어요, 보스."

화란이 상반신을 비틀었는데 교태가 담뿍 실렸다. 그 순간 서동수는 목구멍이 좁아지는 느낌을 받는다.

그날 저녁, 둘은 칭다오 시내의 중식당에서 식사를 한다. 붉은색 바탕의 벽지를 바른 방 안이었는데 밀담을 나누기에 적당한 장소다. 오후 7

시 반, 바깥쪽 홀은 손님들로 소란했지만 방 안은 조용하다. 서동수는 요리에 곁들여 알코올 60도짜리 향주(香酒)를 시켰는데 마시고 나서 숨을 뱉으면 은근한 복숭아향이 풍어졌다. 화란도 두 잔에 한 잔꼴로 마셨기 때문에 곧 볼이 붉어졌다. 술잔을 쥔 화란이 서동수를 보았다.

"이 대리가 투서를 한다고 해서 제가 막았어요."

서동수의 시선을 받은 화란이 정색했다.

"보스가 안명규 부장을 협박해서 재산을 빼앗았다고 하더군요."

"……."

"빼앗은 부동산을 처리한 것도 알고 있었어요."

그러자 서동수가 머리를 끄덕였다. 얼굴에는 웃음기가 떠올라 있다.

"하라고 해."

"글쎄, 제가 막았다니까요?"

눈을 흘겨 보인 화란이 말을 잇는다.

"만일 문제가 되면 이인섭 씨도 같이 연루될 가능성도 있다고 했더니 이해하는 것 같았어요. 하지만……."

"그놈은 내가 눈을 뜨고 있는 앞에서 사기를 치려다가 발각이 된 놈이야."

쓴웃음을 지은 서동수가 말을 이었다.

"나도 만일의 경우에 대비해서 그놈이 가져간 리베이트 자료를 갖고 있어. 공안에 신고한다고 전해."

화란이 만나자고 한 것은 이것 때문인 것이다. 어깨를 폈지만 서동수의 가슴은 편치 않았다. 만일의 경우에 대비해서 안명규한테서 회수한 부동산은 서둘러 정리했지만 이인섭은 현장을 목격한 증인이다. 이인섭과 함께 죽는다면 손해 보는 것은 자신인 것이다. 그때 화란이 말했다.

"이인섭은 입을 다무는 조건으로 보상금을 바라고 있습니다."

화란이 말을 이었다.

"20만 위안만 주면 입을 다물겠다고 하더군요. 그 정도는 보스가 만들 수 있을 것이라면서."

"……."

"보스, 어떻게 하죠?"

"내가 만나서 처리를 하지."

술잔을 든 서동수가 말을 이었다.

"내일은 행사니까 모레 저녁 8시에 이곳에서."

방안을 둘러보는 시늉을 한 서동수가 얼굴을 펴고 웃었다.

"그래, 돈을 가져올 테니까 영수증과 다시는 이런 협박을 안 한다는 각서하고 교환하자고 해. 돈만 그냥 줄 수는 없으니까 말야."

"알겠습니다."

어깨를 늘어뜨린 화란이 이제는 핏기가 조금 가셔진 얼굴로 물었다.

"보스, 화났어요?"

"아니, 전혀."

서동수가 머리를 저었다. 그러나 가라앉은 표정이다.

"당연히 일어날 일이 일어난 거야. 오히려 뒤가 깨끗해진 기분이다."

"20만 위안 준비할 수 있어요? 제가 빌려 드릴 수 있는데."

그러더니 서동수의 눈치를 보고 덧붙였다.

"어머니가 집 옮기려고 모아둔 돈이 50만 위안쯤 있거든요."

"돈 있어. 그걸 이인섭이도 알아."

심호흡을 한 서동수가 지그시 화란을 보았다.

"고맙다. 화란."

"전 공생공사합니다. 보스."

그 순간 숨을 들이켠 서동수가 말했다.

"나갈까? 널 안고 싶다. 화란."

호텔 방문을 잠근 서동수가 손목시계를 보았다. 오후 9시가 되어 가고 있다.

"저, 씻고 나올게요."

방안까지 아무 소리 안 하고 한 걸음쯤 뒤에서 따라온 화란이 비로소 말을 했다. 머리를 돌린 서동수가 화장실로 들어서는 화란의 뒷모습을 보았다. 오늘 화란하고 호텔 방에 들어올 계획은 없었던 서동수다. 저고리를 벗어 의자 위에 걸쳐놓은 서동수가 TV 리모컨을 찾아 TV를 켜면서 문득 쓴웃음을 지었다. 인간은 무의식 중에 자신의 의도를 행동으로 나타낸다. 지금 화란을 호텔로 데려온 것이 그 증거다. 그날 밤, 화란과 엉키고 나서 가능한 한 절제하겠다고 마음먹지 않았던가? 한동안 의자에 우두커니 앉아 TV를 보던 서동수가 다시 일어나 옷을 벗었다. 침대에 들어간 서동수가 리모컨을 만지작거리고 있을 때 욕실 문이 열리더니 화란이 나왔다. 화란은 알몸에 타월로 가슴과 음부만 가렸다.

"씻지 않으세요?"

시트 안으로 들어오면서 화란이 물었는데 얼굴은 다시 상기되어 있다. 서동수는 잠자코 화란의 어깨를 당겨 안았다. 금방 물기를 닦은 터라 화란의 피부는 차다. 그러나 그것이 오히려 서동수의 욕망을 촉발시켰다.

와락 시트를 젖힌 서동수가 입으로 화란의 젖가슴을 물었다. 입안에 넣었다는 표현이 맞다. 화란이 두 팔로 서동수의 목을 감아 안으면서 말했다.

"허니, 천천히, 시간 많아요."

서동수는 화란의 두 다리를 벌리고 손으로 허벅지를 쓸었다. 손바닥이 거머리처럼 붙여져 안쪽으로 밀려 올라오는 것이다. 화란이 허리를 비틀면서 두 다리를 꼬았다.

"허니, 키스해 줘요."

화란이 헐떡이며 말했으므로 서동수는 얼굴을 들었다. 화란이 입을 벌린 채 서동수의 입술을 맞는다. 입이 부딪치자 금방 뜨거운 혀가 뽑혀지듯 나오더니 서동수의 입안에서 꿈틀거렸다. 서동수는 화란의 샘이 이미 흘러넘치고 있는 것을 알았다.

"보스, 사랑해요."

잠깐 입을 뗀 화란이 말하더니 손으로 서동수의 남성을 움켜쥐었다. 그러다 어금니를 문 서동수가 문득 자신의 결심을 떠올린다. 그리고 그것을 허물어버린 무의식적 행동의 원인도 확인했다. 이인섭의 등장으로 동양을 떠날 결심이 굳어진 것이다. 그전에 만난 한영복의 제의로 흔들렸던 상황이기도 했다. 그때 화란이 허덕이며 말했다.

"허니, 해줘요, 어서."

열에 뜬 화란은 '허니' 또는 '보스'를 번갈아 외쳤는데 기준은 없다. 서동수는 잠자코 화란을 침대 위에 눕히고는 자세를 갖추었다. 보라, 화란의 열띤 얼굴이 아래에서 간절하게 기다리고 있다. 이미 두 다리 사이로 서동수의 몸을 넣은 채 합쳐지기를 기다리는 것이다. 서동수는 천천히 몸을 섞었다. 그 순간 머리를 뒤로 젖히면서 화란이 커다랗게 신음했다.

"아아아."

거침없는 탄성이다. 서동수는 자신의 몸이 뜨거운 동굴 속으로 빨려 들어간 느낌을 받는다. 어금니를 문 서동수는 끝까지 동굴 안으로 진입했고 곧 격렬한 반응을 받는다. 서동수는 이제 난폭하게 화란의 몸을 짓이겼다. 거친 숨소리와 함께 화란의 비명 같은 탄성이 쉴 새 없이 터지고 있다. 화란은 조금도 부끄러워하지 않고 미끈한 두 다리를 번쩍 치켜들었다가 허리를 비틀면서 서동수를 맞는다. 서동수는 머리를 숙여 화란에게 키스했다. 그러자 화란이 온몸으로 빈틈없이 엉켜 붙었다가 떨어진다.

"각서 가져왔지?"

자리에 앉자마자 서동수가 물었다. 이곳은 칭다오 시내의 중식당 '베이징' 의 밀실 안이다. 서동수의 시선을 받은 이인섭이 쓴웃음을 지었다.

"가져왔습니다."

머리를 끄덕인 서동수가 들고 온 가방을 탁자 위에 놓았다.

"어디, 각서를 보자."

"그럼 나도 가방 안을 봐도 되겠지요?"

서동수에게 똑바로 시선을 준 채로 이인섭이 되물었다. 전에는 '저도' 했는데 이인섭은 분명하게 '나도' 라고 자신을 칭했다. 이젠 너나 나나 대등한 입장이라는 표시다. 서동수는 각서를 펴고 읽는다.

"나, 이인섭은 20만 위안을 받는 조건으로 더 이상 서동수의 비리를 파헤치지 않기로 약속합니다. 이에 서명합니다."

이렇게 써져 있다. 각서에서 시선을 뗀 서동수가 이인섭을 보았다. 이인섭은 1만 위안 뭉치를 세고 나서 머리를 들었다. 굳어진 표정이다.

"맞아?"

"예, 맞네요."

방안에 이인섭의 건조한 목소리가 울렸다. 가방 뚜껑을 닫고 제 의자 밑으로 내려놓은 이인섭이 다시 주머니에서 영수증을 꺼내 내밀었다.

"여기 영수증 있습니다."

머리를 끄덕인 서동수가 영수증을 받아 쥐고 물었다.

"너, 이렇게 끝날 수 있을 것 같다고 생각했나?"

"당신도 약점이 있으니까요."

이인섭이 의자에 등을 붙이더니 피식 웃고 나서 말을 잇는다.

"같이 죽으면 당신 손해가 더 클 것이라고 계산했지요. 그렇지 않습니까?"

"그렇지."

머리를 끄덕인 서동수가 지그시 이인섭을 보았다.

"그것은 정확한 계산이야, 맞아."

"20만 위안으로 당신이 회사를 그만둘 수 없을 테니까요. 그 열 배, 스무 배를 앞으로 더 챙길 수 있을 것 아닙니까?"

"그것도 맞아."

"그럼 일어섭시다."

하고 이인섭이 의자에 붙인 등을 떼었을 때 서동수가 말했다.

"넌 내 성격을 계산에 넣지 않았어."

이인섭이 눈을 치켜떴을 때 서동수가 손바닥으로 손뼉을 쳤다. 한 번, 두 번, 세 번, 네 번째 쳤을 때 방문이 열리더니 전 선생이 들어섰다.

"어서 오십시오."

서동수가 말했을 때 이인섭이 눈을 치켜떴다. 서동수의 입에서 유창한 중국어가 흘러나왔기 때문이다.

"녹음하셨습니까?"

옆쪽으로 다가선 전 선생이 묻자 서동수는 가슴주머니에서 소형 녹음기를 꺼내 내밀었다.

"잘되었을 것입니다."

그러고는 손에 쥐고 있던 영수증과 각서를 다시 건네주었다.

"영수증, 각서입니다. 돈은 저기 가방에 담겨 있습니다."

서동수가 눈으로 이인섭 의자 밑에 놓인 가방을 가리켰다. 그러자 머리를 끄덕인 전 선생이 이인섭에게 다가가 어깨 위에 손을 얹고 말했다.

"너를 공갈 협박죄의 현행범으로 체포한다. 여기 증거물이 다 있으니 공안에 가야겠다."

"아니, 저는 그것이……."

이인섭의 얼굴은 하얗게 굳어져 있다. 그때 이인섭의 시선을 받은 서동수가 한국어로 말했다.

"난 다 버리고 널 집어넣기로 했다. 넌 내 성격을 고려하지 않았던 거야."

2장
동업

그렇다. 하나는 버렸다. 그것이 서동수의 성격이다. 20만 위안은 증거물로 제시되었다가 서동수가 되찾게 될 것이지만 사례금으로 내놓은 것이다. 전 선생에게 일임해버렸으니 알아서 처리할 것이었다. 대신 이인섭의 처벌은 일사불란하게 진행되었으며 서동수는 적극적으로 보호되었다. 한번도 오라 가라 하지 않고 회사에도 알려지지 않았다. 그래서 그 사건(?) 사흘째가 되는 날 아침 눈이 둥그레진 화란이 서동수에게 다가와 이렇게 말했다.

"보스 이인섭 씨가 공안에 구속되었다네요. 알고 계세요?"

"모르겠는데?"

정색한 표정으로 서동수가 되물었다.

"왜 구속되었다는 거야? 음주운전으로?"

"그게 아니고요."

"싸웠나?"

"와이프한테 전화가 왔는데 공갈협박 혐의라고 했어요."

화란의 시선이 떼어지지 않았으므로 서동수는 입맛을 다셨다.

"날 그렇게 보지 마, 화란."

"보스."

"넌 모른 척하고 있는 게 나아."

"보스."

"나도 모르는 일이야."

해놓고 서동수가 자리에서 일어섰다.

"공장장께 다녀오겠어."

화란의 시선을 등에 받은 채 사무실을 나온 서동수가 곧 공장장실로 들어선다. 결재를 하고 있던 윤명기가 턱으로 소파를 가리키며 물었다.

"무슨 일이냐?"

"예. 사업 문제로 드릴 말씀이 있습니다."

그러자 머리를 든 윤명기가 서류를 덮더니 서동수의 앞쪽 자리로 옮겨와 앉는다. 시선이 부드럽다.

"사업이라니?"

"제가 계열사를 운영하고 싶습니다."

불쑥 서동수가 말했을 때 윤명기의 얼굴이 스르르 굳어졌다. 윤명기가 똑바로 서동수를 보았다.

"가명으로 말이냐?"

"예, 공장장님."

"네 정체가 밝혀지면 그 시점에서 계열사 계약이 취소될 텐데."

"알고 있습니다."

"하긴 그것이 가장 좋은 방법이지."

윤명기가 혼잣소리처럼 말했을 때 서동수가 정색했다.

"매월 결산을 해서 이익금의 20%를 드리겠습니다."

"20%라."

쓴웃음을 지은 윤명기가 소파에 등을 붙였다.

"내가 곧 부자가 되겠다. 공장 설립할 자금은 있는 거냐?"

"예. 모아 놓은 돈이 좀 있습니다."

"공장 위치는?"

"옌타이에서 한국인이 경영하는 공장인데 직원이 800명쯤 됩니다. 제가 기계와 인원까지 그대로 인수할 수 있을 것 같습니다."

"꽤 크군."

"한영복 사장 아시지요?"

"알지."

"한 사장이 저한테 동업하자고 했습니다. 그래서 그 공장 관리는 한 사장에게 맡기려고 합니다."

긴장한 윤명기에게 서동수는 한영복의 제의를 모두 털어놓았다. 윤명기가 모두 알고 있어야만 하는 것이다. 서동수가 선택한 동업자는 윤명기였다. 이윽고 서동수의 이야기가 끝났을 때 윤명기의 얼굴에 희미한 웃음이 떠올랐다.

"그렇군. 한영복의 관리 능력을 이용하면 되겠다. 잘 생각했다."

한영복은 윤명기가 배후에 있다는 사실을 모를 것이다.

그날 저녁, 칭다오 시내의 한식당 방에서 서동수와 한영복이 한정식을 시켜 먹고 있다. 서동수는 칭다오의 한국 식당 요리가 한국의 어느 식당보다 뛰어나다는 생각을 한다. 한국의 식당은 한국땅 안이라 뜨내기손님으로도 장사가 되지만 이곳은 다르다. 수만 명밖에 안 되는 한국인들을 상대로 하다 보니 경쟁이 치열하고 맛이 없으면 금방 문을 닫게 되기 때문이다. 그야말로 피를 튀기는 경쟁을 해야 한다. 낙지볶음을 맛있게 씹어 삼킨 서동수가 한영복을 보았다.

"한 사장님, 동양은 중국에 기반을 굳혔습니다. 그렇지 않습니까?"

"그렇죠."

바로 대답한 한영복이 젓가락을 내려놓았다. 그리고 동양의 계열사도 마찬가지다. 동양이 버티고 있는 한 계열사도 순풍을 타게 될 것이다. 서동수가 말을 이었다.

"옌타이에 직원 800명짜리 공장이 문을 닫게 됐습니다. 이건 제가 은행 관계자를 통해서 우연히 알게 된 것인데요. 150만 위안 정도로 공장을 인수할 수 있을 것 같네요."

난데없는 내용이었으므로 한영복은 눈만 껌벅였다. 한영복은 오히려 자신의 공장을 축소, 이전할 계획이었던 것이다. 서동수가 다시 말했다.

"이 공장을 인수해서 동양의 계열사로 만드십시다. 관리는 한 사장님이 하시고 오더는 내가 책임질 테니까요. 봐서 공장을 증설해도 됩니다. 그리고,"

심호흡을 한 서동수가 얼굴을 펴고 웃었다.

"투자는 절반씩 하고 지분을 50 대 50, 이익금도 정확히 반분하도록 하지요. 어떻습니까?"

"허어 참."

마침내 따라 웃은 한영복이 서동수를 보았다.

"우린 손발이 잘 맞는 동업자가 될 겁니다. 서 과장님."

"우선 안전한 일부터 시작하는 것이 제 방식입니다."

"그렇죠."

커다랗게 머리를 끄덕인 한영복이 다시 웃었다.

"서 과장님이 좋은 오더만 끊임없이 주신다면 일 년 안에 본전도 뽑을 수 있지요."

"이것이 공장 내역입니다."

서동수가 옆에 놓았던 서류봉투를 한영복에게 건네주었다. 우명호한테서 옌타이의 성동실업 이야기를 듣고 조사한 자료였다. 서류를 꺼내 본 한영복이 곧 머리를 끄덕이면서 말했다.

"내일 당장 옌타이로 가볼랍니다."

한영복의 얼굴에 생기가 띄어져 있다.

이것이 바로 안전한 동업 사업이다. 투자도 함께하면서 서로의 강점을 충분히 활용할 수가 있기 때문이다. 한영복의 시선을 받은 서동수가 소리 죽여 숨을 뱉었다. 이제 시작인 것이다. 그날 밤, 서동수가 집에 돌아왔을 때는 밤 10시 반이다. 방으로 따라 들어온 조은희가 중국어로 말했다.

"오늘 저녁 8시쯤에 이인섭 씨 처라는 사람이 찾아왔었어요."

몸을 돌린 서동수가 조은희를 보았다.

조은희가 말을 잇는다.

"왜 왔느냐고 물었더니 용서해주시면 은혜를 잊지 않겠다면서 울었어요. 무슨 일이죠?"

서동수의 저고리를 받아든 조은희의 표정이 조심스러워졌다.

"직접 선생님한테 전화를 하지 그러냐고 했더니 어려워서 못하겠다네요."

"앞으로 찾아오지 말라고 해요."

차갑게 말한 서동수가 다시 몸을 돌렸지만 저절로 어금니가 물려졌다.

이인섭은 두 번 덤벼든 것이나 같다. 첫 번째는 서동수를 옆에 앉혀두고 리베이트를 챙기려고 했으며 두 번째는 회사를 그만두고 나서도 덤벼들어 협박했다. 그리고 이제 제 아내를 보내 구명을 탄원한다. 서동수에게는 이것도 협박하는 것처럼 느껴졌다. 다음날 오전, 서동수가 전 선생에게 전화를 했다.

"이인섭이 와이프를 보내 살려달라고 하는데 나에게는 이것도 협박으로 보입니다. 조처해주시지요."

"나쁜 놈이 아직도 정신 못 차렸군."

대번에 열이 오른 전 선생의 목소리가 높아졌다.

"내가 당장 조처하겠습니다. 이것으로 놈은 더 엄중한 처벌을 받게 될 것이오."

전화기를 귀에서 뗀 서동수가 소리 죽여 숨을 뱉었다. 세상은 전장(戰場)이라고 교육을 받아온 서동수다. 패자에게 동정심을 품게 되면 전의(戰意)가 상실된다. 전의를 잃고 싸움이 되겠는가? 그것은 곧 패자가 되는 지름길이다. 이미 이인섭과는 돌이킬 수 없는 상황이 되었다. 온정을 베풀 필요가 없는 것이다.

엔타이의 성동실업 인수와 계열사 선정 작업은 순조롭게 진행되었다.

성동실업은 한중 수교 직후에 진출한 섬유 임가공업체여서 숙련공이 많았고 시설도 훌륭했지만 관리가 엉망이었다. 직원들이 자재를 빼돌렸고 로스(Loss) 양을 과다 산출해서 착취했다. 그러다 주거래선인 일본 오더가 줄어들면서 위기를 맞은 것이다. 한영복은 20년 가깝게 영복섬유를 운영하면서 동양 측으로부터 능력을 인정받은 터라 계열사 선정에 결격 사유는 없다. 더구나 공장장 윤명기가 밀어주고 있는 것이다. 성동실업의 인수에서부터 대규모 구조조정, 그리고 동양의 계열사로 선정이 되었을 때까지 걸린 시간은 25일이었다. 한 달도 걸리지 않은 것은 한영복이라는 전문가가 있었기 때문에 가능했다. 물론 로비는 서동수가 맡았지만 이것도 배후에 공장장 윤명기가 있었기 때문에 순조롭게 일이 풀렸다. 성동실업에 대량의 동양 오더가 투입된 날 저녁에 옌타이의 룸살롱에서 한영복과 서동수가 마주 앉아 있다. 오늘은 토요일이어서 서동수가 옌타이로 온 것이다. 칭다오에서 옌타이까지는 고속도로로 세 시간 거리다. 200킬로 정도의 거리여서 고속도로가 잘 뚫릴 때는 두 시간에 주파할 수도 있다.

"위에서 누르기만 하면 안 돼요. 실무자하고 통해야 돼."

술잔을 든 한영복이 웃음 띤 얼굴로 말했다. 둘의 옆에는 한족 아가씨를 앉혔는데 요즘은 룸살롱에서 조선족을 보기 힘들다. 조선족 웨이터도 드물어졌다. 룸살롱 경기도 나빠졌지만 더 좋은 직장이 많아졌기 때문이다.

"생산부장한테 3만 위안 줬고 담당 과장한테는 월 2만 위안씩 주기로 했어요."

한영복이 말하자 서동수는 쓴웃음을 지었다.

"담당 조 과장이 내년 초에는 본사로 발령이 날 겁니다. 그 이야기 못 들으셨죠?"

"그래요?"

눈을 치켜떴던 한영복이 곧 입맛을 다셨다.

"제 입으로는 이곳에 평생 있을 것처럼 이야기하던데."

"떠날 때까지 챙기려는 것이죠."

"망할 놈."

"조 과장 밑의 박 대리가 과장으로 승진해서 업무인계를 받을 겁니다. 월요일에 박 대리 불러서 1만 위안쯤 주시지요."

"감지덕지하겠군."

얼굴을 펴고 웃은 한영복이 한 모금에 술을 삼키고는 말했다.

"이렇게 안팎에서 손발을 맞추면 신바람 나게 일을 할 수 있겠습니다. 안 그래요?"

·

이런 식으로 회사 생활을 할 수는 없다. 서동수는 동업을 시작하기 전부터 회사를 떠나려고 결심한 상태다. 그리고 한영복과의 동업도 한시적이다. 이번 성동실업 동업건은 서로의 장점을 살릴 수 있었기 때문이었지만 오래 지속되리라는 보장은 없다. 그 동안 계열공장이나 하청회사에서 일어난 동업관계의 문제를 수없이 겪었던 서동수다. 단 한 번도 좋게 끝나는 동업을 본 적이 없는 것이다. 이번에 성동실업 인수로 80만 위안, 한화로 1억 5,000만 원 정도가 투자되었지만 창업자본금은 아직 3억 원 정도가 남아 있었다. 임가공업체인 계열사가 서동수의 목표는 아니다. 월요일 오전, 회의를 마친 서동수가 자리에서 일어섰을 때 화란이 다가와 말했다.

"드릴 말씀이 있는데요."

화란의 옆으로 소천이 다가와 섰으므로 둘이 할 이야기가 있다는 말이었다. 다시 자리에 앉은 서동수의 앞에 둘이 나란히 앉더니 화란이 영어로 말했다.

"보스, 소천이 회사금고에서 대출을 받아야 될 것 같아요."

서동수의 시선을 받은 소천이 머리를 숙였고 화란이 말을 이었다.

"집안 일 때문에요. 5만 위안이 필요한데 대출 받을 수 있을까요?"

회사에서는 직원용 신용금고를 운영하고 있었는데 이것도 총무과 소관이다. 담당 직원은 두 명, 서동수가 직접 통제했고 자본금은 100만 위안, 최대 대출한도는 1만 위안, 기간은 1년이다. 머리를 조금 기울인 서동수가 둘을 번갈아 보았다.

"규칙을 다 알면서 그러나? 최대 1만 위안이야. 소천 월급이 5,000위안인데 1년 안에 갚을 수 있겠어?"

그러자 화란이 바로 말을 받는다.

"제가 보증을 서면 안 될까요?"

"월급의 30%로 1년 동안 갚을 수 있는 금액이니까 2만 위안까지는 해줄 수 있어."

"소천의 아버지가 베이징에서 수술을 받으셔야 돼요."

마침내 화란이 내막을 털어놓았고 소천의 머리는 더 숙여졌다. 화란이 말을 잇는다.

"모두 7만 위안쯤 든다는데 2만 위안은 저금해둔 것과 집안에서 모았다는군요. 그렇지만……."

"내가 빌려주지."

서동수가 정색하고 말을 잇는다.

"회사 금고에서 편법 대출을 받는 것보다 상사인 내가 빌려주는 것이 더 나을 것 같다. 어떠냐?"

그때 소천이 머리를 들었는데 얼굴은 빨갛게 상기되었다. 그러나 시선만 줄 뿐 입을 열지 못한다. 옆에 앉은 화란도 눈만 깜박였는데 얼른 해답이 나오지 않는 것 같다. 그러자 서동수가 쓴웃음을 지으며 자리에서 일어섰다.

"그럼 둘이 상의하고 나서 나한테 결과를 말해주도록."

그리고 그날 퇴근시간이 되어갈 무렵에 화란이 서동수의 책상 앞으로 다가와 섰다. 시선이 마주쳤을 때 화란이 말했다.

"신용금고에서 2만 위안, 과장님한테서 3만 위안 빌리면 되겠죠?"

서동수는 시선만 주었고 화란의 말이 이어졌다.

"과장님한테서 빌린 3만 위안은 제가 보증을 서겠어요."

"언제 갚을 건데?"

불쑥 서동수가 묻자 화란이 얼굴에 옅은 웃음기가 떠올랐다가 지워졌다.

"리베이트가 생길 때마다 공제하면 될 것 같은데요."

목소리를 낮춘 화란이 말을 잇는다.

"제 생각이지만 그쯤은 반 년 안에 갚을 수 있을 것 같은데요, 보스."

화란의 얼굴이 요염하게 느껴졌으므로 서동수는 숨을 들이켰다.

화란이 저녁을 같이 먹자고 했지만 서동수는 약속 핑계를 대고 우명호를 불러내었다. 화란이 싫은 것이 아니다. 오히려 빠져드는 느낌이 들

정도다. 회사에서 화란의 엉덩이를, 발꿈치를 보면 성욕이 일어나 참기 힘든 상황이라 억제하는 것이다. 떠날 결심이 서지 않았다면 화란을 안지 않았다. 하지만 회사에서 같이 근무하는 동안에는 삼가야 한다. 그래야 최소한의 기강이 잡힌다.

"오늘은 없다니까 저쪽에 갈까?"

저녁을 먹다 전화를 하고 난 우명호가 그렇게 물었는데 없다는 것은 메이의 세탁소 카페를 말하고 저쪽이란 가짜 탈북녀 카페를 말한다. 서동수가 머리를 저었다.

"다른 곳에 가자."

"룸살롱?"

"싫어."

"그럼 중국애들이 잘 가는 클럽이 어때?"

그래서 둘은 칭다오 시내의 나이트클럽에 들어섰는데 밤 9시 반쯤 되었다. 서동수가 제법 유창한 중국어를 썼지만 대번에 한국인임을 알아본 지배인이 조선족 웨이터를 붙여 주었는데 말이 많은 놈이었다.

"여기서 중국여자 건드리지 마십셔. 칼부림 납니다."

이렇게 겁을 주더니 주문을 받고 나서도 떠들었다.

"그렇다고 가만 앉아 기시면 백년이 지나도 여자 없단 말입니다. 그러니까 둘러보시고 나서 저한테 맘에 드는 여자를 말씀해주십셔."

이곳은 고급 나이트클럽이다. 안쪽 스테이지에서 밴드가 연주를 했고 돈을 쥐어준 남녀가 마이크를 쥐고 노래를 한다. 20평쯤 되는 플로어에는 남녀가 엉켜 있었는데 특히 여자들 물이 좋았다. 100평쯤 되는 클럽 안에 손님이 꽉 차 있는 것을 보면 이른바 잘나가는 클럽이다. 양주 한

병에 맥주와 안주를 곁들여 2,000위안이니 룸살롱의 2배를 받는데도 이렇다.

"소문대로 괜찮군."

우명호가 만족한 표정으로 주위를 둘러보며 말했다. 소문을 들은 우명호가 이곳으로 데려온 것이다.

"저 봐, 저기 애들 괜찮다."

하고 우명호가 기둥 옆쪽 자리에 앉은 여자 셋을 눈으로 가리키며 말했지만 웨이터의 경고가 떠올랐는지 움직이지는 않았다. 그리고 주위를 둘러본 결과 30대 중반인 둘의 나이가 이곳에서 연장자였던 것이다. 그들보다 나이 들어 보이는 '놈'이 드물다. 그러니 위축될밖에.

"아이고, 저기도."

하고 우명호가 플로어에서 몸을 흔드는 두 여자를 보면서 말했을 때다. 여자 둘이 다가오더니 옆자리에 앉았다. 젊다. 20대 초반쯤 되었을까? 둘 다 긴 생머리에 바지 차림인데 늘씬한 몸매다. 반색을 한 우명호가 중국어로 묻는다.

"잘 오셨어. 뭘 드실까? 맥주? 양주는 조금 있으면 가져올 거야."

"아저씨, 우리가 자릿값 드릴 테니까 이 자리 양보해 주시면 안 돼요?"

서동수 옆에 앉은 아가씨가 묻더니 지갑에서 100위안 지폐를 세면서 말을 잇는다.

"술 가져오는 건 우리가 마시고 계산할 테니까요. 자, 500위안이면 자릿값 되겠어요?"

아가씨가 돈을 내밀었으므로 심호흡을 한 서동수가 돈을 받아쥐고 자리에서 일어섰다.

"자, 가자."

우명호가 눈만 껌벅이고 있다가 따라 일어섰다. 그러더니 혼잣소리처럼 말했다.

"좋은 시절 다 지나간 모양이네."

오정미의 전화가 왔을 때는 오후 2시쯤이었다.

"나 칭다오야."

대뜸 오정미가 그렇게 말했을 때 서동수의 가슴이 세차게 뛰었다. 동시에 오정미에 대한 호의가 불처럼 일어났다. 오정미는 다음 세 가지의 선택을 할 수 있었을 것이다. 첫째, 오기 전에 한국에서 연락을 하는 경우. 이때는 공항 영접 유무까지 파악하려고 들 것이다. 둘째, 공항에서 왔다고 연락하는 경우. 부담을 주지 않으려는 배려를 보인다. 셋째가 지금처럼 '왔으니까 너 좋을 대로 해라. 나도 내 맘대로 하련다.' 하는 경우인데 서동수는 곧장 오정미가 투숙한 호텔로 달려갔다. 오후 3시 반쯤 되었다. 벨을 누르자 곧 문이 열리더니 오정미가 환하게 웃었다.

"빨리 왔네?"

"그럼."

방으로 들어선 서동수가 문을 닫는 오정미의 허리를 뒤에서 껴안았다.

"아유, 서두르긴."

했지만 몸을 돌린 오정미가 두 팔로 서동수의 목을 감아 안고 얼굴을 내밀었다. 빈틈없이 붙어선 서동수가 오정미의 입술을 빨았다. 곧 오정미의 입술이 열리면서 뜨거운 숨결과 함께 말랑한 혀가 빠져나왔다. 서동수는 갈증 난 것처럼 오정미의 혀를 빨아 삼킨다. 뜨거운 뱀 같은 혀가 서동수의 입안에서 꿈틀거리고 있다. 오정미는 씻고 가운 차림이었는데 어느덧 허리띠가 풀어져서 젖가슴이 드러났다. 서동수의 손이 가운을 젖히고는 젖가슴을 움켜쥐었고 오정미는 서둘러 서동수의 혁대를 푼다. 선 채로 바지와 팬티가 흘러 떨어지자 서동수는 오정미의 몸을 번쩍 안아들었다. 서너 걸음을 걸어 침대로 가는 동안에도 둘의 입은 떼어지지 않는다. 침대 위로 오정미를 던진 서동수가 가운을 젖히자 알몸이 드러났다. 오정미는 가운만 걸치고 있었던 것이다. 그때 오정미가 헐떡이며 말했다.

"자기야 그냥 해!"

이미 머리끝까지 열이 오른 서동수가 몸 위에 오르자 오정미는 남성을 잡아 제 동굴 위에 붙였다. 그러나 넣지는 않는다.

"세게!"

두 팔을 뻗어 서동수의 어깨를 움켜쥔 오정미가 무릎을 세우면서 발바닥으로 침대를 짚는다. 이제 자세가 갖춰졌다. 서동수를 향한 오정미의 두 눈동자가 번들거리고 있다. 그러나 이미 초점은 멀다. 반쯤 벌린 입에서 가쁜 숨소리가 흘러나왔고 얼굴은 상기되었다. 오정미의 그런 모습을 홀린 듯이 내려다보던 서동수가 숨을 들이켜더니 거칠게 돌진했다.

"아악."

와락 턱을 치켜든 오정미의 입에서 굵은 신음이 뱉어졌다. 그 순간 서동수도 머리끝이 곤두서는 느낌을 받으면서 어금니를 물었다. 오정미의 동굴은 이미 뜨거운 용암으로 넘쳐나고 있었던 것이다. 그러나 탄력이 강하고 좁다. 끝까지 들어갔던 서동수의 몸이 천천히 빠져나올 때 다시 오정미의 신음이 터져 나왔다. 이번은 더 높고 길다.

"아아아아."

오정미의 두 다리가 서동수의 하반신을 감았다가 풀려졌다.

"아이구, 나 죽어."

오정미가 울음 섞인 목소리로 부르짖는다.

"자기야, 나 어떡해."

서동수는 오정미의 입술을 입으로 막는다. 그러자 오정미가 혀를 내밀었다가 다시 비명 같은 신음을 뱉었다. 방안은 이제 뜨겁고 비린 열기로 가득 찼다. 반쯤 열린 베란다 창문으로부터 바람이 밀려왔다. 그렇다. 대륙의 훈풍이다.

"베이징에서 할 일이 있어."

서동수의 팔을 베고 누운 오정미가 아직도 상기된 얼굴로 말했다. 베란다를 훑고 들어온 서늘한 바람이 땀에 젖은 피부를 스치고 지나갔다. 오정미는 한쪽 다리를 서동수의 하반신에 걸치고 비스듬한 자세로 엉켜져 있다. 서동수의 가슴을 손끝으로 부드럽게 밀면서 오정미가 말을 잇는다.

"베이징에서 사업하는 남자인데 한국에 있는 부인한테서 의뢰를 받은 거야, 베이징에서 다른 여자하고 사는 증거를 가져가야 돼."

"바쁘구나."

오정미의 어깨를 당겨 안은 서동수가 젖가슴을 애무했다. 젖꼭지가 금방 콩알처럼 단단하게 굳어졌다.

"얼마 받는 건데?"

"큰 기업체 사모여서 경비 제하고 1,000, 증거 확보하면 3,000."

"많이 버네."

"동생 둘 데려왔으니까 걔들 수당 빼면 절반쯤 돼."

"동생들은 어디 있는데?"

"베이징으로 먼저 보냈어."

오정미가 손을 뻗쳐 서동수의 물건을 쓸어 올리면서 웃었다.

"난 얘 생각이 나서 여기부터 들렀고, 동생들한테는 친척 언니 만난다고 했지."

"이게 색골이네."

"누가 색골 만들었는데?"

다시 남성이 곤두서 있었으므로 서동수가 오정미의 허벅지를 쓸어 올렸다.

"이번에는 천천히 달아오르게 해줄까?"

"자기가 만지면 난 금방 젖어."

허벅지 사이에 낀 서동수의 손을 조여 감으면서 오정미가 눈을 흘겼다. 요염한 모습이다.

"마음이 급해진단 말야."

"그래서 아까도 얼른 박으라고 했니?"

"말하는 것 좀 봐."

"이런 식으로 말해야 후끈하는 거야."

"하긴 그래."

허벅지를 쓸어 올렸더니 오정미가 하반신을 비틀면서 숨소리가 가빠졌다. 위쪽으로 올라갔던 손이 동굴에서 흘러나온 용암에 젖었다.

"자기 생각을 하고 자위 여러 번 했어."

이제 두 다리를 벌리면서 오정미가 말했다. 천장을 향한 얼굴은 붉었고 눈동자는 흐리다.

"내가 미쳤나 봐, 이런 말까지 하고."

"자연스러운 거야."

이제 서동수의 손끝이 오정미의 동굴 위쪽을 건드렸다. 오정미의 입에서 옅은 신음이 뱉어졌다.

"넌 이곳이 가장 세더구만."

"응, 거기야."

허리를 들었다가 내리면서 오정미가 헐떡였다.

"거기 입으로 해줘."

몸을 일으킨 서동수가 오정미의 하체에 머리를 묻었다. 다음 순간 오정미의 입에서 거친 신음이 뱉어졌다.

"아이구, 나 몰라."

두 다리를 치켜들었다가 내린 오정미가 두 손으로 시트를 움켜쥐었다. 알몸의 사지가 활짝 벌려진 모습으로 오정미가 다시 울부짖는다.

"자기야, 나 죽어."

서동수는 다시 열중했다. 꿀물 같은 생수가 쏟아져 나오고 있다. 그러나 무엇보다도 자신의 행동에 이렇게 열광하는 상대가 있다는 것이 행복하다. 섹스 또한 상대적이다. 이것도 서동수가 겪어 터득한 인생관 중 하나다. 자신이 욕심을 채우면 상대방에게 소홀하게 된다. 따라서 이쪽이 양보하고 손해를 볼 작정을 해야 상대가 만족하게 되는 것이다. 다시 오정미의 탄성이 이어지고 있다.

동양은 대기업이다. 그룹의 기획조사실은 끊임없이 시장조사, 현황, 미래 예측 정보를 쏟아낸다. 전자, 경공업, 중공업 등 각 사업장도 눈에 불을 켜고 정보 수집과 미래 전략을 구상하는 것이다. 칭다오의 제2의 류공장은 경공업 사업장에 속해 있지만 그 흐름에 빠질 수는 없다. 아니, 대열에서 낙오하면 가차 없이 퇴출되는 것이다. 그래서 공장장도 시장 동향과 전망을 매 분기별로 보고해야만 한다. 따라서 생산부와 업무부의 정보자료가 수시로 집합되었고 그것을 종합하여 보고서를 만드는 업무는 총무과다. 오늘도 서동수는 공장장 윤명기가 본사에 제출할 시장동향, 전망에 대한 보고서를 읽는다. 자료는 수시로 채집되는 터라 매일 정보가 늘어나는 상황이다. 창업을 하려고 마음을 먹은 후부터 예습을 하는 심정이 되어서 정보를 머릿속에 넣는 것이다. 피가 되고 살이 되는 정보다. 돈 가치로 측정할 수가 없는 정보인 것이다. 각 부서의 경험과 지식, 미래에 대한 예측이 다 모여 있으니 수억의 리베이트보다도 몇 배나 가치가 있다. 자료를 읽고 있던 서동수가 인기척에 머리를 들었다. 소천이 책상 앞에 서 있다. 소천 뒤쪽에 걸린 벽시계가 오후 5시 50분을 가리키고 있다.

"보스, 오늘 저녁에 시간 있으세요?"

소천이 물었으므로 서동수가 서류를 덮었다. 화란은 학교 공사 관계로 양천마을에 출장을 갔다. 눈을 가늘게 뜬 서동수가 소천을 보았다. 소천은 24세, 날씬한 체격이어서 모델 같다. 그러나 화란이 향기 있는 꽃이라면 이쪽은 조화다. 성적(性的) 느낌을 받지 않았기 때문일 것이다. 그때 소천이 배시시 웃었는데 눈밑이 조금 붉어졌다. 그 순간 서동수의 심장 박동이 빨라졌다. 교태를 느꼈기 때문이다.

"오늘 제가 저녁 사려는데요, 괜찮겠지요?" 소천이 낮게 묻더니 덧붙였다.

"대출 받고 돈 빌려주신 사례를 해야 되겠어요. 거절하지 말아주세요."

"너, 하필 화란이 없을 때 나하고 저녁 먹자고 하는 거냐?"

불쑥 그렇게 물었더니 소천이 거침없이 대답했다.

"화 대리가 있으면 보스를 독차지하기 때문이죠. 전 제대로 말할 기회도 갖지 못하고요."

"그 말을 화란한테 해도 돼?"

"해도 됩니다."

이제 서동수는 소천의 몸에서 풍기는 향내를 맡는다. 진짜 향수 냄새다. 소천도 향수를 뿌리고 다니는구나.

"좋다."

마침내 서동수가 머리를 끄덕이며 지그시 소천을 보았다.

"술도 사는 거냐?"

"네, 보스."

"껴안고 춤을 춰도 돼?"

"네, 보스."

"그 이야기 화란한테 이를 거냐?"

"보스가 원하시면 저하고 둘만의 비밀로 지키겠습니다."

그 순간 서동수는 소천의 눈에서 반짝이는 빛을 본 것 같았다. 당돌함이 아니다. 이것은 분명한 유혹이다. 그리고 자신도 이 분위기를 즐기려고 소천을 이끌었다.

"좋아, 그럼 저녁 먹자."

어깨를 늘어뜨린 서동수가 길게 숨을 뱉는다. 이틀 전 오정미가 칭다오호텔에 묵는 바람에 처음으로 외박을 했다. 호텔 방에서 오정미하고 밤을 보낸 것이다. 그리고 다음날 새벽에 집에 갔더니 소파에 앉아 있던 조은희가 말없이 일어나 제 방에 들어갔다. 뜬눈으로 밤을 새워 기다린 모양이었다. 그 순간 서동수는 그때까지 조은희를 건드리지 않았던 것이 다행이라는 생각을 했던 것이다.

"아버지 수술은 잘 끝났어?"

중식당에서 저녁을 먹던 서동수가 묻자 소천이 웃음 띤 얼굴로 대답했다.

"잘 끝났어요. 열흘쯤 후에는 칭다오로 돌아오실 겁니다."

소천의 영어는 유창하다. 화란에게 뒤지지 않는다. 서동수는 자주 화란과 소천을 비교하는 자신을 발견하고 머리를 기울였다. 미모나 능력 면에서 우열을 가리기 힘든 때문인가? 젓가락을 내려놓은 서동수가 술잔을 들었다. 60도짜리 백주(白酒)를 시켜놓은 것이다. 창업을 하기 위해서는 믿을만한 직원이 필요한 것이다. 무의식중에 화란과 소천을 염두에 두고 있었던 것 같다. 한 모금에 술을 삼키자 식도를 타고 불덩이가 위장으로 떨어지는 느낌이 들었다.

"우리 오늘 만난 것, 화 언니께 비밀로 할까요?"

불쑥 소천이 물었으므로 서동수가 머리를 들었다. 둘의 시선이 마주쳤고 몇 초쯤 떼어지지 않는다. 소천은 옅게 웃음 띤 얼굴이었지만 긴장하고 있다. 서동수가 시선을 준 채로 묻는다.

"네 생각은 어때?"

"비밀로 했으면 좋겠어요."

"왜?"

"보스하고 비밀을 갖고 싶어서요."

"이건 사적이다. 사적 비밀 말이야?"

"그래요."

일사천리로 대화가 오가더니 잠깐 끊겼다. 그때 소천이 다시 묻는다.

"보스는요?"

"뭐가?"

"저하고 사적인 비밀을 갖고 싶으세요?"

"유혹하는 거냐?"

"그렇게 생각하셔도 돼요."

"회사 업무에 지장이 많아."

"공과 사를 구분할 수 있어요."

거기까지 다시 일사천리로 주고받다가 서동수는 빈 잔에 술을 따랐다. 그러자 소천이 술병을 가져가 제 잔에 술을 채우면서 말했다.

"화 언니가 보스를 좋아하고 있다는 것도 알고 있어요."

"……."

"하지만 상관없어요. 이건 사생활이니까요."

술잔을 든 소천이 한 모금에 술을 삼키고는 반쯤 입을 벌려 더운 숨을 뱉는다. 그 순간 서동수는 목구멍이 좁혀지는 느낌을 받는다. 강렬한 색기(色氣)가 덮쳐진 것 같았기 때문이다. 보라. 조금 상기된 얼굴, 번들거리는 눈빛, 그리고 반쯤 벌려진 입, 당당한 자세와 목소리까지 서동수의 온몸을 누르는 것 같다. 서동수가 소천의 빈 잔에 술을 채워주면서 말했다.

“소천, 나한테 대가를 주고 싶다는 생각은 버려라. 이런 건 주고받는 것이 아니야.”

“돈 빌려준 고마움 때문은 아녜요.”

머리를 저은 소천의 얼굴이 더 붉어졌다. 소천이 말을 잇는다.

“보스, 솔직히 말해 드릴까요?”

“말해.”

“보스하고 섹스하고 싶어요.”

“갓뎀.”

“하고 싶으면 하는 거죠. 전 지금까지 그렇게 살아왔어요.”

“회사에서도?”

“전(前) 부서에선 상급자가 추근댔지만 싫었죠. 전 싫으면 안 해요.”

이제는 서동수가 다시 술을 삼켰고 소천의 말이 이어졌다.

“식당 위쪽이 호텔이거든요. 제가 방 잡아놓고 올게요. 됐죠?”

그렇다. 식당건물 위쪽이 호텔이었다. 서동수가 눈만 껌벅였을 때 소천은 자리에서 일어섰다. 이 경우에 누가 말리겠는가? 고금을 다 훑어봐도 없다.

의자에 등을 붙이고 앉은 서동수가 앞쪽의 빈 의자를 보았다. 소천이 앉았던 자리다. 지금 소천은 호텔 방 열쇠를 받으려고 나갔다. 적당한 알코올 기운이 온몸에 퍼져 있는 터라 분위기는 최적이다. 그러나 서동수의 가슴 위쪽에서 체한 것 같은 느낌이 전해지고 있다. 공들여 쌓아가던 레고가 부서지는 기분 같기도 하다, 아니 부서지고 있다. 그것은 화란을 침대로 끌어들인 후부터다. 지금까지 즉흥적인 행동은 해오지 않았던 서동수다. 모두 앞뒤를 잰 후에 움직였다. 직장 생활에서는 당연히 그래야만 하는 것이다. 그런데 팀의 부하직원인 화란과 육체관계를 맺게 되었고 이것은 자신이 회사를 떠나려고 마음을 먹었기 때문에 가능했던 일이다. 그리고 다시 화란의 부하인 소천의 유혹에 넘어가려고 한다. 마침내 서동수가 길게 숨을 뱉고는 어깨를 폈다. 이쪽의 성(性)문화가 어떠한지는 상관없다. 하지만 이렇게 허물어지기는 싫다. 그때 방문이 열리더니 소천이 들어섰다. 두 볼이 붉게 달아올라 있었고 두 눈에 생기를 띠고 있다.

"키 받았어요."

가방을 손바닥으로 두드려보인 소천이 눈웃음을 쳤다. 그 순간 서동수는 숨이 막히는 느낌이 든다. 소천의 모습이 요염했기 때문이다. 당장 스커트를 벗기고는 깔아뭉개고 싶다. 호흡을 고른 서동수가 물었다.

"호텔비는?"

"300위안."

해놓고 소천이 수줍은 표정을 지었다.

"자고 갈 것이 아니어서 세 시간만 빌렸거든요."

"그렇군."

머리를 끄덕인 서동수가 손을 내밀었다.

"키 이리 내."

"지금 방에 가시게요?"

하면서 소천이 가방에서 키를 꺼내 내밀었다. 키를 받은 서동수가 먼저 길게 숨부터 뱉고 나서 소천을 보았다.

"소천, 난 안 되겠다. 참아야겠다고 조금 전에 결심했어."

한마디씩 차분하게 말한 서동수가 얼굴을 펴고 웃어보였다.

"난 널 좋아하고 안고 싶어. 하지만 직장 상사 입장에서 널 안지는 못하겠다. 미안해."

더 이상 무슨 말이 필요하겠는가? 그렇게 말하면서도 화란의 얼굴이 떠올랐고 얼굴이 후끈거렸으므로 서동수는 시선을 내렸다. 그러고는 지갑을 꺼내 300위안을 세어 소천의 앞에 놓았다.

"키는 내가 돌려줄 테니까 술 남은 것 마시고 집에 가자."

그때 머리를 든 소천이 물었다.

"화란 언니 때문에 그러세요?"

"아냐, 그런 거 없어."

"화란 언니한테 비밀로 하면 되잖아요?"

"글쎄, 그래도 그렇다."

"그럼 왜 화란 언니하고는 잤지요?"

놀란 서동수가 정색하고 소천을 보았다. 시선이 마주치자 머리를 숙인 소천이 말을 이었다.

"화란 언니한테서 들었어요. 보스하고 잤다고."

"……."

"섹스가 좋았다고도 했어요."

숨을 죽인 서동수가 소천의 숙여진 콧날을, 그 밑의 붉은 입술을 보았다. 화란이 그런 일을 다 털어놓았다는 말인가? 도대체 어떤 속셈인가? 그때 머리를 든 소천이 서동수를 보았다.

"보스는 참 순진하세요. 정말 겉모습하고는 달라요."

"그런가?"

서동수는 소리 죽여 숨을 뱉었다. 이제는 우롱당한 느낌이다. 두 여자한테 다.

한영복과의 동업은 옌타이의 성동실업에서부터 시작된 셈이다. 지분 50%씩을 보유한 채 동양의 계열공장으로 가동하면서 이익금을 나눠 갖는 방식이다. 성동실업은 두 달째부터 순이익을 발생시켰는데 좋은 오더에다 노련한 관리자가 붙었으니 손해가 나는 것이 이상할 것이었다.

"자, 이제 우리 본래의 계획을 추진하십시다."

옌타이에서 달려온 한영복이 그렇게 말했을 때는 12월 중순, 성동실업이 가동된 지 석 달째였다. 둘은 칭다오 시내의 한 식당 방에 마주 앉아 있었는데 식탁 위에는 검은색 비닐가방이 놓여졌다. 가방 안에는 지난달 순이익금 17만 위안이 넣어져 있다. 한 달에 한 번씩 이렇게 결산을 하는 것이다. 한영복이 눈으로 돈가방을 가리키며 말했다.

"이건 서 과장이 물어오신 부업(副業)이오. 우리의 본업은 따로 있지 않습니까?"

서동수의 시선을 받은 한영복이 빙긋 웃었다.

"서 과장이 무엇을 우려하시는지 잘 압니다. 동업해서 끝이 좋은 경우가 드물었기 때문 아닙니까?"

"그것도 그렇지만."

따라 웃은 서동수가 소주잔을 쥐었다.

"망해 먹어도 저 혼자 당하는 게 낫다는 생각이 들어서요. 다시 눈치 보는 것도 싫고 말입니다."

"같이 나가다가 목표에 닿았을 때 분가한다는 계약을 하지요."

이제는 한영복이 정색하고 말을 잇는다.

"성동실업 같은 경우에도 나중에는 정리하도록 하십시다."

"좋습니다."

마침내 서동수가 머리를 끄덕였다. 동업이란 서로의 힘을 필요로 할 때 제대로 성립이 된다. 그것도 자신이 갖지 못한 요소를 상대가 지니고 있어야 제대로 된 동업이 되는 것이다. 같이 돈만 낸다거나 머리만 짜낸다면 금방 분열한다.

"그렇다면……."

얼굴에 활기를 띤 한영복이 말을 이었다.

"동업 계약을 하고 공증을 받읍시다. 서로 그렇게 해야 뒤가 깨끗합니다."

서동수도 바라던 일이었으므로 이의가 있을 리 없다. 이제 한영복과 서동수는 중국 시장을 목표로 사업을 시작하게 된 것이다. 한영복의 간쑤성 공장은 인도네시아로 이전하여 중급 브랜드 제품을 생산하고 고급품은 동대문시장에서 생산해서 중국 시장에 판매한다는 전략이다. 그 생산은 한영복이, 판매는 서동수가 맡는 것이다. 자본금은 4억, 각각 2억씩 투자한 후에 차츰 같은 비율로 자본금을 늘려가기로 했다.

"내 생각이지만 서 과장님은 가능한 한 동양에서 오래 버티고 계시는 것이 우리 사업에 도움이 되겠는데요."

웃음 띤 얼굴로 한영복이 말했지만 농담이 아니었다. 그래야 성동실업의 오더가 보장이 될 것이기 때문이다. 성동실업의 배후에 서동수가 있다는 것은 공장장 윤명기 외에 아무도 모른다. 그러니 가능한 한 많이 빨아들여야 한다.

"알겠습니다. 해보지요."

정색한 서동수가 똑바로 한영복을 보았다.

"열심히 하겠습니다."

"난 서 과장님을 믿습니다."

앉은 채로 한영복이 손을 내밀었고 둘은 손을 굳게 잡았다. 이렇게 동업이 시작된 것이다. 그러나 회사에 적(籍)을 두고 시작한 동업이다. 회사를 배신하는 상황은 아니었지만 이용하고 있는 것은 맞다. 옌타이의 성동실업이 흑자를 계속 내고 있었지만 그럴수록 서동수는 불편해졌다. 전(前) 과장, 부장이 이런 식으로 세월을 보내다가 껍질이 벗겨졌지 않은가? 그 껍질을 벗긴 주인공이 바로 서동수인 것이다.

키까지 받아온 소천을 그냥 보낸 후부터 서동수는 중심을 잡았다. 틈을 보이지 않으려고 노력한 것이다. 이인섭에 이어서 또 다른 배신자가 생겨나면 안 되는 것이다. 새 사업의 동업자 선택은 더 신중해져야 되겠다는 마음이 굳어졌다. 새옹지마다. 하나를 잃으면 다른 하나가 온다. 지난번 소천과의 키 사건(?)으로 서동수는 또 하나의 교훈을 얻었다. 여자의 마음은 측량하기 어렵다는 것이다. 마지막 순간까지 방심하면 안 된다는 교훈이다. 12월 하순, 크리스마스가 며칠 후로 다가온 날 오후, 화란이 서동수의 책상 앞으로 다가와 섰다.

"보스, 산동공작소에서 만나자고 하는데요. 어떻게 하죠?"

머리를 든 서동수가 화란의 눈을 보았다. 검은 눈동자가 이쪽을 향한 채 흔들거리지 않는다. 화란의 몸을 안은 지 두 달 가까운 시간이 지났다. 그러나 꿈틀거리던 온몸의 촉감, 소리, 냄새까지 시간이 지날수록 더욱 생생해지는 것 같다. 이렇게 잠깐 시선이 마주쳤을 때 온몸으로 뜨거운 전류가 흘러가는 느낌이 든다. 어깨를 부풀렸다가 내린 서동수가 말했다.

"좋아. 만나지."

"약속을 언제로 정할까요? 노 사장은 언제라도 좋다고 합니다만."

"오늘 저녁에 시간이 있어."

"그럼 오늘 저녁으로 정하겠습니다."

그래 놓고 잠깐 멈췄던 화란이 다시 묻는다.

"저도 같이 갑니까?"

"담당이니까 당연히 가야지."

시선을 내린 서동수가 다시 모니터를 보면서 말을 이었다.

"녹음기도 준비하도록, 주고받는 대화는 기록해놓도록 해. 언제 필요할지 모르니까 말야."

"정말요?"

눈을 크게 뜬 화란이 물었지만 서동수가 모니터에서 시선을 떼지 않고 대답도 안 했으므로 주춤대다가 몸을 돌렸다. 지금까지 그런 적이 없었던 것이다. 산동공작소는 회사의 모든 차량을 수리, 관리하는 업체다. 동양의류 제2공장은 137대의 각종 차량을 보유하고 있었기 때문에 한 달 기름값에서부터 관리비가 평균 35만 위안 정도가 드는 것이다. 머리를 든 서동수가 화란의 뒷모습에 시선을 주었다. 오늘은 미니스커트를 입었는데 엉덩이 볼륨이 다 드러났다. 미끈하게 빠진 허벅지와 종아리, 그리고 발목의 파인 부분까지 한눈에 들어왔다. 오늘밤 산동공작소의 노명 사장은 1년분 리베이트 30만 위안을 가져올 것이었다.

산동공작소는 1년에 한 번씩 결산을 하기로 되었기 때문인데 서동수로서는 처음 받는 입장이다. 그날 저녁 7시가 되었을 때 서동수와 화란은 칭다오 시내의 중식당 '베이징' 에서 노명과 만나고 있다. 노명은 40대 중반쯤으로 큰 키에 세련된 차림이다. 그 동안 업무 관계로 회사에서 여러 번 노명을 만난 터라 서동수의 태도도 자연스럽다. 요리 주문을 받은 종업원들이 방을 나갔을 때 노명이 의자 옆에 놓아둔 비닐 가방을 화란의 옆에 옮겨놓고 말했다. 영어가 유창하다.

"여기 30만 위안 가져왔습니다."

서동수의 시선을 받은 노명이 이를 드러내고 웃었다.

"제 장부에 기록해놓지 않았고 영수증도 받지 않겠습니다."

"그럼 우리도 그렇게 하지요."

머리를 끄덕인 서동수가 옆에 앉은 화란에게 말했다.

"일절 증거를 남기지 말도록. 알았지?"

"알았습니다."

대답한 화란이 소리 죽여 숨을 뱉었다.

가방 안의 녹음기는 켜져 있는 것이다.

"피곤하시겠습니다."

요리를 먹다가 노명이 중국어로 말했다. 젓가락에 낀 해삼에 시선을 주고 있어서 해삼 상태를 말하는 것 같다. 시선을 내린 채 돼지고기 튀김을 먹던 서동수가 귀를 기울인다. 이인섭도 이렇게 대놓고 까불다가 잘라버린 것이다. 그때 화란이 중국어로 대답했다.

"가능하면 영어로 말씀해주시죠."

서동수가 무심한 척 머리를 들었을 때 화란의 시선이 부딪쳐왔다. 그리고 이번에는 화란이 영어로 말했다.

"저는 보스한테 오해받기가 싫거든요."

"무슨 오해?"

서동수가 묻자 화란이 빙그레 웃었다.

"이인섭의 전철은 밟지 않겠다는 뜻입니다."

"그런가?"

"방금 노 사장께서 저한테 영어로만 보고하는 것이 피곤하겠다고 말씀해서요."

노명은 그런 뜻으로 말한 것은 아닐 것이었다. 영어 때문이 아니라 같이 지내기가 피곤하지 않으냐는 뜻이었다. 화란은 겉은 제대로 통역했지만 의미는 다르게 내놓았다. 머리를 끄덕인 서동수가 노명을 향해 웃었다.

"화 대리는 영어보다 내 성품 때문에 피곤할 겁니다."

"그렇습니까?"

노명이 확인하듯 묻자 화란의 얼굴에도 다시 웃음이 떠올랐다.

"별로 그렇지는 않아요. 보스가 오해하신 것 같습니다."

"다행이군."

술잔을 든 서동수가 화란을 보았다. 이제는 화란의 시선이 옆으로 비껴갔다. 중식당을 나왔을 때는 9시가 되어갈 무렵이다. 노명을 먼저 보내고 둘이 식당 앞에 남자 화란이 물었다.

"곧장 집으로 가시겠어요?"

"그럼 돈 가방을 들고 호텔로 가야겠어?"

퉁명스럽게 서동수가 되물었더니 화란이 큭큭 웃었다.

"좀도둑이 돈 가방 처리를 못하고 쩔쩔매는 것 같군요."

"네 분수를 모르는 것 같은데, 넌 그 좀도둑의 부하다."

택시가 다가와 멈춰 섰지만 화란이 손짓으로 보내고는 서동수를 보았다. 식당 현관의 등빛에 반사된 눈동자가 반짝였다.

"보스 두 달이 되었어요."

"뭐가 말야?"

"우리가 섹스를 안 한 날짜를 말한 겁니다."

시선을 준 채로 대답한 화란이 서동수의 팔짱을 끼고 끌듯이 식당 앞을 떠났다. 기선을 제압당한 서동수가 숨만 들이켰고 대여섯 발짝을 떼고난 화란이 말을 잇는다.

"아무래도 이상해서 얼마 전에 소천을 다그쳤더니 실마리가 풀리더군요."

"……."

"소천이 보스한테 섹스를 하자고 유혹했다는 것을 자백했어요. 그날, 제가 양천마을에 출장을 간 날이더군요."

"……."

"보스는 호텔 방 키까지 받아온 소천을 돌려보냈더군요."

서동수는 화란의 두 눈이 더 번들거리는 것을 보았다. 팔짱을 낀 화란의 손에 더 힘이 실렸다. 둘은 어둠에 덮인 거리를 걷는다. 화란이 다시 서동수를 올려다보았다.

"소천이 그러더군요. 보스하고 제가 섹스를 한 사이라는 것, 넘겨짚고는 저한테 들었다고 보스한테 말했다구요."

"……."

"질투가 나서 그랬대요. 보스가 끌려들지 않아서."

그때 서동수가 가방을 바꿔 쥐면서 말했다.

"가방이 무겁다. 어디서 쉬었다 가자."

신음이 이어지고 있다. 그러나 이 신음은 탄성이다. 고통의 신음과 쾌락의 탄성은 이렇게 같은 울림을 낸다. 화란은 두 눈을 치켜뜨고 있다. 이 쾌락의 현장을 기어코 보겠다는 의도 같다. 그러나 의도와는 달리 눈동자는 쾌락에 빠져들어 초점이 없다. 죽은 생선의 눈 같기도 하다. 입을 딱 벌리면서 끝없이 뱉어내는 신음이 방 안을 가득 메우고 있다. 온몸이 땀투성이가 되었고 두 다리가 치켜 들렸다가 서동수의 하체를 감기도 하고 발바닥으로 침대를 눌렀다가 다리를 뻗기도 하는 바람에 마치 몸부림을 치는 것 같다.

"허니."

신음 끝에 뱉는 호칭이 이것이 되었다가

"달링."

애절한 목소리로 가쁜 숨 속에 그런 단어가 튀어나오기도 한다. 이제 화란은 또 한 번의 절정으로 치솟기 시작한다. 서동수는 머리를 숙여 화란의 입에 키스했다. 화란이 입을 벌려 받았지만 쾌감이 솟아오르는 중이어서 제대로 맞춰지지 않는다.

"아이구 어머니."

마침내 화란이 그렇게 중국어로 소리쳤다. 순간에 영어를 잊은 것이다. 이제는 중국어에 익숙한 서동수다. 화란의 비명 같은 중국어 외침을 들은 순간 머리끝이 솟아오르는 느낌을 받는다. 이쪽도 터지려는 것이다. 둘이 엉킨 지 어느덧 한 시간 반, 그 동안 화란은 여러 번 터졌다.

"아악."

이것은 만국 공통의 단발마 외침이다. 화란이 허리를 치켜세우면서 두 손으로 서동수의 어깨를 움켜쥐었다. 그 순간 화란의 동굴이 좁혀지기 시작했다. 동굴벽의 세포가 박동하는 진동이 남성의 표면에 선명하게 전달되었다. 절정인 것이다. 서동수는 상반신을 세우고는 화란을 내려다보았다. 땀에 젖은 얼굴로 화란이 입을 딱 벌린 채 서동수를 본다. 그러나 초점은 멀고 입에서 다시 단말마의 신음이 터졌다.

"아아아아."

화란의 두 다리가 서동수의 하체를 빈틈없이 감았다. 이제 둘의 하반신은 한 덩이가 되었다. 그리고 그 순간 서동수의 남성도 폭발했다.

"으음."

어금니를 문 서동수가 신음을 뱉으면서 화란의 몸 위로 엎드렸고 이제는 둘의 몸 전체가 붙여졌다.

"아아아아."

화란의 신음이 이어지고 있다. 이번 절정은 길다. 포탄의 폭발을 받았기 때문이다. 성(城)은 완전히 허물어지고 있다. 그렇게 빈틈없이 엉켰던 두 몸이 떼어진 것은 5분쯤이나 지난 후였다. 그때는 호흡도 가라앉아 가는 중이고 땀으로 덮인 피부에 찬 기운이 느껴지고 있다. 서동수가 몸을 떼어 옆으로 누웠을 때 화란이 팔을 베고 얼굴을 가슴에 붙인다. 자주 그래서 동작이 익숙하다.

"너무 좋았어요. 보스."

아직도 더운 숨을 가슴에 뱉으면서 화란이 말했다. 그때 화란의 다리 한쪽이 서동수의 하반신 위로 비스듬히 걸쳐졌다. 이 자세를 화란은 좋아한다. 화란이 손가락으로 서동수의 가슴을 가볍게 문지르면서 말했다.

"당신이 부딪쳐올 때 이러다 죽었으면 좋겠다는 생각을 해요."

"네가 절정으로 오르는 모습이 아름다워."

서동수가 남은 손으로 화란의 숲을 쓸었다. 화란의 골짜기는 온통 젖어서 끈적인다. 서동수는 그것을 좋아하는 것이다. 서동수가 말을 이었다.

"여자가 가장 아름다운 순간의 모습이 바로 그때인 것 같다."

그러나 털어놓지 않았다. 밤 12시가 넘었을 때까지 호텔 방 안에서 뒹굴었지만 화란에게 회사 이야기는 털어놓지 않은 것이다. 화란에 대한 오해는 풀렸긴 해도 더욱 신중해졌기 때문이다. 그러나 화란은 환해진 얼굴로 돌아갔다. 헤어질 때는 전에 하지 않던 장면도 연출했다. 그것은 길가에서 서동수에게 키스를 한 것이다. 이른바 굿바이 키스였는데 진했다. 두 팔로 서동수의 목을 감더니 덤벼들어 완벽하게 입을 맞춘 것이다. 다행히 늦은 시간이라 행인이 드물었고 유심히 본 사람도 없었지만 등이 서늘해진 순간이었다. 아파트에 도착했을 때는 오전 1시쯤 되었다. 오늘도 조은희가 소파에서 TV를 보다가 들어서는 서동수를 맞는다.

"아, 자지 그랬어? 기다리지 말라니까?"

서동수가 말하자 조은희는 방으로 따라 들어오면서 대답했다. 물론 둘은 중국어로 말하고 있다.

"부담 갖지 마요. 가정부로서 당연히 해야 할 일이니까."

"난 당신을 가정부로 생각하지 않아."

저고리를 벗으며 서동수가 말하자 조은희가 낮게 웃었다.

"이젠 이런 실랑이도 얼마 남지 않았어요."

조은희가 저고리를 받아들고 말을 잇는다.

"옌지에서 마침 교사 자리가 비었다는 연락이 왔어요. 겨울방학 끝나고 새 학기부터 근무할 수 있을 것 같아요."

놀란 서동수가 몸을 돌렸다.

"아니, 그럼."

"월급도 많이 올랐대요. 물론 여기서 받는 것보다는 못하지만 미현이는 충분히 키울 수 있을 것 같아요."

"그럼 언제 가는데?"

말릴 수도 없고 그럴 입장도 아니어서 서동수가 그렇게 물었더니 조은희가 바지 혁띠를 풀면서 대답했다.

"1월까지는 여기 있다가 2월초에 가려고 해요. 3월에 개학이니까 한 달 동안은 준비해야지요."

혁띠를 푼 조은희가 지퍼까지 내리더니 바지를 끌어내렸다. 서동수는 다리만 번갈아 들어주면 되었다.

"오늘은 애가 얌전하네."

손바닥으로 팬티 밑에서 위쪽으로 남성 부분을 쓸어 올린 조은희가 얼굴을 펴고 웃었다.

"참, 내가 별짓을 다 하죠? 두고두고 이러던 생각이 날 거예요."

그러고는 몸을 돌렸기 때문에 서동수의 얼굴에 찬바람이 덮였다. 옷장은 뒤쪽이다. 이제 조은희가 뒷모습을 보이며 옷장에 옷을 걸면서 말했다.

"난 선생님과 같이 살면서 사람이 육정만으로도 살 수 있겠다는 생각을 했답니다."

서동수는 뒷모습만 보았고 조은희의 말이 이어졌다.

"그리고 내 자신에 대해서도 알게 되었지요. 내 몸이 정욕으로 부글부글 끓는다는 현상도 여기서 처음 체험했다니까요."

옷장의 문을 닫은 조은희가 몸을 돌려 서동수를 보았다. 이제 얼굴에 웃음기가 지워졌고 두 눈이 번들거리고 있다.

"선생님 몸에서 여자 냄새가 나요. 밖에서 여자하고 같이 있다가 온 거죠?"

조은희가 묻자 서동수는 머리만 끄덕였다. 다시 조은희가 말했다.

"그런 일 여러 번이더군요. 처음에는 화가 났지요. 날 무시하는 것 같기도 했고, 불신, 그러고는 내 자신까지 싫어지더라고요."

"……."

"그러다가 나중에는 선생님을 존경하게 되었어요. 아, 이런 남자도 있구나……."

그때 서동수가 헛기침을 했다.

"오늘밤에 할 수도 있는데."

"아니, 싫어요."

바로 대답한 조은희가 이를 드러내며 소리 없이 웃었다. 그러더니 거침없이 다가와 서동수 앞에 섰다. 조은희한테서 익숙해진 살냄새가 맡아졌다. 사람에게는 독특한 냄새가 있다. 조은희의 냄새는 은근하면서도 강하다. 매운 땀 냄새 같기도 하다. 바짝 다가선 조은희가 손을 뻗어 서동수의 팬티 안으로 집어넣었다. 서동수는 숨을 삼켰지만 놔두었다.

그때 조은희가 팬티 안에서 서동수의 남성을 쥐더니 눈을 크게 떴다.

"어머, 놀래라."

입술만 달싹이며 말했지만 조은희의 목소리는 분명했다. 조은희의 손에 잡힌 남성이 불끈 일어섰기 때문이다.

"오늘은 참겠어요."

남성을 장검의 손잡이처럼 움켜쥔 조은희가 번들거리는 눈으로 서동수를 보았다.

"내일 해요."

"내일."

서동수는 자신의 말끝이 떨리는 것을 듣는다. 팬티 차림이 된 서동수는 지금 다리 사이의 장검을 잡힌 채 두 손을 늘어뜨리고 서 있다. 그때 조은희가 손잡이를 흔들면서 말했다.

"내가 이러고 있을 줄 누가 상상이나 하겠어요? 모두 당신이 이렇게 만들어놓았어요."

"그냥 그놈을 넣어."

서동수가 헛소리처럼 말했을 때 조은희가 손을 떼더니 한 걸음 물러섰다. 그러고는 호흡을 고르고 나서 대답했다.

"참을성을 길러준 사람도 당신이죠. 내일까지 참아봐요."

몸을 돌린 조은희가 방을 나갔으므로 서동수는 길게 숨을 뱉는다. 그러나 한마디는 했다.

"네가 고생이다."

제 남성에 대고 한 소리다.

다음 날 오전, 출근한 서동수가 곧장 공장장실 안으로 들어선다. 회의 준비를 하고 있다. 윤명기가 선 채로 물었다.

"무슨 일이냐?"

"잠깐만 들으시지요."

하면서 서동수가 소형 녹음기를 윤명기의 책상 위에 놓았다. 버튼을 누르자 곧 산동공작소 사장 노명의 목소리가 울렸다. 어제 화란이 가져간 녹음기다.

"여기 30만 위안 가져왔습니다."

노명의 말이 이어졌다.

"제 장부에 기록해놓지 않았고 영수증도 받지 않겠습니다."

"그럼 우리도 그렇게 하지요."

서동수는 제 목소리가 끝났을 때 버튼을 누르고는 윤명기를 보았다.

"어떻게 할까요?"

그러자 쓴웃음을 지은 윤명기가 눈으로 녹음기를 가리켰다.

"이거 없애."

"알겠습니다."

머리를 숙여 보인 서동수가 윤명기를 보았다.

"몇 시쯤 찾아뵐까요?"

"내가 오늘은 동창 모임이 있어. 그러니까 늦게 들어갈 거야."

그러더니 웃음 띤 얼굴로 말을 이었다.

"집에 연락을 해놓을 테니까 8시쯤 가면 되겠다."

"알겠습니다."

와이프한테 넘겨줘도 좋다는 의미다. 방을 나온 서동수가 길게 심호흡을 했다. 30만 위안은 둘로 나눠져서 윤명기와 자신이 절반씩 먹게 되었다. 이제는 윤명기가 거침없이 먹는 것이다. 모두 자신이 오염시킨 때문이다. 사무실로 돌아왔더니 화란이 얼른 외면하고 딴청을 부렸다. 그것을 본 서동수의 얼굴에 웃음이 떠올랐다. 공범이 하나 또 있는 것이다. 오염시킨 공범이다.

서동수는 신입사원이었을 때부터 이른바 동선관리(動線管理)를 해왔다. 그것은 효율적 행동을 말한다. 예를 들면 회사에서 A라는 목적지에 갈 일이 생겼을 때 A까지의 동선 주변에 위치한 거래처나 친지를 함께 찾거나 그것도 없으면 시장조사라도 하는 것이다. 이것은 집에 있을 때부터 단련시킨 버릇이다. 화장실까지 가는 동선근처에 주방이 있다면 그 동선 사이에 놓여진 빈 그릇, 잔들을 수거하여 주방에 놓고 나서 화장실에 가는 것이다. 이렇게 버릇을 들이다 보니 시간소모가 현저히 줄어들었다. 시간소모란 시간 낭비를 말한다. 서동수가 가장 어이없게 생각하는 경우는 '멍' 한 상태에서 시간을 보내는 인간들이다. 명상이나 요가를 하지 않는 한 인간은 일초라도 시간을 유용하게 사용해야 된다고 믿었다. 특히 직장인의 시간은 천금(千金)과 같다. 직장인이 '멍' 한 상태로 시간을 보낸다는 것은 죄악이나 같다. 할 수 없이 차 안에 갇히게 되었다면 오더 수주계획이나 생산 증진 계획이라도 구상해야 되는 것이다. 11시 반에 서동수는 칭다오 시내에 위치한 커피숍에서 화란을 만난다. 오전 회의를 끝내고 이곳으로 나와 화란을 불러낸 것이다. 어젯밤의 진한 정사 여운이 아직도 가셔지지 않은 터라 화란은 서동수의 시선을 받는 순간 얼굴이 붉어졌다. 회사에서는 기를 쓰고 참았겠지만 여기서는 억제할 필요가 없기 때문일 것이다. 앞자리에 앉은 화란이 붉어진 볼을 두 손바닥으로 누르며 물었다.

"왜요?"

그러자 서동수가 화란 앞에 비닐 쇼핑백 하나를 놓았다.

"3만 위안이다. 어제 받은 리베이트를 쪼갠 거야."

숨을 들이켠 화란이 얼굴에서 손바닥을 떼었다. 시선이 비닐백에 꽂혀졌고 얼굴은 굳어지고 있다.

"3만 위안이나……"

"나머지는 내가 알아서 할 테니까 알려고 하지 말 것, 알았지?"

"네, 보스."

그때서야 정신을 차린 화란이 비닐백을 들어 제 옆에 놓고 나서 묻는다.

"이것 때문에 나오라고 하신 건가요?"

"내 동선에 널 넣은 것이야."

서동수의 동선관리는 알고 있었으므로 화란이 머리를 끄덕였다.

"그럼 저하고 같이 밥 먹어요?"

"먹고 나서 호텔 가게?"

"오늘은 그만."

눈을 흘기면서 화란이 말하자 서동수가 손목시계를 보는 시늉을 했다.

"12시에 또 약속이 있어."

"거래선인가요?"

"넌 알 필요가 없고."

"그럼 저, 가요?"

서동수가 머리만 끄덕이자 화란은 백을 쥐고 일어섰다.

"고맙습니다. 잘 쓸게요."

"소천을 조심해."

"걱정하지 마세요, 앞으로는 두 번 다시 우리 옆에서 얼쩡대지 못할 테니까요."

매몰차게 말한 화란이 한걸음 발을 떼었다가 멈춰 서더니 서동수를 보았다.

"왜?"

하고 서동수가 묻자 화란이 숨을 들이켰다가 뱉었다.

"사랑해요, 보스."

서두르듯 말한 화란이 몸을 돌렸으므로 서동수는 등에 대고 입을 벌렸다가 닫았다. 화란이 커피도 마시지 않고 나갔을 때 다시 손목시계를 본 서동수가 커피잔을 들고 한 모금을 삼켰다. 11시 45분이다. 12시에 바로 옆쪽 중식당에서 손님을 만나기로 한 것이다. 오늘 낮 동선의 목적지가 바로 그곳이다.

12시 정각이 되었을 때 서동수는 중식당 '상하이'의 방으로 들어섰다. 기다리고 있던 한영복과 여자 하나가 자리에서 일어나 서동수를 맞는다.

"어서 오시오. 서 사장."

한영복이 서 사장이라고 부를 때는 새 사업에 관계가 있을 때뿐이다. 다가선 서동수에게 한영복이 여자를 소개했다.

"이분이 내가 말씀드린 디자이너 박세영 씨요."

"반갑습니다."

머리만 숙여 보인 여자에게 서동수가 먼저 손을 내밀었다. 여자는 서동수가 내민 손을 잡았다. 가늘고 부드러운 손이다. 30대 중반쯤 되었을까? 서동수 또래로 보였는데 날씬한 체격에 웃음 띤 얼굴이 상큼했다.

"잘 부탁합니다."

하고 박세영이 인사를 했다. 셋이 자리에 앉았을 때 종업원들이 들어와 주문을 받고 돌아갔다. 박세영은 동대문시장의 디자이너로 한영복이 스카우트해온 창업멤버가 되겠다. 한영복이 서동수를 눈으로 가리키며 박세영에게 말했다.

"서 사장이 판매를 책임질 테니까 앞으로 박세영 씨하고 손발을 잘 맞춰야 될 거요."

"열심히 하겠습니다."

박세영이 다시 인사를 했다. 이미 한영복한테서 박세영의 인적 사항을 들은 터라 오늘은 상견례인 셈이었다. 박세영은 의상학과를 나온 후에 곧장 동대문시장 디자이너로 일했는데 꽤 알려진 인물이었다. 수백 벌을 히트시켰고 돈도 꽤 벌었지만 작년에 다 정리했다는 것이다. 결혼했다가 역시 작년에 이혼을 했고 자식은 없다. 한영복이 이제는 서동수에게 말했다.

"나는 옌타이 공장과 인도네시아에 자주 가봐야 되어서 당분간은 서 사장이 박세영 씨한테 신경을 써주셔야겠어요."

"당연한 일이죠."

정색한 서동수가 박세영을 보았다.

"언제라도 연락을 하세요. 내가 혼자 살고 있으니까요. 누구 눈치 볼 일도 없습니다."

'나도' 하려다가 간신히 '내가' 로 바꾼 바람에 서동수의 등이 으스스해졌다. 박세영의 신원조사는 비밀이었기 때문이다. 한영복과 서동수만 안다.

"당분간 박세영 씨는 시장조사로 바쁠 겁니다. 베이징에도 가봐야 하고."

한영복이 업무 이야기를 시작하자 박세영은 가방에서 수첩과 펜을 꺼내 들었다. 착실한 자세다.

"시장조사 일정표를 내주시면 나하고 서 사장이 일정에 맞춰 도와드릴 겁니다."

"일정표는 가져왔어요."

한영복의 말이 끝나자마자 박세영이 서류를 꺼내어 둘 앞에 한 장씩을 내밀었다. 서류를 펴본 한영복이 감탄했다.

"그렇군요."

일정은 내일부터 한 달 동안 빼곡하게 잡혀 있었는데 현실적이고 동선관리가 잘되었다. 그것을 본 서동수도 머리를 끄덕였다.

"잘되었습니다."

박세영을 위해 칭다오 시내에 30평형 아파트를 임차해놓은 터라 일은 당장 내일부터 시작할 수가 있다. 박세영은 중국의 고급시장을 목표로 채용한 인력인 것이다. 즉 고급시장 제품의 생산 책임자다. 요리가 날라져 왔으므로 방 안 분위기는 더 부드러워졌다. 한영복이 씹던 것을 삼키더니 박세영에게 물었다.

"오신 지 이틀밖에 안 되었지만 중국을 보신 느낌이 있습니까?"

"사람이 많네요."

불쑥 대답했던 박세영의 얼굴에 희미하게 웃음기가 떠오르더니 말을 이었다.

"그래서 사업이 잘될 것 같아요. 옷도 많이 입을 테니까요."

연말이 되면 중국도 선물 가방을 들고 오가는 사람들이 많이 보인다. 서동수가 쇼핑백을 들고 윤명기의 아파트 앞에 섰을 때는 오후 7시 50분이다. 지금까지 직장생활을 해온 이후로 서동수는 약속시간을 어긴 적이 한 번도 없다. 직장인이 시간 약속을 어기는 것은 기본이 안 돼 있다는 증거인 것이다. 흔히 전쟁과 직장을 비교하는데 시간약속을 어기는 것은 전쟁터에 늦게 가거나 안 가는 것이나 같다. 아파트 현관에서 인터폰을 했더니 윤명기의 부인이 금방 받았다.

"어머, 어서 오세요."

윤명기의 연락을 받고 기다리던 중이었다. 엘리베이터에서 내리자 아파트 문을 열어놓은 부인이 현관에서 웃음 띤 얼굴로 맞는다. 서동수가 허리를 굽혔다.

"안녕하셨습니까?"

"잘 오셨어요."

서동수의 팔을 끌듯이 집안으로 안내한 부인이 소파에 앉히고는 서둘러 마실 것을 가져왔다. 그러더니 안쪽에 대고 부른다.

"애, 어서 나와."

그러자 여자 하나가 나왔다. 30대쯤의 통통한 체격, 둥글고 귀염성이 있는 용모, 서동수를 보더니 생글거리며 웃는다. 놀란 서동수가 엉거주춤 일어섰더니 부인이 소개했다.

"제 대학 후배예요, 마침 중국에 놀러왔길래 서 과장님 소개 시킨다고 잡아두었죠."

그러자 여자가 먼저 인사를 했다.

“안녕하세요, 이은경이라고 합니다. 말씀 많이 들었어요.”

“서동수입니다.”

머리를 숙여 보인 서동수가 먼저 용건부터 해결했다.

“이거, 공장장님이 가져다 드리라고 해서요.”

하면서 들고온 쇼핑백을 내밀었더니 부인이 웃음 띤 얼굴로 받는다. 힐끗 시선을 주는 표정이 의미심장했다.

“네, 수고하셨어요.”

1만 위안 뭉치가 15개, 신문지로 싸놓은 돈뭉치가 묵직했다. 부인이 쇼핑백을 들고 잠깐 방안으로 들어갔을 때 서동수가 앞에 앉은 이은경을 보았다. 낮에 만난 박세영과 자연스럽게 비교가 된다. 비슷한 연령대였지만 대조적이다. 박세영은 세련되었고 날씬하며 섬세한 용모였는데 이은경은 육감적이고 풍성하며 부드럽다. 그때 이은경이 웃음 띤 얼굴로 말했다.

“저, 미혼이에요.”

“전 이혼이올시다.”

저도 모르게 말이 그렇게 나오는 바람에 서동수는 쓴웃음을 지었다. 이은경이 킥킥 웃었으므로 서동수는 머리를 숙여 보였다.

“말하다 보니까 그렇게 나왔습니다.”

“저도 누가 묻지도 않았는데 결혼 안 했다는 말부터 했네요.”

그때 부인이 나오면서 둘을 번갈아 보며 웃었다.

“벌써 분위기가 좋네.”

이은경의 옆자리에 앉은 부인이 말을 잇는다.

"서 과장님, 부담 갖지 마시고 얘하고 술이나 한잔하세요. 얜 이래봬도 꽤 유명한 화가랍니다. 얘가 중국 왔다는 연락을 받고 바로 서 과장님 생각이 나지 뭐예요?"

하더니 이번에는 이은경에게로 머리를 돌렸다.

"어때? 용모하고 성격이 차이가 나는 사람이 있지만 서 과장님은 같아. 목소리까지 용모, 성격과 같다니까? 이런 남자는 드물단다."

그 순간 서동수는 숨을 들이켰다. 평범한 사모인 줄 알았더니 분석이 예리하다. 그리고 이런 평가는 어머니한테 듣고 처음이다.

한중 수교 직후에 중국으로 진출한 한국 업종 중에서 '룸살롱'이 가장 장사가 잘 된 사업 중 하나라는 데 이의를 제기하는 사람은 드물 것이다. 중국 정부의 눈치를 보느라고 처음엔 '룸가라오케' 또는 '가라오케' 등의 간판을 걸었는데 손님들의 대부분이 룸살롱의 향수를 간직한 한국인들이었다. 그리고 중국식 룸살롱은 그들의 기대에 부응했을 뿐만 아니라 금방 한국식 룸살롱을 넘어섰는데 이유는 간단했다.

막대한 인력과 가격 때문이다. 초창기의 중국식 룸살롱에 가면 그야말로 '서시' 같고 '양귀비' 같은 미인이 지천으로 있었다. '쭉쭉빵빵' 한 여인이 수백 명씩 앞에 도열해 있을 때의 기분은 이루 표현할 수가 없다. 거기에다 한국의 반에 반에 반값으로 온갖 향응을 즐기게 되는 것이다. 그런데 10년쯤 지나자 먼저 룸살롱에서 조선족 미인들이 자취를 감추었다. 한국 기업들이 기반을 굳히면서 더 좋은 일자리를 찾아 나간 것이다. 그러더니 중국계 미인들이 빠져나가면서 손님들도 중국인으로 대체되었다. 돈 번 중국인들이 많아졌기 때문이다. 이제 수교 20년, 중국은 세계 제2의 경제대국으로 군림한다. 수교 초창기에 중국에 뛰어들었던 한국인 사업가들이 격세지감을 느낄 만 했다. 눈 깜박하는 사이에 중국이 거대해진 것 같고 상대적으로 자신은 위축되거나 더 작아진 느낌이 드는 것이다. 오후 10시, 서동수와 이은경이 룸살롱 '서울'의 방안에서 나란히 앉았다. 이곳은 서동수가 업무용으로 들르는 곳이어서 조선족 마담도, 파트너도 없다. 여자 데리고 와서 술 마시기에 적당한 곳이다.

"여기가 중국식 룸살롱이군요."

술잔을 든 이은경이 웃음 띤 얼굴로 방을 둘러보았다. 윤명기의 아파트에서 같이 나온 서동수가 룸살롱 구경할 거냐고 물었더니 이은경은 대번에 승낙했다.

가보고 싶었다는 것이다.

"여기 자주 오셨나 봐요."

"그래요, 업무상."

이은경의 시선을 받은 서동수의 심장박동이 빨라졌다. 눈빛이 강하다. 물기에 젖은 눈동자가 번들거리고 있다. 웃음 띤 얼굴이 조금 굳어진 것은 긴장했기 때문일 것이다. 서동수가 그 시선을 받은 채 묻는다.

"나에 대해서 또 들은 말 있습니까?"

"능력 있는 분이라는 것."

이은경이 바로 대답했다. 이윽고 시선을 뗀 이은경이 한 모금에 위스키를 삼켰다.

"저도 뵙고 나서 바로 느꼈죠."

"어떤 능력?"

"바로 이런 거."

잔에 술을 채우면서 이은경이 말을 잇는다.

"여자 끌고 가는 이 분위기."

"오해한 것 같은데."

쓴웃음을 지은 서동수가 소파에 등을 붙이고는 팔을 뻗었다. 그러고는 이은경의 어깨를 감싸 안았다.

"이은경 씨는 참 편하게 만들어 주는 재주가 있어."

"그것도 사람에 따라 다르지."

서동수의 팔에 몸을 안기면서 이은경이 얼굴을 펴고 웃었다. 이제 얼굴 근육이 풀려져 있다.

"싫다면 이곳에 따라오지 않았을 테니까."

그때 서동수가 이은경의 귓불을 입술로 물고는 혀끝으로 애무했다.

"근데 좀 빠르긴 해."

그렇게 혼잣소리처럼 말한 이은경이 손을 뻗어 서동수의 바지 혁대를 풀었다.

"여기서 하려고?"

그렇게 물은 이은경의 목소리가 떠 있었으므로 서동수는 숨을 들이켰다. 빠르다. 그러나 그 어떤 때보다 더 감동적이다.

바지 혁대를 푼 이은경이 곧 지퍼를 내리더니 손을 뻗쳐 팬티 속으로 집어넣었다. 그 순간 이은경이 눈을 크게 떴다.

"히이."

숨을 들이켜는 소리가 그렇게 났다. 이은경이 서동수의 남성을 움켜쥐고 그런 것이다.

"엄마나, 커."

이은경이 그렇게 말했을 때 서동수가 피식 웃었다.

"경험이 많지 않으시구먼."

"왜?"

이제 상기된 얼굴로 물은 이은경의 스커트를 들친 서동수가 팬티를 끌어내렸다. 이은경이 엉덩이를 들고 팬티가 벗겨지도록 돕는다. 그러나 서동수의 남성은 뺏길까 겁내는 애처럼 움켜쥐고 있다. 팬티가 발목으로 흘러내렸을 때 이은경이 들뜬 목소리로 물었다.

"여기서?"

"응."

그러자 이은경이 그 자리에서 그대로 눕더니 다시 묻는다.

"누가 들어오면 어떡해?"

"보면 그냥 나갈 거야."

"여기선 빨리하고 호텔로 가."

그 사이에 바지와 팬티를 내린 서동수가 이은경의 몸 위로 엎드렸다. 이은경이 다리를 벌리면서 서동수의 어깨를 두 손으로 움켜쥐었다. 눈동자의 초점은 이미 멀어져 있다.

"불편하지?"

서동수에게 묻는 말이다. 그때 골짜기에 남성을 붙였던 서동수가 바로 공격했다. 그 순간 입을 딱 벌린 이은경이 턱을 치켜들면서 소리쳤다.

"아유 좋아."

상대마다 모두 다르다. 신음소리도 다르고 호흡도, 냄새도, 촉감도, 반응도 제각각인 것이다. 그리고 그 모든 반응이 자극을 촉진시킨다.

"아유, 여보."

다시 한 번 공격했을 때 이은경이 소리쳤다. 이은경의 샘은 이미 젖어 넘치고 있다. 서동수는 머리를 숙여 이은경의 입술에 키스했다. 이은경이 기다렸다는 듯이 두 팔로 목을 감더니 혀를 내밀었다. 그러고는 두 다리로 서동수의 몸을 감았다. 빈틈없이 밀착된 것이다.

"세게."

그 순간 다리를 푼 이은경이 입도 떼더니 소리쳤다.

"여보, 빨리해."

분위기에 따라서 반응이 달라진다. 언제 룸 안으로 누가 들어올지 모른다는 의식이 박혀 있는 터라 이은경은 서둘렀다. 이런 분위기에는 맞춰줘야만 한다. 말로 설득할 여유도 없고 분위기가 아니다.

"아, 아, 아, 아."

이제 이은경의 입에서 단발적인 외침이 터져 나온다. 단어를 늘어놓을 여유가 없기 때문이다. 뇌가 단어를 생성할 수가 없는 것이다. 그러나 이은경의 몸놀림은 현란했다. 허리를 치켜들고 서동수의 남성을 받은 채 떨어지더니 나중에는 좌우로 흔들어 마찰을 극대화시키기도 했다. 두 다리가 수시로 치켜 올라갔다가 내려갔으며 서동수의 몸을 감고 꼬았다. 서동수는 쾌감의 빠른 상승을 억누르려고 어금니를 물어야만 했다. 이윽고 이은경이 폭발했다. 그 순간 아무것도 의식하지 못한 것처럼 목청껏 비명을 지른 것이다. 그러더니 온몸이 굳어졌다. 절정에 오른 순간 이은경의 샘이 남성을 강하게 조였으므로 서동수도 신음했다. 그러나 참았다. 둘은 다 아래쪽만 벗은 상태다. 이은경은 스커트도 벗지 않고 들쳐 놓았다. 그러나 그 모습은 더욱 자극적이다. 서동수는 이은경의 입술에 다시 키스했다. 그때 이은경이 훌쩍이며 운다.

잠시 후에 몸을 일으킨 이은경이 팬티를 집어 들더니 화장실로 들어갔다. 그러고는 서동수가 위스키를 석 잔째 마셨을 때 멀쩡한 모습이 되어서 나왔다.

"나, 한잔 줘."

단정한 표정으로 이은경이 서동수에게 말했다. 향수까지 다시 뿌렸는지 짙은 향수 냄새가 맡아졌다. 술병을 쥔 서동수의 심장이 다시 뛰었다. 이은경의 처신이 마음에 든 것이다. 시치미를 딱 떼는 모습이 신선하다. 이은경이 채워진 술잔을 들더니 한 모금에 삼키고는 맑은 눈으로 서동수를 보았다. 초점이 똑바로 잡혀져 있다.

"오늘 좋았어."

이은경이 또렷한 목소리로 말을 잇는다.

"나, 두 달쯤 중국 여행 다니려고 해. 경치 좋은 곳에서 스케치하고 마음 내키는 대로 다니는 거야."

"……."

"언니가 소개는 시켜주었지만 내 스타일 알기 때문에 큰 기대는 안 할 거야, 그러니까 자기도 부담 갖지 마."

"넌 왜 이렇게 마음에 드는 소리만 하니?"

마침내 서동수도 한마디 거들었다.

"그러니까 내가 더 끌리잖아?"

사실이다. 이은경에 대한 호감도가 부쩍 상승했다. 이런 상황에서는 다른 남자도 마찬가지일 것이다. 그러나 이은경이 쓴웃음을 지었다.

"잘은 모르지만 자기하고 나하고 스타일이 비슷한 거 같아. 나, 남자 많아."

"그러지 마."

정색한 서동수가 똑바로 이은경을 보았다.

"나한테는 네가 과분한 상대야, 넌 나 같은 쓰레기가 아니라구."

그러자 이은경이 힐끗 서동수에게 시선을 주더니 피식 웃었다.

"자기도 마음에 드는 소리를 하네."

이은경은 두 살 아래인 서른셋, 그림을 그리는 한편 대학에 강의를 나간다고 했다. 자유분방한 것처럼 보였지만 할 일은 분명하게 처리하는 성격 같다. 둘이 룸살롱을 나왔을 때는 12시가 다 되어갈 무렵이다.

"내 호텔 갈 거야?"

종업원이 택시를 세웠을 때 이은경이 정색한 얼굴로 물었다. 이은경의 시선을 받은 서동수가 풀썩 웃었다.

"당연하지, 아까 난 쏘지도 않았어."

"뭘?"

했다가 이은경이 서동수의 팔을 꼬집으면서 눈을 흘겼다. 이은경은 시내 중심부에 위치한 크라운호텔에 투숙하고 있었는데 특급호텔이다. 호텔 로비로 들어선 이은경이 서동수의 팔짱을 끼면서 물었다. 웃음 띤 얼굴이다.

"어때? 내가 이래도 괜찮아?"

"괜찮아,"

"가끔 생각나면 연락해."

"너두."

엘리베이터에 올랐을 때 마침 둘뿐이었으므로 이은경이 문이 닫치자마자 서동수의 목을 두 팔로 감고 매달렸다.

"키스해 줘."

"서둘긴, 몇 분만 참으면 될 텐데."

하면서도 서동수가 이은경의 허리를 감아 안고는 입을 붙였다. 곧 이은경의 뜨겁고 말랑한 혀가 뽑혀져 나오더니 꿈틀거렸다. 이윽고 엘리베이터가 멈추자 얼른 몸을 뗀 이은경이 가쁜 숨을 몰아쉬며 말했다.

"난 이런 자극이 좋아."

"방에서 길게 하는 건 싫어?"

복도로 나온 서동수가 묻자 이은경이 다시 팔짱을 끼었다.

"오늘은 마음 놓고 길게 할 거야."

이은경의 들뜬 얼굴을 본 서동수는 숨을 들이켰다. 기대감에 가슴이 벅찼기 때문이다.

오전 5시 반, 눈을 뜬 서동수가 머리를 돌려 옆쪽을 보았다. 그러고는 눈동자의 초점을 잡았더니 이은경과 시선이 마주쳤다. 모로 누운 이은경이 이쪽을 바라보고 있었던 것이다.

"어, 깼니?"

가라앉은 목소리로 묻자 이은경이 바짝 몸을 붙였다. 그러자 얼굴이 닿으면서 눈앞에는 이은경의 귓불만 보인다. 둘 다 알몸인 터라 사지가 엉켜 있다. 3시 반쯤 잠이 들었으니 두 시간밖에 자지 못했지만 몸이 가볍다. 만족한 섹스를 하고 나면 그렇다.

"자기, 자기 것 보고 있었어."

몸을 딱 붙인 이은경이 입술로 서동수의 가슴을 문지르면서 말했다.

"편안하게 자는 모습을 보면서 아, 이렇게 결혼해서 사는구나 하는 생각이 들었어."

"잠자는 남편 목을 졸라 죽이는 마누라도 있어."

"그럴 수도 있겠지."

이은경이 손을 뻗어 서동수의 남성을 움켜쥐었다. 조금씩 일어나던 남성이 움켜쥐는 서슬에 벌떡 곤두섰다

"아유."

남성을 움켜쥔 이은경이 킥킥 웃었다.

"얜 지치지도 않나봐."

"그놈이 오늘 임자 만난 거다."

"나, 거기 아파. 따끔거려."

서동수의 손이 닿자 엉덩이를 빼는 시늉을 하면서 이은경이 물었다.

"우리, 두 시간은 했지?"

"아마 그쯤 될 걸?"

"나, 그렇게 오래 넣고 있었던 적이 없어."

"대개 몇 분이었는데?"

"몰라."

이미 이은경의 얼굴은 상기되었고 가슴에 닿는 숨결은 덥다. 이은경이 쥐고 있던 남성을 제 샘에 붙이며 말했다.

"나, 또 촉촉해졌어. 넣어줘."

"이러다 내가 복상사하겠는데."

하면서 서동수가 상반신을 일으켰더니 이은경이 반듯이 누우면서 말

했다.

“살살, 응?”

서동수가 자세를 잡자 이은경이 벌써 흐려진 눈동자로 다시 말했다.

“천천히, 응? 거기 따끔거린단 말야.”

그러나 서동수가 세차게 진입하자 이은경은 커다랗게 탄성을 뱉는다. 두 팔로 서동수의 어깨를 움켜쥔 이은경이 헛소리처럼 말했다.

“아유, 내가 미쳤나 봐.”

다시 방 안에 폭풍우가 몰아쳤다. 이번에는 자세를 자주 바꿨으므로 두 번째로 엎드렸던 이은경이 헐떡이며 말했다.

“자기야, 자기는 여기 그대로 있을 거지?”

서동수가 이은경의 허리를 움켜쥐고 되물었다.

“왜 그러는데?”

“형부가 내년 5월에 서울 본사로 돌아간대.”

그때 서동수가 세차게 남성을 진입시켰으므로 이은경이 비명을 질렀다. 침대 시트를 움켜쥔 손등에 정맥이 돋아났고 방바닥을 짚은 발가락이 잔뜩 오그라져 있다.

“아유, 아파. 살살.”

“난 안 가.”

서동수가 남성을 후진시키자 이은경은 더 자지러졌다. 서동수는 이제 부드럽게 허리를 움직이기 시작했다. 내년 5월이면 다섯 달 남았다. 공장장 윤명기가 떠난다면 더 이상 이곳에 머물 필요가 없는 것이다. 그날이 나한테도 D-데이다. 부담 없이 떠날 수가 있다. 윤명기도 마찬가지 심정일 것이다. 산전수전 다 겪은 터라 길게 끌면 탈이 난다고 믿기 때문이다. 그때 이은경이 엉덩이를 흔들며 말했다.
"자기야, 이제 좀 세게. 응?"

3장

승자와 패자

박세영의 전화가 왔을 때는 오후 6시가 되어 갈 무렵이다.

"돌아왔어요."

대뜸 그렇게 말한 박세영의 목소리는 밝다. 시장조사를 하고 돌아왔다는 말이었다. 떠난 지 열흘째가 되는 날이다.

"오늘 저녁에 시간 있으세요? 보고 드릴 것이 있는데."

박세영이 다시 말하자 서동수는 쓴웃음을 지었다. 오늘 저녁에 거래처와 저녁 약속이 있는 것이다. 그러나 할 수 없다.

"그럽시다. 그럼 7시에 지난번 만났던 '상하이' 에서."

그렇게 약속을 잡고 거래처와 저녁식사는 화란에게 맡긴 서동수가 회사를 나온다. 이제는 내 사업이 우선인 것이다. 더구나 디데이까지 정해진 상황이다. 5개월 안에 기반을 좁혀 놓아야만 한다. 중식당 '상하이'의 방에서 기다리고 있던 박세영이 서동수를 보더니 자리에서 일어섰다. 윗사람을 맞는 태도다.

"혼자 다니시기 힘들지 않았어요?"

서동수가 묻자 박세영은 눈웃음을 쳤다.

"아뇨, 오히려 좋았어요. 누가 같이 있으면 불편해요."

머리를 끄덕인 서동수가 박세영의 가슴께에 시선을 주었지만 온몸의 윤곽이 시야에 다 드러났다. 실크 블라우스와 스카프를 맨 박세영의 옷차림은 세련되었다. 부드러운 실크는 박세영이 움직일 때마다 하늘거리며 향기를 품어낸다. 들어온 종업원에게 음식을 주문했더니 박세영이 눈을 둥그렇게 떴다.

"중국어 잘 하시네요."

"음식 주문할 정도죠."

시치미를 뗀 서동수가 지그시 박세영을 보았다. 박세영은 35세였으니 동갑내기다. 그리고 새 사업의 일원인 것이다.

"시장을 보신 소감을 들읍시다."

서동수가 말하자 박세영이 웃음 띤 얼굴로 대답했다.

"우선 칭다오부터 매장을 시작해 보겠어요. 자신감이 생겼습니다."

서동수의 시선을 받은 박세영이 말을 잇는다.

"패션이 한국과 같아요. 인터넷, TV를 통해 바로 연결이 되기 때문이죠. 제가 베이징, 상하이, 톈진까지 돌아보았는데 패션이 같았습니다."

그것은 동양의 시장조사 결과와도 같다. 머리를 끄덕인 서동수가 입을 열었다.

"내가 박 사장하고 시내 중심부의 매장 두 곳에 임차 계약을 해놓았어요. 바로 시작할 수 있습니다."

"빠르네요."

박세영의 얼굴이 환해졌다.

"그럼 내일부터 준비를 하죠."

"두 달 후에 시작할 수 있겠어요?"

"해보겠어요."

그러더니 박세영이 눈을 좁혀 뜨고 서동수를 보았다.

"성공할 것 같아요. 사장님."

그 순간 심장이 철렁 내려앉는 느낌이 들었지만 서동수는 얼굴을 펴고 웃었다.

사장님 소리가 실감 나게 들렸기 때문이다. 그때 요리가 날라져 왔으므로 서동수는 젓가락을 들었다. 박세영은 앞으로 바쁠 것이었다. 한국에서 매장 판매사원들을 데려 오는 것에서부터 물품 구입, 매장 내부 장식, 중국인 사원 채용자 교육에 이르기까지 모두 주도해야 되기 때문이다. 그러고 나서 가게 기반이 잡히는 대로 회사의 자체 브랜드를 중국에서 생산, 판매하는 계획이다. 그때 해삼을 삼키고 난 박세영이 문득 생각이 났다는 표정을 짓고 물었다.

"사장님, 직원 채용 전, 물품 구입처를 결정하려면 저하고 같이 서울에 다녀와야 할 텐데요. 언제 가실 수 있어요?"

그렇지, 서울에 가야 한다. 서동수가 초점 없는 눈으로 박세영을 보았다.

"앞으로 4개월인데."

한영복이 쓴웃음을 띤 얼굴로 술잔을 들었다. 박세영을 만난 다음 날 저녁이다. 오늘은 서동수가 한영복과 함께 사업 이야기를 하고 있다. 한영복이 말을 이었다.

"윤명기가 서울로 떠나면 솔직히 여러 놈이 서 사장 흔들어댈 거요. 어쨌든 서 사장이 윤명기 측근이었으니까."

서동수가 잠자코 술잔을 들어 한 모금에 백주를 삼켰다. 윤명기가 5월에 본사로 옮겨갈 예정이라는 정보는 새 사업에 박차를 넣은 셈이 되었다. 한영복 또한 디데이를 윤명기가 떠난 5월로 잡은 것이다. 윤명기의 디데이는 새 회사의 공식 발족이다. 이렇게 숨어서 움직일 수만은 없는 것이다. 서동수가 입을 열었다.

"내가 이번 금요일에 휴가를 내어서 일요일까지 사흘간 서울에 다녀오지요."

"알았어요. 그 동안 난 매장 오픈 절차를 마무리해놓을 테니까."

한영복이 말을 이었다.

"매장 직원은 서 사장이 알아서 채용해요. 판매 부문은 서 사장 책임이니까."

"알았습니다."

술잔을 든 서동수가 머리만 끄덕였다.

직장생활은 서동수가 많이 한 셈이 될 것이다. 위아래에서 밀리고 눌리면서 생활해온 직장인과 대뜸 회사를 일으켜 기업가가 된 사람하고는 사고(思考)가 다르다. 그래서 동업자인 한영복이 더 조심스러운 것이다. 한영복과 헤어진 서동수가 집에 돌아왔을 때는 오후 10시쯤이다. 오늘도 응접실에 앉아 있던 조은희가 일어나 서동수를 맞는다.

"오늘은 술 많이 안 드셨네."

방으로 따라 들어온 조은희가 옷을 벗는 서동수의 뒤에서 말을 이었다.

"1주일 후에 떠날 거예요."

저고리를 받아 든 조은희의 목소리가 낮아졌다.

"미현이가 아까 아저씨하고 헤어지는 것이 제일 싫다네요. 그 동안 너무 잘해주셔서 그런가 봐요."

"금방 잊을 거요."

바지를 벗은 서동수가 몸을 돌렸다. 조은희가 바지를 받으면서 서동수를 똑바로 보았다. 눈을 크게 뜨고 있어서 화가 난 표정 같다.

"오늘밤 여기서 자도 돼요?"

"마침내."

서동수가 웃음 띤 얼굴로 조은희를 보았다. 지금 서동수는 러닝셔츠에 팬티 차림이다.

"떠날 때까지 이 방에서 자도록 하지."

"그러죠. 뭐."

여전히 굳어진 표정으로 말한 조은희가 몸을 돌렸다.

"어서 씻고 오세요. 난 다 씻었으니까."

"미현이는 자?"

"안 자니까 조심해요."

그때서야 눈을 흘겨 보인 조은희의 얼굴이 붉어졌다.

"난 사우나 하고 왔어."

급해진 서동수가 말했더니 옷장에 바지를 건 조은희가 벽시계를 보았다. 망설이는 것이다. 그때 다가간 서동수가 조은희의 팔을 끌었다.

"자, 어서."

"왜 이렇게 급해요?"

하면서도 조은희가 침대로 끌려오며 말했다.

"불 꺼요."

서동수가 팔을 뻗어 불을 껐다.

"이거 다 만질 건 만진 사이인데 왜 이래?"

셔츠와 팬티를 벗어던진 서동수가 침대에 오르자 조은희는 부스럭거리면서 옷을 벗는다. 침대에 누운 서동수는 조은희를 기다리고 있다. 심장이 세차게 박동을 쳤고 입안이 바짝 말라 있다.

이윽고 조은희가 옆으로 다가왔다. 이젠 눈이 어둠에 익숙해져서 조은희의 몸 윤곽이 선명하게 드러났다. 알몸이다. 둥근 어깨, 약간 굵은 허리, 허벅지는 두툼했고 엉덩이의 곡선이 풍만하다. 서동수가 팔을 뻗어 조은희의 어깨를 당겨 안았다. 조은희가 선선히 가슴에 얼굴을 붙이면서 더운 숨을 뱉는다. 서동수는 조은희의 입술을 찾아 입부터 맞췄다. 입술이 닿은 순간 조은희가 두 팔로 서동수의 목을 감더니 입을 열었다. 거친 숨소리와 함께 조은희의 혀가 빠져나와 서동수의 입 안에서 꿈틀거렸다. 어느새 뻗어나간 서동수의 손이 조은희의 숲을 더듬는다.

"천천히."

잠깐 입을 떼었을 때 조은희가 헐떡이며 말했다. 조은희의 손이 서동수의 남성을 움켜쥐고 있었는데 진퇴운동을 한다. 골짜기를 덮은 손가락이 동굴 끝을 건드리자 조은희가 다리를 벌렸다. 조은희의 동굴은 벌써 흘러넘치고 있다. 서동수의 손가락이 들어서자 조은희가 허리를 비틀면서 숨 가쁜 목소리로 말했다.

"아직 넣지 마."

서동수의 얼굴에 저절로 쓴웃음이 떠올랐다. 상반신을 세운 서동수의 머리가 아래쪽으로 내려갔다. 입술이 턱과 목을 훑어 내려간 후에 젖가슴에 닿자 조은희가 두 손으로 머리를 감싸 쥐었다.

"세게 빨아줘."

그 동안의 행동으로 예상은 하고 있었지만 조은희의 반응은 적극적이다. 서동수는 조은희의 풍만한 젖가슴을 입 안에 가득 넣었다. 그러고는 혀끝으로 젖꼭지를 굴렸다.

"아이구, 좋아."

탄성과 함께 조은희가 남성을 힘껏 쥐었으므로 서동수는 신음했다. 조은희가 두 다리를 들더니 서동수의 허리를 감아 안는다.

"여보, 나 어떡해."

몸을 비틀면서 조은희가 신음했다. 가쁜 숨소리가 방 안을 가득 메웠고 땀과 정액의 비린 냄새가 덮여지기 시작한다. 젖꼭지를 애무하던 서동수의 입이 곧 아랫배로 내려갔다. 이제 땀으로 미끈거리는 아랫배를 지나 골짜기로 내려오자 조은희가 몸을 비틀며 말했다.

"나, 거기 좀 닦고."

서동수는 조은희의 말을 무시하고 그대로 얼굴을 골짜기에 박았다.

"아아!"

억누르고 있지만 굵은 탄성이 방 안에 터졌다. 조은희가 두 다리로 서동수의 머리를 감더니 상반신을 비틀었다.

"아이구, 여보, 나 죽어."

서동수는 갈증이 난 사람처럼 샘물을 삼킨다. 마셔도 마셔도 마르지 않는 샘이었다. 이제 허리를 들썩이며 조은희가 소리쳤다.

"여보, 그만, 그만."

서동수는 계속해서 샘물을 마신다. 두 손은 조은희의 젖가슴과 허벅지, 등과 무릎을 쉴새없이 애무하고 있다. 엉덩이를 치켜들었다가 내리기를 반복하면서 신음을 뱉던 조은희의 몸이 갑자기 경련을 일으킨 것처럼 떨기 시작했다.

"여보, 여보."

치켜들었던 엉덩이가 리듬을 잃고 떨어지더니 다리가 무서운 힘으로 조여졌다. 그러고는 긴 신음을 뱉는다. 절정에 오른 것이다. 서동수는 굳어진 조은희의 몸을 끈질기게 애무했다. 이윽고 떨림이 멈춰지면서 조은희의 몸이 늘어졌다. 입에서는 낮고 긴 신음이 이어지고 있다. 그때 상반신을 세운 서동수가 조은희의 몸 위에 오르며 말했다.

"당신 같은 몸은 처음이야."

그렇다. 모두 새롭다. 그래서 거짓이 아니다.

조은희의 몸 위에 오른 서동수가 자세를 갖추었다. 긴장한 조은희가 두 손으로 서동수의 팔목을 쥐었다. 가쁜 숨소리에 섞여 신음소리가 흘러나오고 있다. 아직 절정의 여운이 가시지 않은 때문이다. 그때 서동수가 골짜기 끝에 붙여졌던 남성을 천천히 진입시켰다.

"아이구머니."

기다리고 있던 조은희의 입에서 버럭 탄성이 터졌다. 무릎을 세운 조은희가 가득 받아들이려는 몸짓을 한다. 서동수는 숨을 멈췄다. 조은희의 동굴로 진입하는 남성이 강한 압박을 느꼈기 때문이다. 동굴 표면은 흠뻑 젖었고 미끈거렸지만 압박감이 강하다. 동굴의 표면에 수많은 빨판이 붙여져 있는 것 같다.

"아이구. 좋아."

신음과 함께 조은희가 소리쳤다.

"여보, 여보."

더 이상 단어를 잇지 못하고 조은희가 매달렸다. 이제 한 덩이가 된 두 몸이 절정을 향해 솟아오르고 있다. 사지가 엉켰다가 풀렸으며 뒤집혔다가 정상으로 돌아왔다. 자세가 엉켜진 채로 바뀌어졌고 조은희의 비명 같은 신음은 더욱 격렬해졌다. 이제 조은희는 옆방의 딸도 신경 쓰지 않는다. 잊은 것이다. 둘의 알몸은 땀으로 범벅이 되었고 조은희는 또다시 절정에 올랐다. 이번에는 더 크다. 서동수는 터지는 조은희를 부둥켜안은 채 기다렸다. 폭발이 끝나기를 기다리는 소방관 같다. 이윽고 조은희가 늘어졌을 때 서동수가 귀에 입술을 붙였다. 둘은 아직 딱 붙여진 상태다.

"옆방 미현이가 다 들었겠다."

그러자 가쁜 숨과 함께 앓는 소리를 뱉던 조은희가 허덕이며 말했다.

"걔도 다 컸어."

"나하고 자는 것도 이해할까?"

"전부터 엄마 아저씨한테 안 가냐고 물었어."

"저런."

"하지만 부끄러워."

하면서도 조은희가 늘어졌다. 사지를 힘겹게 들더니 서동수의 몸을 감았다. 그러더니 서동수의 남성을 새삼스럽게 느낀 듯 눈동자의 초점을 잡는다.

"아직도?"

조은희가 묻자 서동수는 귓속에 더운 입김을 불어넣었다.

"그래. 할 수 있어?"

"아유, 자기야."

조은희가 서동수의 머리를 당겨 입을 맞췄다. 금방 혀가 빠져나와 서동수의 입안을 휘저었다.

"내가 위에서 할까?"

조은희가 묻더니 서동수를 밀어젖히고는 위에 오른다. 서동수는 눈앞에 떠 있는 조은희의 알몸 상반신을 보았다. 아름답다. 두 손으로 머리를 젖힌 조은희가 서둘러 서동수의 남성을 찾아 골짜기에 붙였다. 그러고는 허리를 세웠다가 천천히 앉으면서 동시에 신음을 뱉는다.

"아아아."

턱을 조금 치켜든 조은희의 모습을 올려다보던 서동수가 두 손을 뻗어 젖가슴을 움켜쥐었다. 그때 조은희가 말을 타는 것처럼 상반신을 움직였다. 서동수는 남성에 전해져 오는 압박감에 다시 이를 악물었다.

"자기야, 사랑해."

마침내 조은희가 탄성처럼 외쳤다. 그러고는 움직임이 빨라졌다. 동굴의 압박감은 더 강해졌고 조은희의 신음도 높아졌다. 다시 방 안에 폭풍이 휩쓸었다. 폭풍은 방을 무너뜨릴 것처럼 휘젓더니 마침내 조은희가 서동수의 몸 위로 쓰러지면서 멈춰졌다. 조은희가 엎드린 채 몸을 떨면서 운다. 또다시 절정에 오른 것이다. 매번 다른 절정의 현상이다.

다음날 오후, 서동수는 인천행 비행기에 앉아 서해를 건너는 중이다. 회사에서 퇴근하자마자 인천행 비행기를 탄 것이다. 옆자리에는 박세영이 앉았다. 칭다오에서 인천까지는 한 시간밖에 걸리지 않는다. 더구나 동쪽으로 갈 때는 뒷바람이 시속 100킬로 이상 불 때가 많아서 50분이 걸릴 때도 있다. 곧장 인천 앞바다로 다가간 비행기가 기수를 뚝뚝 떨어뜨리고 있을 때 박세영이 머리를 돌려 서동수를 보았다.

"어디서 주무세요?"

"아, 당연히 호텔에서."

대답한 서동수의 머릿속에 문득 박세영이 자신의 가정사를 알고 있는지도 모른다는 생각이 들었다. 지난번에 만났을 때 혼자라는 말은 했다. 그때 박세영이 말했다.

"괜찮으시면 제가 깨끗한 모텔 소개시켜 드릴 테니까 거기서 주무시죠."

눈만 깜박이는 서동수에게 박세영이 말을 잇는다.

"제 남자친구가 그 모텔 주인이거든요. 인사동에 있어서 교통도 편리해요."

"그럽시다."

서동수가 머리를 끄덕이며 웃었다.

"그나저나 모텔 주인이 남자친구여서 여러 모로 편리하겠습니다."

말을 뱉고 나서 아차 했지만 박세영이 웃는 바람에 숨을 뱉었다.

"그럼요, 방값 안 들죠, 아침에 뷔페 식사까지 먹고 나오는걸요."

더 이야기를 끌고 싶은 욕구가 솟았지만 서동수는 숨을 들이켜고 참았다. 이제 다시 시작하는 회사의 여직원인 것이다. 이번에는 철저히 지켜야 한다. 그때 박세영이 혼잣소리처럼 말했다.

"혼자 사니까 편하긴 해요."

그러나 여운이 길고 어둡다. 박세영에게 시선을 주었던 서동수가 의자에 등을 붙였다. 비행기가 활주로로 다가가고 있었기 때문이다. 그래서 인천공항에서 내린 둘은 같은 버스를 타고 서울로 들어왔다. 둘이 인사동의 '나고야' 모텔 로비로 들어섰을 때는 오후 10시쯤 되었다.

"어, 왔어?"

미리 연락을 한 터라 프런트에 서 있던 사내가 웃음 띤 얼굴로 박세영을 맞는다. 40대쯤 된 사내다. 살찐 체격에 인상이 좋다. 사내가 서동수를 향해서는 손을 내밀었다.

"어서 오세요, 제일 좋은 방을 준비해놓았습니다."

"감사합니다."

서동수는 벙글벙글 웃고 있는 박세영을 보자 왠지 가슴이 개운해졌다. 거침없이 제 남친을 소개시켜주는 박세영의 저의를 알 것 같았기 때문이다. 남녀 간 감정을 떠나 페어플레이를 하자는 의미 같았다. 박세영의 남친 이름은 최준호. 과연 호언한 대로 3층의 온돌방은 깨끗하고 우아했다. 방까지 구경한 박세영이 최준호와 함께 나가면서 말했다.

"그럼 사장님, 내일 오전 9시에 아래층 식당에서 뵙죠."

그러더니 박세영이 최준호의 팔짱을 끼었다.

"저도 오늘 이곳에서 숙박할 테니까요."

"그럽시다."

머리를 끄덕인 서동수에게 최준호가 잊었다는 듯이 서둘러 말했다.

"한잔 생각나시면 절 찾으세요. 언제든지 모시겠습니다."

"감사합니다."

했지만 둘의 시간을 방해할 생각은 없다. 혼자가 되었을 때 서동수가 시선을 돌려 윗목에 내려놓은 가방을 보았다. 가방 안에는 미혜에게 줄 선물들이 가득 들어 있다. 바쁘게 서둘고 왔지만 미혜 선물은 빠뜨리지 않는다.

서동수가 남현동의 2층 주택 앞에 섰을 때는 오전 10시 반이다. 벨을 누르자 곧 철컹 소리와 함께 문이 열렸다. 연락을 한 터라 기다리고 있었던 것이다. 마당을 건너 현관문을 열었을 때 미혜가 달려왔다.

"아빠아!"

두 팔을 벌린 미혜의 얼굴이 환했다. 달려온 미혜를 번쩍 안아든 서동수가 소파에서 엉거주춤 일어서는 박병만, 주방에 서 있는 최영주, 그리고 화장실 앞의 박서현을 보았다. 웃는 인간은 없다.

"안녕들 하셨습니까?"

싸잡아서 인사를 한 서동수가 미혜를 내려놓고 선물보따리를 풀었다. 인형, 장난감, 초콜릿이 쏟아지자 미혜가 탄성을 뱉는다. 일어선 서동수에게 박병만이 앞쪽 소파를 눈으로 가리켰다.

"앉게."

"예. 감사합니다."

지난번 사건 후로 분위기가 부드러워졌기는 하지만 아직 서먹하다. 자리에 앉은 서동수가 비행기 안에서 산 선물박스를 탁자 위에 놓았다. 위스키와 향수다.

"이런 거 가져오지 않아도 돼."

했지만 박병만의 목소리는 낮다. 옆쪽에서 미혜가 장난감 작동법을 소리쳐 묻는 바람에 박서현이 다가왔다.

"제가 자주 오는 것도 아닌데요. 뭐."

서동수가 말했더니 주스잔을 들고 온 최영주가 쨍쨍한 목소리로 물었다.

"서현이 결혼하면 애 데려갈 거야?"

"엄마!"

박서현이 최영주를 흘겨보더니 얼른 미혜의 눈치를 보았다. 미혜는 장난감 화장대를 조립하느라 정신이 없다. 서동수가 최영주를 똑바로 보았다. 이혼 조건에 박서현이 미혜를 키우기로 분명하게 기록된 상황이다.

"데려가지요."

"말도 안 돼."

박서현이 머리를 저었는데 얼굴은 붉게 상기되었다. 박서현이 최영주를 쏘아보았다.

"내가 나가줄게. 누구 맘대로 보낸다는 거야? 엄마는 지금까지 미혜를 제대로 봐준 적이나 있어? 내 생각하는 척하지 마! 위선 떨지 말란 말야!"

점점 목소리가 높아지자 미혜가 움직임을 멈추고는 박서현을 보았다.

"엄마, 또 싸워?"

이로써 분위기가 파악되었다. 미혜 때문에 박서현이 제 어머니하고 많이 싸운 것 같다. 그때 박병만이 최영주에게 말했다.

"이건 당신이 나설 일이 아냐. 그러니 입 다물고 있어."

"데려간다잖아요!"

최영주가 소리치자 박서현이 미혜를 데리고 방으로 들어가면서 소리쳤다.

"내가 나가줄게!"

끌려가던 미혜가 장난감을 집으려고 손을 뻗었으므로 그것을 본 순간 서동수는 심장이 내려앉는 느낌을 받는다. 미혜가 천덕꾸러기가 되어 있는 것이다. 응접실에 셋이 남았을 때 서동수가 말했다.

"제가 미혜 키우면서 언제든지 미혜 엄마를 만나게 해줄 수 있습니다. 오히려 지금보다 분위기가 나을 겁니다."

박병만은 서동수의 시선을 받았지만 최영주는 외면했다. 서동수가 말을 이었다.

"이거, 미혜를 위해서라도 제가 서둘러야겠군요. 그때까지만 미혜를 잘 부탁드립니다."

"여자는 있나?"

불쑥 박병만이 물었으므로 서동수는 쓴웃음을 지었다.

"찾아보면 있겠지요."

"서현이한테 이야기해 줘."

하고 최영주가 말했는데 여전히 외면하고 있다.

"자네가 설득하면 미혜 내놓을 거야."

"엄마 친구 아들이 있어."

인사를 마치고 대문 밖으로 나왔을 때 박서현이 외면한 채 말했다. 대문 밖에는 미혜까지 셋이 나왔다. 미혜의 손을 하나씩 나눠 쥔 채 박서현이 말을 이었다.

"중소기업 사장, 재작년에 와이프하고 사별했는데 자식은 없어."

"……."

"한번 만났는데 좋대, 미혜 데리고 와도 좋다는 거야. 하지만 그쪽 엄마가 조금 미혜가 걸리나 봐. 그래서 내가 못하겠다고 했어."

"……."

"그랬더니 엄마가 저러는 거야."

"미혜는 내가 데려가지."

정색한 서동수가 미혜의 손을 치켜들었다가 내렸다. 몸이 공중으로 떴다 내려간 미혜가 깔깔 웃었다.

"넌 결혼하고 나서도 언제든지 보러 와도 돼, 그럼 되지 않겠어?"

"안 돼, 미혜 없으면 못 살아."

박서현이 세차게 머리를 저었다. 얼굴이 다시 붉어져 있다.

"날 매정한 여자로 만들지 마. 차라리 혼자 살면서 미혜 키울 테니까."

"가면 곧 잊더라. 그리고 다시 아들딸 낳고 잘만 살더라. 내가 그런 경우 많이 보았어."

"그건 짐승 같은 부류지."

"그들도 가기 전에 다 너처럼 그런 말 했을 거다."

"여자 있어?"

이번에는 박서현이 불쑥 물었으므로 서동수가 쓴웃음을 지었다.

"여자야 많지."

"정을 준 여자말야. 섹스 파트너 말고."

"너도 알다시피 내가 정 주고 다니는 놈이냐?"

그때 미혜가 서동수와 박서현의 팔을 끌며 말했다.

"놀이터 가자. 응?"

둘은 두말 않고 발을 떼었는데 박서현이 낮게 말했다.

"집 나와야겠어. 미혜를 눈칫밥 먹이는 것 같아서 싫어."

"그건 안 돼."

"왜?"

박서현이 서동수를 노려보았다.

"거기가 무슨 상관야?"

"또 그런 놈 만날 가능성이 많아. 넌."

"글쎄, 네가 무슨 상관이냐구."

"미혜가 불쌍해서 그런다."

"응? 왜?"

하고 미혜가 물었으므로 둘은 말을 그쳤다. 놀이터가 보이는 바람에 미혜의 관심이 그곳으로 옮겨졌다. 둘의 손을 놓은 미혜가 놀이터로 달려간다.

"빈집에 미혜 혼자 남겨두고 남자 만나서 놀려고?"

미혜 뒷모습을 보면서 서동수가 말했다.

"너, 지난번에도 내가 수습해주지 않았으면 넌 돈 다 빼앗기고 그 남자 만나지도 못했을 거다."

"난 도저히 저기서 못 살겠단 말야!"

박서현이 이 사이로 말을 이었다.

"엄마는 미혜를 봐주지도 않아! 내가 혼자 사는 것이나 마찬가지란 말야!"

"너, 남자는 만나야 돼?"

놀이터 앞에 나란히 선 둘은 다정한 부부처럼 보인다. 미혜가 둘 앞에서 미끄럼틀을 타고 내려왔다.

"섹스 말야. 그건 어떻게 처리해?"

서동수가 묻자 박서현이 쓴웃음을 지었다.

"별 걸 다 묻는군. 지저분한 자식."

"내가 네 몸을 알기 때문이지. 그 사기꾼 만난 것도 섹스 때문이었을 테니까."

"그 자식 3분도 안 되었어."

그러자 서동수가 입맛을 다시고 말했다.

"너, 중국으로 와. 내가 열흘에 한 번쯤 들러줄 테니까. 그것이 미혜를 위해서도 낫겠다."

박서현은 대답하지 않았고 서동수 또한 대답을 기다린 것도 아니었다. 그러나 박서현과 헤어질 때 약속을 받았다. 재혼하기 전까지 친정 부모한테서 떨어지지 않겠다는 약속이다. 어머니가 미혜를 봐주지 않는다고는 해도 같이 있는 것이 백 번 나은 것이다. 그것을 모를 박서현도 아니다. 그날 오후 3시가 되었을 때 서동수는 디자이너 박세영과 서교동의 홍익호텔 미팅룸에 나란히 앉아 사원면접을 시작했다. 다음 달부터 조무할 경력사원을 선발하는 것이다. 미리 연락을 해놓았기 때문에 면접자는 30여 명이나 되었다. 이중에서 선발된 10명이 1차로 각각 한국과 중국에서 근무하게 될 것이다.

회사명은 성동실업이다. 옌타이의 공장 성동실업의 이름을 그대로 사용하고 있다. 서동수는 난생처음으로 경영자의 입장에서 사원을 면접하고 채용하게 되었다. 면접자는 모두 경력사원으로 박세영이 모은 의류업계 종사자들이다. 한국보다 보수가 적은 편인데도 중국 근무 지원자가 예상외로 많았다. 그것은 한국 의류산업이 과도기에 진입했다는 증거라고 한영복이 말했다. 노동집약형 산업에서 고가(高價), 브랜드화 산업으로 넘어가고 있다는 것이다. 이 과정에서 탈락자가 발생한다. 세 명씩 면접을 보았는데 마지막 세 명과 마주보고 앉았을 때는 오후 6시가 되어 가고 있었다. 순서대로 묻고 맨 나중에 '하고 싶은 말' 차례가 되었을 때 29번이 말했다.

"맡겨준 일은 최선을 다할 자신이 있습니다. 그리고,"

잠깐 숨을 돌린 29번이 물기가 배어서 번들거리는 눈으로 서동수와 박세영을 번갈아 보았다.

"전 네 살짜리 딸하고 어머니하고 셋이 삽니다. 셋이 중국으로 함께 가야 하는데 선발이 되면 떠나기로 어머니하고 합의를 했습니다."

그러자 박세영이 풀썩 웃으면서 힐끗 서동수를 보았다. 29번은 30세, 날씬한 몸매에 동대문에서 매장 근무경력 6년으로 박세영이 A급으로 평가해놓은 여자였다. 33명의 면접자 중에서 능력이 우수한 A급은 16명이나 된다. 머리를 끄덕인 서동수가 29번 진영아에게 물었다.

"딸과 어머니 이야기를 꺼낸 이유가 뭡니까?"

"중국에서 교육을 시키려고요. 여긴 유치원비도 만만치 않거든요."

진영아가 똑바로 서동수를 보았다.

"중국에 정착할 수 있다는 의지를 보여드린 것입니다."

"알겠어요. 그럼 이만."

듣고 있던 박세영이 마무리를 하더니 면접을 끝냈다. 방에 둘이 남았을 때 박세영이 웃음 띤 얼굴로 서동수에게 말했다.

"29번, 일 잘해요. 그런데 한국에서 살기 싫은 모양이네요."

"합격시킬 거요?"

"예, 저는 데려가고 싶어요. 사장님은요?"

"그럽시다."

서동수도 진영아가 마음에 들었다. 네 살짜리 딸과 어머니하고 세 식구라니 이혼을 한 모양이다. 면접을 끝낸 둘은 홍대 근처의 식당에서 저녁식사에 곁들여 소주를 마셨다. 서동수가 지나가는 말처럼 최준호를 부르라고 했더니 바쁜 시간이어서 나올 수가 없다는 것이다.

"오늘밤도 혼자 지내실 건가요?"

식사를 마치고 소주를 둘이 두 병째 비웠을 때 술잔을 든 박세영이 물었다. 시선이 부딪치자 박세영이 눈웃음을 쳤다.

"제 친구 소개시켜 드려요?"

"아니, 됐습니다."

쓴웃음을 지은 서동수의 머릿속에 오정미의 모습이 떠올랐다. 칭다오에서 만나고 연락도 못했다. 지금 서울에 있을까?

그러나 서동수는 오정미에게 연락하지 않았다. 대신 화장실에 다녀오는 길에 식당 밖으로 나와 핸드폰을 꺼내들었다. 버튼을 누르자 신호음이 다섯 번 울리고 나서 전화를 받는다.

"여보세요."

박서현이다. 밤 9시 반, 늦은 시간이다. 박서현의 목소리는 낮고 무겁다. 발신자가 누구인지 아는 터라 당연한 반응이다. 심호흡을 한 서동수가 말했다.

"나, 한잔하고 있는데, 미혜 데리고 나와라."

박서현은 가만있었고 서동수가 말을 잇는다.

"내일은 일요일이라 미혜 유치원 안 갈 것이고 셋이 호텔에서 자자."

"……."

"뭐, 너하고 체면 차릴 시기는 다 지났고 현실적으로 서로 회포를 한 번 풀자는 뜻이야."

"……."

"섹스라면 너도 당길 것 같은데, 나보다 잘 하는 놈 있었어?"

"……."

"너, 오래 굶으면 딴생각 할 것 같아서 그런다. 오늘 확실하게 해주면 당분간 생각 안 날 거야."

"개자식."

"너도 같은 종류지."

"어디로 가?"

박서현이 불쑥 물었으므로 서동수는 숨을 들이켰다.

"홍익호텔."

그러자 전화가 끊겼다. 식당으로 돌아온 서동수가 자리에 앉았을 때 박세영이 물었다. 술기운이 오른 얼굴이 요염하다.

"진짜 여자 필요 없어요? 내 친구한테 연락하면 지금이라도 오는데, 요 근처 살거든요."

"아니, 됐어요. 나, 친구 만나러 갑니다."

"여자친구?"

"남자."

박세영의 시선을 받은 서동수가 빙그레 웃었다.

"그놈하고 어울리면 좋은 일이 생길 수도 있겠지요."

이 정도로 끝내야 한다. 지금 상태로 보면 박세영을 데리고 호텔 방으로 들어갈 수도 있을 것 같다. 남자친구 최준호는 개뿔, 과시용 친구인 것이 드러났다. 견제용이 아니다. 그래서 인간은 같이 술을 마시고 나면 진면목이 드러나는 것이다. 실망의 기색을 감추지 못한 박세영과 헤어진 서동수가 다시 홍익 호텔로 가 세 배나 비싼 스위트룸을 잡아놓고 샤워를 하고 나왔더니 핸드폰이 울렸다. 박서현이다.

"나 다 왔어, 몇 호실이야?"

"1502호."

다시 툭, 전화가 끊겼지만 서동수의 얼굴에 웃음이 떠올랐다. 문에서 벨 소리가 난 것은 그로부터 10분쯤 후다. 서동수가 문을 열었더니 먼저 미혜의 맑은 외침이 울렸다.

"아빠아!"

서동수가 먼저 미혜를 안아 올린 사이에 박서현이 방으로 들어서더니 문을 닫았다. 그러고는 마치 제 방인 것처럼 들고 온 가방을 벽 쪽 받침대에 내려놓고 나서 옷장을 열고 가운을 꺼낸다. 내려놓은 미혜가 응접실과 침대를 뛰어다니면서 구경했다.

"아빠, 여기가 우리 방이야?"

"응, 2개."

소파에 앉은 서동수가 건성으로 대답했다. 박서현은 가운을 들고 옆방으로 갔는데 옷을 갈아입는 것 같다. 냉장고를 연 미혜가 다시 소리쳤다.

"아빠, 초콜릿 먹어도 돼?"

그 순간 서동수는 갑자기 목이 메었다.

밤 11시 반, 서동수와 박서현은 소파에 앉아 술을 마시고 있다. 조금 전까지 뛰놀던 미혜는 잠이 들어서 침대에 눕혔기 때문에 이제 둘이 되었다. 스위트룸 선반에 놓인 위스키는 시중 가격의 세 배가 되었지만 어쩔 수 없다. 말은 팍팍 했어도 조심스러운 것이다. 그래서 리듬을 깨뜨릴 수 없다. 한 모금에 세 배 비싼 위스키를 삼킨 박서현이 똑바로 서동수를 보았다. 위스키를 급하게 넉 잔째 마신 박서현의 눈 주위가 붉다.

"그래, 나도 개야, 짐승이라고."

박서현이 말을 잇는다.

"네가 날 어떻게 생각하는지 다 알아. 하지만 날 이렇게 만든 놈은 너야."

"죽을죄를 지었다. 살려주라."

정색한 서동수가 말했더니 박서현은 숨을 들이켰다. 치켜뜬 눈이 두어 번 깜박이는 것이 갈피를 잡지 못한 것 같다. 길게 숨을 뱉은 서동수가 말을 이었다.

"다 그렇게 사는 줄 알았어. 양심이 가책을 받았지만 차츰 합리화시켰고 집에 돌아오면 다 해소되는 줄 알았다. 밖에서 하는 계집질도 업무의 연장처럼 여겼다니까? 웃기는 짓거리지."

하고 나서 서동수가 웃었지만 박서현의 표정은 냉랭했다.

"그러다가 네 이혼 요구를 받았을 때 배신감이 들더라니까. 좆 빠지게 일하고 돌아온 나한테 이혼하자니. 하고 말이다."

"……."

"혼자 살아보니까 좀 알겠더라. 집에서 기다리는 사람이 없다는 생각이 들었을 때 말야."

"……."

"하지만 금방 까먹지. 너, 내 성격 알잖아?"

"여자 있니?"

불쑥 박서현이 묻자 서동수는 대번에 머리부터 저었다.

"아니."

"섹스 파트너는?"

"몇 명 있어."

"넌 평생 그렇게 살 거야."

"저주하는 거냐?"

"갑자기 네가 불쌍해져서 그런다."

"하긴 이게 안 서면 불쌍해질 것 같아."

하고 서동수가 눈으로 제 사타구니를 가리켰을 때 박서현이 쓴웃음을 지었다.

"잘 아네."

"야, 섰다. 가자."

다시 제 사타구니를 눈짓한 서동수가 자리에서 일어서자 박서현은 들고 있던 술잔의 술을 한 모금에 삼키더니 따라 일어섰다. 박서현은 가운 차림이었다. 가운 밑의 맨 다리가 드러났고 깃 사이에 브래지어가 보였다. 브래지어와 팬티만 입은 것이다. 박서현에게 다가간 서동수가 허리를 두 손으로 감싸 안았다. 그러고는 하반신을 딱 붙이자 박서현이 두 손으로 가슴을 밀었다.

"비켜."

그러나 서동수는 얼굴을 기울여 박서현의 입술을 찾았다. 박서현이 머리를 돌렸으므로 서동수가 두 손으로 얼굴을 감싸 안았다. 그러고는 다시 입술을 붙였더니 저항하지 않았다. 박서현의 입술에서 위스키 맛이 났다. 입술을 헤집자 닫혔던 입이 열리면서 혀가 빠져나왔다. 뜨겁고 말랑한 혀다. 그때 박서현의 두 손이 서동수의 목을 감싸 안았다. 그러고는 혀가 서동수의 혀를 비벼대고 꼬면서 헐떡인다. 서동수는 박서현의 허리를 끌어안았다. 단단해진 남성이 허벅지를 문지르기 시작하자 박서현의 입에서 옅은 신음이 뱉어졌다. 잠깐 입을 뗀 서동수가 박서현의 귀에 대고 물었다.

"지금 바로 해줄까?"

그러자 박서현이 머리를 저었다.

"먼저 입으로 해줘. 오래."

박서현이 알몸으로 누워 있다. 불도 끄지 않아서 박서현의 솜털까지 다 보인다. 서동수는 홀린 듯한 표정으로 박서현을 내려다보았다. 그렇다. 이 세상에서 서동수만큼 박서현을 잘 아는 남자는 없다. 결혼생활 8년, 연애기간까지 합하면 10년이 넘는 세월 동안 부대끼고 살았다. 신혼 초에는 거의 매일, 결혼 4년 차가 되었을 때까지 최소한 한 달에 열 번, 7년 차가 되었을 때까지는 한 달에 다섯 번은 꼭 했던 사이 아니었던가? 그렇게 했어도 날마다 새로웠다. 그러다가 타이어의 바람이 빠지듯이 이렇게 주저앉고 말았던 것이다. 물론 갑자기 그렇게 된 것이 아니다. 몸을 섞으면서도 쌓이고 쌓였다가 8년 차가 되었을 때 터졌다.

"뭘 해?"

하고 박서현이 허리를 비틀며 말했으므로 서동수는 정신을 차렸다. 박서현의 몸 위에서 주춤한 순간은 3초도 되지 않았는데 그런다. 지금 서동수도 알몸이 되어 있다. 박서현의 몸을 반듯이 펼친 서동수가 먼저 입술을 빨았다. 이제 서동수는 박서현의 옆에 딱 붙은 채 한 손은 젖가슴을, 다른 한 손이 허벅지로 뻗쳐졌다. 박서현이 두 팔로 서동수의 목을 감싸 안으면서 입을 벌려 혀를 내밀어준다. 그러고는 아래로 내려간 서동수의 손이 골짜기에 깊숙이 닿도록 다리 한쪽을 올렸다.

"나쁜 놈."

잠깐 입이 떼어졌을 때 박서현이 헐떡이며 말했다. 눈을 치켜떴지만 눈동자의 초점이 멀다. 그때 서동수의 손가락 하나가 박서현의 동굴 안을 휘저었다.

"아이구 나 몰라."

번쩍 허리를 치켜든 박서현이 비명을 질렀다. 벌써 동굴 안의 샘이 터져서 뜨거운 물줄기가 흘러나온다. 다시 서동수가 입을 막자 박서현의 혀가 거칠게 꿈틀거렸다. 서동수의 손가락이 더 깊게 동굴 안을 탐험한다.

"아파."

박서현이 비명을 질렀지만 행동은 그 반대다. 허리를 치켜드는 바람에 손가락은 더 깊게 들어갔다.

"아이구 아파."

비명은 탄성이나 같다. 외마디 탄성보다 더 자극적인 것이다. 이제 서동수의 입술이 박서현의 목을 핥고 내려와 젖가슴에 닿았다. 박서현의 젖가슴은 풍만하다. 젖꼭지는 땅콩 알만 했는데 검게 물들어졌고 이미 발딱 세워졌다. 서동수는 한쪽 젖가슴을 입안에 가득 넣었다.

"아아."

만족한 탄성이 박서현의 입에서 터지면서 손으로 서동수의 머리칼을 움켜쥐었다. 그러고는 신음소리와 함께 말한다.

"자기야, 더 깊게."

"뭘?"

"손가락."

엉덩이를 흔들면서 박서현이 신음했다.

"너무 좋아."

"딴 놈하고도 이러니?"

마침내 서동수가 입안에서 뱅뱅 돌던 말을 뱉자 박서현은 신음과 함께 대답했다.

"빙신아, 너한테만 그래."

서동수는 다시 입안에 젖가슴을 넣고 혀로 젖꼭지를 굴렸다.

"아유, 더 세게."

이제 박서현의 몸은 절정으로 솟아오르기 시작했다. 엉덩이의 움직임이 빨라졌고 허리를 치켜들었다가 떨어졌는데 신음이 점점 더 커졌다. 온몸은 땀이 배어나와 번들거렸으며 얼굴은 붉게 상기되었다. 그리고 마침내 박서현이 허리를 힘껏 치켜들면서 소리쳤다.

"나, 터졌어!"

서동수는 문득 박서현의 이런 절정이 처음이라는 것을 깨닫는다. 변했다.

"아이구, 나 죽겠어."

눈을 뜬 박서현이 그렇게 말했을 때는 5분쯤이나 지난 후였다. 아직도 박서현의 숨결은 가팔랐고 앓는 소리가 섞여 나온다. 박서현이 두 손으로 서동수의 어깨를 움켜쥐었다. 지금 서동수는 박서현의 몸 위에 상반신만 걸치고 있는 자세다.

"자기야, 이제 해, 식기 전에."

"응?"

"빨리."

박서현이 서동수의 어깨를 잡고 일으키는 시늉을 했다. 서동수가 상반신을 세웠더니 박서현의 손이 미끄러져 내려가 물건을 쥐었다.

"이놈도 빨리 해달라고 하잖아."

문득 지난날이 떠오른 서동수도 얼굴을 펴고 웃었다. 그땐 온갖 장난을 다 쳤다. 그러다가 작업에 들어가면 더 자극을 받는 것이다. 장난과 쾌락의 빠른 전환이 그렇게 만든 것 같다. 서동수도 더 이상 기다릴 여유가 없다. 골짜기에 붙인 남성을 천천히 진입시키자 박서현이 입을 딱 벌렸다. 두 눈이 크게 떠졌고 서동수의 어깨를 쥔 손에 잔뜩 힘이 주어졌다.

"아이구, 아파."

남성은 강한 압력을 받았지만 뜨거운 점액에 덮인 동굴 안으로 무리 없이 미끄러져 진입하는 중이다. 그러나 박서현의 비명이 계속되었다.

"아이구, 나 죽어."

마침내 끝에 닿았을 때 박서현이 비명을 지르면서 두 다리로 서동수의 하반신을 빈틈없이 감았다. 그러더니 턱을 치켜들면서 소리쳤다.

"그대로. 여보!"

서동수는 머리를 숙여 박서현의 턱 끝에, 그리고 입술에 키스했다. 박서현이 이를 악물고 있었으므로 입안으로 들어가지는 못했다. 박서현의 악물린 입안에서 앓는 소리가 울려 나오기 시작했다. 그것은 뱃속에서부터 시작된 것 같았는데 마침내 입이 열리면서 쏟아졌다.

"아이구, 나 몰라."

다음 순간 박서현의 두 다리가 풀렸고 서동수의 남성이 물러났다. 그때 박서현의 입에서 더 큰 비명이 터졌다.

"아아아아."

서동수는 이제 몰두하기 시작했다. 지금까지 수백, 수천 번 박서현과 몸을 부딪쳤지만 단 한 번도 새롭지 않은 경우가 없었던 것이다. 그러니 오늘은 오죽하겠는가? 방안에는 신음과 비명, 몸 부딪는 소리에 이어서 가쁜 호흡 소리로 가득 찼다. 뜨겁고 긴 밤이다. 방 안의 등을 다 밝힌 스위트룸의 커다란 침대 위에서 두 알몸이 어지럽게 꿈틀거리고 있다. 이윽고 두 몸이 다시 떼어졌을 때는 한 시간쯤이 지난 후였다. 이제는 기진한 서동수와 박서현이 나란히 누워 천장을 향해 가쁜 숨을 고르고 있다. 그때서야 창밖의 소음이 희미하게 들려왔다. 자동차 소음은 타이어가 아스팔트 바닥을 문지르는 소리로 들린다. 옆쪽 침대에 누운 미혜는 이쪽으로 얼굴을 향한 채 세상 모르고 잔다. 그때 서동수가 입을 열었다.

"내가 아파트 하나 얻어 놓을 테니까 중국으로 와."

박서현은 숨소리만 내었고 서동수의 말이 이어졌다.

"중국 교육환경도 좋아. 사립학교에 들어가면 미혜는 훌륭한 교육을 받을 수 있어."

몸을 돌린 서동수가 손을 뻗어 박서현의 알몸을 젖가슴에서 아랫배, 골짜기까지 천천히 쓸어내렸다. 박서현은 몸을 맡긴 채 움직이지 않는다.

"내가 일주일에 한 번은 들를 테니까. 미혜를 위해서 서로 양보를 하자구."

서울에서 돌아온 서동수가 월요일에 출근했을 때 공장장 윤명기가 호

출했다. 오전 9시 10분이었으니 출근하자마자 부른 것이다. 공장장실에서 둘이 마주보고 앉았을 때 윤명기가 물었다.

"너, 이곳에 온 지 얼마나 되었지?"

뻔히 알면서 묻는 터라 서동수가 긴장했다. 무슨 꿍꿍이 수작인가? 그러나 대답은 했다.

"예, 1년하고 2개월이 되었습니다."

그러자 머리를 끄덕인 윤명기가 말했다.

"내일부터 넌 차장 진급을 하고 업무 부장 직무대리가 된다. 총무과장도 당분간 겸임하도록."

영전이다. 단숨에 서열상 공장의 3인자가 된 것이다. 그러나 서동수의 가슴이 무거워졌다. 이미 새 사업체를 설립한 마당이다. 윤명기가 발령이 나는 6월 말까지 앞으로 4개월이 남았다. 그래서 자신도 같은 시기에 회사를 떠날 작정인 것이다. 윤명기가 시선을 주고 있었으므로 서동수는 머리를 숙였다.

"감사합니다. 공장장님."

"다 네 능력이 뛰어났기 때문이야. 특히 후원사업은 공장과 회사의 격을 높여주었다는 평가를 받았다."

"공장장님이 밀어주셨기 때문이죠."

"앞으로 네가 공장을 이끌어가야만 한다."

서동수의 시선을 받은 윤명기가 입술 끝을 올리고 웃었다.

"난 6월말에 본사 기획실로 옮겨가게 되어 있다. 그건 너만 알고 있도록."

숨을 죽인 서동수의 머릿속이 복잡해졌다. 윤명기가 털어놓을 줄은 예상하지 못했기 때문이다. 갑자기 떠나야 이쪽도 털고 나가는 데 부담이 적은 것이다. 어깨를 늘어뜨린 윤명기가 말을 잇는다.

"영전이지, 하지만 서운하다. 공장을 떠나는 것도 그렇고, 특히 너를 두고 가는 것이 마음에 걸려."

"……."

"1년밖에 안 되었는데 너하고 정이 많이 들었거든."

"……"

"내가 본사로 가면 너한테 더 이로울 수가 있어. 네 뒤를 단단히 밀어줄 수가 있을 테니까."

그때 서동수가 입을 열었다.

"축하드립니다. 공장장님, 하지만 염려하지 않으셔도 됩니다."

"하긴 넌 얼마든지 혼자서도 버틸 수 있는 놈이지."

쓴웃음을 지은 윤명기가 말을 잇는다.

"너한테 의리상 먼저 말해주는 거야."

공장장실을 나온 서동수의 가슴이 차츰 가라앉았다. 공장장 윤명기의 이동이 확실해짐으로써 자신의 떠남도 굳어진 느낌이 든 것이다. 그리고 윤명기는 갑자기 도망치듯이 떠나지 않았다. 이렇게 진급을 시켜준 것도 떠나기 전에 자신의 기반을 굳혀주려는 의도였다.

"무슨 일 있으세요?"

사무실로 돌아왔을 때 책상 앞으로 다가선 화란이 낮게 물었다. 시선이 마주치자 눈빛이 강해지는 것처럼 느껴졌다. 그럼 나도 화란에게 이야기를 해줘야 할 것인가? 문득 그런 생각이 들었으므로 서동수는 소리 죽여 숨을 뱉고 나서 대답했다.

"아냐."

했지만 화란은 여전히 묻는 듯한 시선을 보내고 있다. 수상한 분위기를 느낀 것이다. 그러나 서동수는 입을 다물었다. 내일이면 부장 직대 승진 발표가 나겠지만 떠들 필요는 없다. 그리고 곧 떠날 몸이니 축하할 기분도 아닌 것이다. 그러고 보니까 내일은 조은희가 떠난다. 딸과 함께 옌지로 돌아가는 것이다. 오늘 저녁은 셋이 밖에서 저녁이라도 먹어야겠다.

"너무 맛있어."

중식당의 방에서 해삼 요리를 먹으면서 백미현이 감탄했다. 여전히 중국어를 쓴다.

"난 이렇게 맛있는 요리는 처음 먹어."

둥근 식탁 위에는 해삼, 돼지고기, 생선에다 쇠고기까지 10여 가지 요리가 놓였는데 미현이 처음 먹는 요리가 많다. 메뉴판을 보고 먹음직스럽게 보이는 요리를 다 고르도록 한 것이다. 조은희가 말렸지만 서동수의 고집을 꺾지 못했다. 오후 7시 반, 조은희는 백주를 나눠 마신 터라 볼이 익은 복숭아처럼 상기되었다.

"내가 중국에 오래 있을 것 같으니까 다시 볼 수 있을 거요."

술잔을 든 서동수가 말했더니 조은희가 지그시 시선을 주었다. 물기에 젖은 입술이 반쯤 벌어져 있다.

"옌지는 멀어요."

조은희의 목소리는 낮다.

"그리고 서로 바쁘고요."

"옌지에 일 때문에 갈 수도 있어요."

옌지에 사업장이 들어갈 수도 있는 것이다.

"엄마, 이것 먹어봐."

하고 한국어로 미현이 말하는 바람에 둘의 이야기는 그쳤다. 미현과 조은희는 한국말을 한다. 미현이 권하는 쇠고기요리를 먹으면서 조은희가 말했다.

"이젠 선생님 중국어 실력은 훌륭해요. 반 년 동안 그만큼 이룬 건 대단해요."

"더 공부해야지."

서동수가 웃음 띤 얼굴로 둘을 번갈아 보았다.

"두 사부님 덕분이지."

집 안에서는 중국어만 사용했을 뿐만 아니라 시간만 나면 공부를 했다. 어학에는 소질이 있었지만 중국어는 첫째 문자를 먼저 익혀야 한다. 이제 서동수는 핸드폰으로 중국어 문자메시지를 보낼 만한 실력을 갖췄다. 저녁을 먹고 집에 돌아왔을 때는 10시가 되어갈 무렵이다. 이삿짐은 모두 옌지로 보낸 터라 둘이 쓰던 가구가 없어진 집 안은 황량하게 느껴졌다. 둘의 눈치를 살피던 미현이 제 방으로 들어가면서 커다랗게 한국어로 말했다.

"나, 먼저 잘게."

조은희한테 한 말 같지만 서동수도 들으라고 한 것이다. 미현은 이미 사춘기여서 알 건 다 안다고 했다. 거실의 소파에 앉은 서동수가 쓴웃음을 지었다.

"내일부터는 진짜 홀아비 신세로군."

"그러니까 제가 소개한 김 씨를 고용하시라니깐요."

이맛살을 찌푸린 조은희가 서동수를 보았다. 김 씨는 조선족 아주머니로 혼자 사는 데다 착하고 음식 솜씨도 좋다고 했다. 나이는 50대 중반, 대학을 나와 간호사로 근무한 경력이 있다는 것이다.

"나중에 연락하지."

건성으로 대답한 서동수에게 조은희가 다가서서 말했다.

"옷 벗고 씻으세요."

"그래야지."

"내가 씻겨 드릴게."

머리를 든 서동수와 시선이 마주치자 조은희가 이를 드러내며 소리 없이 웃었다. 얼굴이 더욱 붉어졌고 두 눈이 번들거리고 있다. 지금까지 조은희와 같이 욕실에 들어간 적이 없는 것이다.

"이게 웬일이야?"

서동수가 서둘러 일어서면서 조은희의 허리를 한 손으로 감아 안았다.

"떠나기 전에 서비스를 해 주시겠다는 말씀이군."

"쉿."

손가락으로 입을 막아 보인 조은희가 서동수와 함께 방으로 들어섰다. 지난번 성이 무너진 후부터 서울에 다녀온 이틀 밤만 빼고 매일 밤 둘은 육체의 향연을 누려 왔다. 그런데도 매일 밤이 새롭다.

조은희의 알몸은 눈부셨다. 밝은 불빛 아래에 섰기 때문인 것 같다. 샤워기의 물을 등으로 받고 선 서동수가 홀린 듯한 표정으로 다가오는 조은희를 보았다.

"뭘 그렇게 봐요?"

눈을 흘기면서도 조은희는 두 손을 늘어뜨리고 아무것도 가리지 않는다. 다가선 조은희가 먼저 서동수의 남성을 두 손으로 감싸 쥐면서 말했다.

"애 보고 싶어서 어쩌죠?"

그때서야 서동수는 조은희가 한국어로 말하고 있다는 것을 깨달았다. 이미 잔뜩 성이 난 남성을 조은희에게 잡힌 채 서동수가 말했다. 역시 한국어다.

"할 수 없지. 당분간 참아야지."

"다른 곳을 찾을 거야, 당신은."

그때 서동수가 조은희의 허리를 당겨 안았으므로 말이 그쳐졌다. 샤워물을 등으로 받고 선 채 서동수가 조은희의 입에 키스했다. 조은희는 적극적으로 서동수의 혀를 받아들인다. 길고 뜨거운 혀가 뽑혀 나와 서동수에게 맡겨지더니 하반신을 바짝 붙이면서 비벼대었다. 조은희의 두 팔은 어느새 서동수의 목에 감겨져 있다. 잠깐 입술이 떼어졌을 때 조은희가 가쁜 숨을 몰아쉬며 말했다.

"당신과의 잠자리를 잊지 못할 거야."

"이젠 그런 소리까지 하네."

조은희의 엉덩이를 두 손으로 움켜쥔 서동수가 귓불을 씹으면서 웃었다.

"전혀 달라. 이럴 때의 당신이 말야."

"그래, 난 색골이야."

하반신을 비벼대면서 조은희가 서동수의 어깨를 물었다가 풀었다.

"미치겠어. 나 어떻게 하지?"

"그럼 가지 마."

"안 돼."

서동수가 조은희의 다리 한쪽을 들어 올리자 적당한 자세가 되었다. 조은희가 서동수의 남성을 잡더니 제 동굴 앞에 붙이고는 헐떡이며 말한다.

"넣어!"

서동수는 조은희의 몸을 벽에 붙이면서 거침없이 진입했다.

"아이구머니."

조은희의 입에서 비명 같은 신음이 터졌다. 이제 한쪽 다리가 서동수의 다리에 담쟁이넝쿨처럼 꼬여 매달리는 바람에 자세가 불안정해졌다. 서동수는 조은희의 두 다리를 두 팔로 들어 올렸다. 그러자 조은희가 안긴 채로 몸을 흔들었다.

"아, 아."

조은희의 입에서 움직임에 따라 비명이 터졌다. 두 손을 치켜들고 입을 딱 벌린 조은희의 얼굴로 샤워물이 쏟아지고 있다. 입 안에 든 물을 뱉으면서 조은희가 소리쳤다.

"여보, 세게!"

서동수는 조은희의 몸을 벽에 세게 밀어붙였다. 그러자 남성에 강한 압박감이 느껴졌다. 욕실 안에서 비명이 이어지고 있다. 격렬해서 마치 누가 고문을 당하는 것 같다. 지금까지 방 안에서 엉켰을 때 조은희는 마음껏 신음을 뱉는 것 같았지만 미현을 잠재적으로 의식했을 것이었다. 미현은 방문 두 개 건너편에 있었기 때문이다. 그런데 욕실은 문이 하나 더 있다.

"아이구, 아야, 나 죽어."

쾌감이 더 강해진 것이 분명했다. 조은희의 비명이 점점 높아졌다. 조은희의 몸무게를 남성이 치켜 받치고 있는 셈이다. 그만큼 동굴이 받는 느낌도 강할 것이었다. 서동수는 한 덩이가 된 조은희의 몸을 안고 열중했다. 조은희는 이제 쾌감만을 받는 한 덩어리의 몸이 되었다. 두 다리가 오그라졌고 두 팔은 빈틈없이 서동수의 목을 감은 채 비명을 질러대던 조은희가 마침내 폭발했다. 물에 젖은 얼굴을 치켜들면서 조은희가 울부짖었다. 그러다가 서동수의 어깨를 물어뜯는다.

가슴에 안겨 있던 조은희가 몸을 일으키는 바람에 서동수는 눈을 떴다. 창밖이 환했다.

"엄마, 어떻게 해."

조은희의 당황한 목소리에 서동수가 눈의 초점을 잡았다. 조은희는 아직도 알몸이다. 손바닥으로 젖가슴을 가린 조은희가 울상을 지었다.

"밖에 미현이가 나와 있어."

눈을 치켜뜬 서동수가 벽시계를 보았다. 오전 7시 반이다. 새벽 3시까지 엉켜 있다가 잠이 들었던 것이다. 다른 날 같으면 제 방으로 돌아갔던 조은희가 마지막 밤이라고 같이 잠들었기 때문이다. 그러다가 문밖의 미현이가 내는 기척에 깨어난 것이다.

"어떻게 해?"

브래지어를 찾으려고 더듬거리며 조은희가 말했을 때 서동수가 팔을 잡아끌었다.

"왜?"

놀란 조은희는 몸을 버티면서 물었지만 서동수가 잡아당기는 바람에 알몸으로 끌려왔다.

"놔."

조은희가 몸을 비틀었어도 목소리는 낮다. 문밖에 미현이 있는 것이다. 서동수는 조은희의 허리를 당겨 침대 위에 눕혔다. 이미 얼굴은 상기되었고 남성은 무섭게 팽창되었다. 밝은 아침, 허둥대는 알몸의 조은희, 그리고 밖에 나와 있는 미현, 거기에다 떠나가기 직전의 상황까지 얽혀서 성욕이 불같이 일어난 것이다. 서동수가 깔아뭉개듯이 덤벼들었지만 조은희는 발버둥을 치며 저항했다.

"놔, 밖에……."

하지만 목소리는 잔뜩 죽었고 빨갛게 상기된 얼굴에는 땀까지 배어 나왔다. 그러나 서동수가 몸 위로 오르자 헐떡이며 자세를 갖추더니 서동수를 올려다보았다.

벌써 눈동자의 초점이 멀어져 있다.

"빨리해, 응?"

"알았어."

"그냥 싸, 응?"

"알았다니까."

무섭게 흥분한 서동수는 거침없이 조은희의 몸 안으로 진입했다.

"아."

입을 딱 벌린 조은희가 두 손으로 서동수의 어깨를 움켜쥐더니 두 다리를 번쩍 치켜들었다.

"으음."

서동수의 목구멍에서 낮은 신음이 뱉어졌다. 어느새 조은희의 샘이 흘러넘치고 있었기 때문이다. 동굴의 벽은 강한 탄성으로 남성을 받아들인다.

"아이구, 나 몰라."

서동수가 허리를 들었을 때 조은희는 이제 두 손으로 엉덩이를 움켜쥐며 말했다. 눈은 부릅떴지만 초점이 없다.

"빨리, 응?"

사정하듯 말했지만 다시 서동수가 힘차게 진입하자 두 손으로 목을 감싸 안는다.

그러고는 엉덩이를 세차게 흔들었다.

"아이구, 엄마."

이제 조은희는 문밖의 미현을 잊기 시작했다. 아니, 의식도 했지만 쾌락이 더 강했기 때문에 멈출 수가 없는 것이다.

"빨리 해?"

하고 서동수가 조은희의 귀에 대고 묻자 대답 대신 허리만 더 세차게 흔들었다. 그때 서동수는 밖에서 방문이 닫치는 소리를 들었다. 미현이 제 방으로 들어간 것이다.

"미현이가 방으로 들어갔어."

서동수가 말하자 조은희의 입에서 신음이 터졌다. 그러더니 서동수의 어깨를 미는 시늉을 하며 말했다.

"내가 위에서 할게."

이렇게 마지막 날 아침이 지나고 있다.

앞쪽 소파에 앉은 조은희와 미현 모녀의 표정은 가라앉은 상태다. 오전 9시 반, 회사에는 조금 늦겠다고 연락을 했다. 이제 세 명 모두 외출 차림이고 현관 앞에는 두 모녀가 가져갈 트렁크가 놓여 있다. 작별 시간인 것이다. 둘은 옌지행 고속버스를 탈 것이며, 서동수는 회사로 출근한다. 그리고 저녁에는 서동수만 이 집으로 돌아올 것이다. 서동수의 시선이 조은희에게로 옮겨졌다. 30분 전까지 알몸으로 엉켜져 있었기 때문에 조은희의 눈 주위는 붉다. 급하게 화장으로 덮었어도 열이 가시지 않았다. 시선이 마주친 순간 조은희는 얼른 외면했는데 오히려 미현이 또랑또랑했다. 다 알고 있으면서도 똑바로 서동수한테서 시선을 떼지 않는다. 이윽고 서동수가 입을 열었다. 이제 작별인사다.

"내가 꼭 찾아갈게. 어려운 일 있으면 미현이 너도 아저씨한테 전화를 하고."

"네. 아저씨."

젖가슴이 제법 봉긋하게 솟은 미현이 금방 대답했다. 이제 둘은 한국어를 쓴다. 서동수가 이제는 조은희에게 말했다.

"내가 중국에 오래 있을 거라는 말은 중국에서 사업을 하려는 거요. 그러니까 옌지에도 내 사업장이 생길지도 모른다는 겁니다."

그러자 조은희가 정색하고 서동수를 보았다. 그 순간 서동수는 목구멍이 좁혀지는 것 같은 성욕을 느끼고는 어금니를 물었다. 내가 왜 이러는가? 이런 경험은 처음이다. 거의 밤새도록 엉켜 뒹굴었다, 그리고 아침에도. 몸이 떼어진 지 30분밖에 지나지 않은 것이다. 그때 조은희가 말했다.

"기다릴게요."

가라앉은 목소리였으므로 서동수는 숨을 들이켰다. 그러고는 탁자 밑에서 서류봉투를 꺼내 조은희 앞에 놓았다. 묵직한 봉투다.

"새로 시작하는 터라 돈이 좀 들 거요. 3만 위안 넣었어."

조은희는 숨을 죽였고 미현은 봉투만 보았다. 서동수가 말을 이었다.

"우리 인연을 소중하게 생각한다면 받아주시오. 그래야 내가 기쁘겠어."

그러고는 자리에서 일어나며 말했다.

"내가 먼저 회사 갈 테니까 문 잠그고 나가시오."

발을 뗀 서동수가 일어서는 미현의 어깨를 당겨 잠깐 안았다가 놓았다. 서동수가 현관에서 신을 신고 허리를 폈을 때 뒤에 선 미현이 말했다.

"울 엄마도 아저씨 좋아해요."

시선을 받은 미현의 얼굴이 빨개졌지만 말을 잇는다.

"나도 엄마가 아저씨하고 같이 있는 것, 좋아요."

"고맙다."

웃음 띤 얼굴로 머리를 끄덕인 서동수가 조은희를 보았지만 외면한 옆얼굴이 굳어져 있다. 집을 나온 서동수가 회사에 도착했을 때는 10시 반이 되어 있었다. 그때는 이미 인사발령이 공고된 후여서 서동수는 경비실에서부터 축하 인사를 받았다. 업무 1, 2, 3과장은 모두 서동수보다 고참인데다 나이도 많았지만 반년쯤 전부터 위세에 밀리고 있던 터라 거부반응은 보이지 않았다. 그러나 파격 인사다. 연공을 무시하고 오직 현재의 업적만으로 평가했다지만 모두 충격을 받았을 것이었다.

"축하드려요. 보스."

하지만 진심으로 반기는 직원들도 있다. 바로 화란, 소천 등 서동수와 같은 배를 탄 직원들이다. 책상 앞에서 나란히 선 화란이 먼저 인사를 했고 소천이 뒤를 이었다.

“그래서 오늘 저녁 승진 축하 파티를 할 계획입니다. 식당에 예약까지 했습니다.”

“축하드려요.”

앞쪽 자리에 앉은 박세영이 말했으므로 서동수는 피식 웃었다. 오후 7시, 진급한 지 일주일째, 박세영과는 진급 후에 처음 만나는 셈이다. 박세영은 서울에서 어제 돌아왔는데 진급 이야기는 한영복한테서 들은 것 같다.

“석 달 후에 나갈 몸이라 진급한 것이 오히려 부담이오.”

그러나 과 회식, 업무부 과장들과의 회식, 생산부장, 공장장과의 회식까지 이어지는 통에 연일 술독에 빠져 살았다. 아무도 없는 집에 맨정신으로 돌아가기 싫어서 며칠은 이쪽에서 술자리를 만들기도 했다. 다가온 종업원에게 요리를 시킨 서동수가 박세영에게 물었다.

“다음 주에 매장은 오픈시킬 수 있습니까?”

“네, 가능해요.”

박세영이 말을 이었다.

“내일부터 내부 장식 들어가요. 어제 서울에서 기술자를 둘 데려왔거든요. 사흘이면 공사 끝납니다.”

칭다오의 매장은 두 곳이다. 일단 그곳에 동대문 제품을 들여와 중고품으로 판매할 예정인 것이다. 매장 제품에는 성동실업의 자체 브랜드 5개가 사용될 것이었다. 머리를 든 박세영이 웃음 띤 얼굴로 서동수를 보았다.

“어제 매장 관리직원 다섯 명을 1차로 데려왔는데 그중 29번이 끼어 있어요."

"29번이라뇨?"

되물었던 서동수가 곧 면접 때를 떠올리고 다시 묻는다.

"그럼 가족은? 아이하고 어머니까지 세 식구라고 들었는데."

"같이 왔어요."

서동수가 머리를 끄덕였다. 중국에서 사업을 시작하는 터라 한국에서는 지불할 필요가 없는 경비가 많이 지출된다. 첫째가 숙박 시설이다. 서동수는 한영복과 상의하여 1차로 칭다오에 25평형 아파트 3채를 임차해놓았다. 이곳은 전세가 없고 호텔처럼 1년 세를 내고 입주한다. 박세영이 말을 이었다.

"진영아한테 시내 1호점을 맡겼어요. 걔가 의욕적이고 일을 잘해요."

진영아가 곧 29번이다. 시내 1호점은 번화가에 위치한 가게를 말한다. 숨을 들이켠 서동수가 박세영을 보았다.

"그럼 다음 주에 우리 사업이 시작되는 셈이군요."

"개업식은 저 혼자서 치르겠어요."

박세영의 말에 서동수가 쓴웃음을 지었다. 그것은 한영복도 마찬가지다. 아직 성동실업과 영복섬유의 경영자로 알려져 있는 터라 새 사업이 드러나면 동양으로부터 여러 가지 불이익을 받게 될 것이었다.

"아니, 그래도 내가 자주 들를 테니까."

서동수가 웃음 띤 얼굴로 말을 이었다.

"손님들 사이에 끼어서 말입니다."

그때 요리가 날라져 왔으므로 둘은 젓가락을 들었다. 박세영은 디자이너답게 세련된 차림이다. 미모에다 몸매도 날씬하고 화사한 옷차림이 사람들의 시선을 끌었다. 요리를 먹던 박세영이 문득 서동수를 바라보며 웃었다.

"지난번 서울 오셨을 때, 제가 소개해드리겠다는 제 친구 있죠?"

서동수는 시선만 주었고 박세영이 말을 이었다.

"걘 나하고 고등학교 동창인데 아직 미혼이죠. 사장님하고 잘 맞을 것 같아서 소개해 드리려고 했는데……."

"잠깐!"

요리에 술을 시켰으므로 잔에 술을 따르던 서동수가 말을 막았다.

"나하고 잘 맞을 것 같다니요? 어떤 스타일이 잘 맞을 것 같습니까?"

날 어떻게 아느냐고 물으려다 그렇게 말을 바꾼 것이다. 어디, 듣자.

박세영의 미끈한 손가락이 술잔을 쥐었다. 살색 매니큐어를 칠한 손톱이 단정한 느낌을 준다. 서동수의 시선을 받은 박세영이 슬쩍 웃었다. 눈이 초승달 모양이 되면서 입끝이 올라갔다. 품위가 있다. 적당한 품위는 곧 성적 매력과 상상력으로 이어진다. 남자는 이 품위 있는 여자의 얼굴이 쾌락으로 일그러지는 모습으로 바뀌는 순간 감동을 받는다. 그 감동의 정도가 어느 단계까지는 품위와 비례하는 것이다. 바꿔 말해서 섹시한 자태의 여성이 쾌락으로 빠질 때 모습은 밋밋하다는 말씀이다. 박세영이 입을 열었다.

"걘 돈이 많아요. 유산으로 신촌의 빌딩 두 개, 상가 한 동을 물려받아서 한 달에 집세로 수억 원을 받아요. 그러니 남자한테 매어 살 필요가 없죠."

"돈 없으면 매어 삽니까?"

"가만 들으세요."

눈을 흘겨 보인 박세영이 한 모금에 60도짜리 백주를 삼키더니 입을 벌리고 더운 숨을 뱉었다. 서동수는 문득 그 입 앞에 라이터를 켜대고 싶어졌다. 그럼 불을 뿜는 용처럼 불길이 나갈 것이다. 박세영이 말을 이었다.

"학교 때부터 공주였죠. 맨날 우리 밥 사주고 옷까지 사주고, 남자도 끊이지 않았어요. 그런데 항상 외롭고, 없는 것 같은 분위기를 풍기더라고요."

"재미없구먼."

술잔을 든 서동수가 입맛을 다셨더니 박세영의 말이 빨라졌다.

"나하고 친해진 건 3년쯤 전이죠. 걔가 남자친구 하나 소개시켜달라고 하더군요. 그냥 섹스 파트너로."

그때 술을 삼켰던 서동수가 숨을 들이켰다가 하마터면 밖으로 술을 뿜어낼 뻔했다. 겨우 호흡을 골랐을 때 박세영이 말을 잇는다.

"언제부터인가 남자가 꼬이지 않는대요. 전에는 돈을 겨냥하고 접근한 놈들도 있었는데 요즘은 사라졌대요."

"지기미."

"예뻐요. 잘 빠졌고, 책도 많이 읽어서 유식하고, 영어 · 불어 · 일어까지 하고."

"섹스는 잘한데요?'

"즐기는 편인 것 같아요."

"그런데 나하고 잘 맞을 것 같다는 근거는? 혹시 내가 섹스를 잘할 것 같다는 생각이 들었기 때문이오?"

"그건 아녜요."

쓴웃음을 지은 박세영이 손까지 저었다. 백주는 박세영과 안 맞는 것 같다. 석 잔을 마셨는데 목까지 빨개져 있다. 박세영이 말을 이었다.

"사장님 카리스마가 재민이를 편안하게 해줄 거라는 생각이 들어서요."

여자 이름이 재민인가 보다.

"내가 소개시켜준 남자들은 대개 주눅이 들어서 행동이 자연스럽지 못했어요. 주눅이 들거나 과장하거나, 둘 중 하나라고 하더군요."

"나도 제대로 될 것 같지가 않은데."

입맛을 다신 서동수가 머리를 저었다.

"대포가 제대로 작동할 것 같지가 않아."

"흐흐흐."

소리 내어 웃은 박세영이 눈을 가늘게 뜨고 서동수를 보았다.

"한번 시험해 보시겠어요? 지금 근처에 있는데."

"그렇다면 소개시켜준다고 할 때마다 남자가 대번에 승낙합니까?"

하고 물었지만 대답을 기대한 것이 아니다. 잠깐 한숨 돌리려는 수작이다. 황당했기 때문인 것이다. 뭐야? 도대체? 그런 일로 바다를 건너 날아오다니. 할 일도 더럽게 없는 계집애로군, 호기심이나 호감 따위는 눈곱만큼도 일어나지 않았다. 돈 많은 여자, 공주병, 섹스광(狂), 이 세 가지 요소가 서동수의 대포(?)를 돌려세운 효과를 낸 것 같다.

"아니죠, 제가 좀 약을 올렸어요."

술잔을 든 박세영이 서동수의 시선을 받고는 빙그레 웃었다.

"네가 돈 많고 미인인데다 머리가 찬 여자라고 했더니 골치 아프다고 하더라, 대충 이렇게 이야기했죠."

"이런."

"그랬더니 바짝 약이 오른 거예요."

그때 숨을 들이켠 서동수가 지그시 박세영을 보았다.

"먼저 박세영 씨가 그렇게 말한 의도를 들읍시다."

"첫 번째는……."

"여러 개가 있어요?"

눈썹 사이를 좁힌 서동수에게 손바닥을 펴 보인 박세영이 말했다.

"들으세요, 사장님."

"말해요."

"첫 번째로 사장님 분위기가 그랬어요. 여자 관계에서 절제력이 강한 것 같더군요. 우리쯤 되면 선수는 알아보죠."

"사장이건 과장이건 간에 내가 좀 세긴 해요, 잘 보셨어요."

그러나 정색한 박세영이 힐끗 시선을 던지고 나서 말을 이었다.

"둘째 내가 계속 하트를 주는데도 끼어들지 않더군요. 공과 사를 구별하는 것 같았어요. 그런 성격은 돈이나 외형에 흔들리지 않죠."

"과연."

숨을 들이켜면서 어깨를 편 서동수가 머리를 끄덕였다.

"정확하군. 근데 박세영 씨가 나한테 하트를 준 것은 모르겠는데, 그게 언제요?"

"그깐 이야긴 할 필요 없구요, 자, 어떻게 하실래요?"

박세영이 백주로 달아오른 얼굴로 서동수를 응시했다. 서동수가 먼저 한 모금에 백주를 삼키고 나서 대답했다.

"이왕 이렇게 되었으니 박세영 씨가 책임을 짓고 마무리를 해주셔야겠는데."

"어떻게요?"

"그쪽에다 내 모습을 다 드러내 보여주셨으니 이젠 나한테도 그쪽 하트를 주셔야지, 약점 같은 것 말입니다."

"부드럽고 섬세하게 나가세요."

대뜸 말한 박세영이 술잔에 술을 채우더니 말을 이었다.

"걘 약한 남자한테 끌리는 약점이 있어요, 모성본능이 작용하는가 봐요."

"또 없습니까? 분위기라든가 성감대 따위."

그러자, 박세영의 눈이 다시 가늘어지더니 잠깐 서동수를 보았다.

"사장님, 저, 농담 아녜요."

"정색하고 상대할 기분이 아닌데."

쓴웃음을 지은 서동수가 의자에 등을 붙이면서 말했다.

"어디, 한번 만납시다."

그러자 한 모금에 백주를 삼킨 박세영이 가방에서 핸드폰을 꺼내 들었다.

"걘 프린스호텔 스위트룸에 있어요."

프린스호텔은 식당에서 보인다. 걸어서 5분쯤의 거리에 있다. 버튼을 누르면서 박세영이 말을 이었다.

"갸 부담 없이 만나세요, 사장님."

그러더니 핸드폰을 귀에 붙이고는 심호흡을 했다. 부담 없는 자세가 아니었으므로 서동수의 얼굴에 쓴웃음이 떠올랐다.

자, 서동수는 프린스호텔 라운지로 들어섰다. 오후 9시 반, 17층 라운지에는 서양 손님들이 많다. 주위를 둘러본 서동수는 안쪽 기둥 옆 자리에 혼자 앉아 있는 동양여자를 보았다. 비스듬한 위치여서 옆모습이 드러났다. 거리는 20미터 정도지만 다리의 곡선이 선명했다. 저만하면 하반신은 잘 빠졌다. 서동수가 5미터 거리로 다가갔을 때 여자가 머리를 들었다. 라운지는 대개 어두웠고 이쪽도 그랬지만 여자의 얼굴 윤곽이 선명하게 드러났다. 어깨까지 크게 웨이브한 머리칼 사이로 갸름한 얼굴형, 또렷한 눈, 그리고 곧게 다문 입술과 적당한 콧날, 이 여자가 색녀라니? 이 여자가 자존심 덩어리의 억만장자라니? 서동수의 머릿속으로 온갖 의문과 감동이 솟아올랐다가 사그라진다. 이윽고 여자 앞에 선 서동수가 물었다.

"정재민 씨? 제가 서동수입니다만."

"네, 앉으세요."

여자의 얼굴에서 희미하게 웃음기가 떠올랐다. 그러자 분위기가 따뜻해졌다. 앞쪽에 앉은 서동수가 지그시 정재민을 보았다. 그 순간 박세영의 충고가 떠올랐다.

"부드럽고 섬세하게 나가세요."

어깨를 부풀렸다가 내린 서동수가 입을 열었다.

"시간도 늦었는데 곧장 방으로 가실까요?"

움직임을 멈춘 정재민이 시선만 주었고 어느덧 얼굴의 웃음기는 사라져 있다. 서동수의 머릿속을 다시 박세영의 말이 울렸다.

"갠 약한 남자한테 끌리는 약점이 있어요. 아마 모성본능이 작용하는가 봐요."

서동수가 말을 잇는다.

"구차한 절차 생략합시다. 서로 신분 확실하고, 건강하다는 건 봐서 확인했으니까 가십시다.”

그러고는 서동수가 자리에서 일어섰다.

어깨를 편 서동수가 발을 뗀 순간 얼굴에 저절로 웃음이 떠올랐다. 박세영의 충고를 뒤집어버린 것이다. 이 여자의 배 위에 오르려고 마음에도 없는 말을 꾸며대다니, 생각만 해도 몸에서 소름이 돋는다. 서동수는 휘적이며 라운지를 빠져나왔는데 뒤쪽에 신경을 쓰지 않았다면 거짓말이다. 신경을 곤두세웠기 때문에 뒤통수에 쥐가 날 것 같았다. 그래서 카운터를 지나 밖으로 나왔을 때 저절로 긴 숨이 뱉어졌다. 그때 뒤쪽에서 목소리가 들렸다.

“이쪽으로.”

정재민이다. 그 순간 심장이 철렁 떨어지는 느낌이 들었으며 한꺼번에 수백 가지 생각을 해내던 뇌도 일시에 다운되었다. 정신을 차린 서동수가 몸을 돌렸더니 정재민이 턱으로 옆쪽을 가리켰다. 그쪽 통로에 엘리베이터가 또 있다. 정재민이 이제는 앞장을 섰고 서동수가 뒤를 따른다. 다시 어깨를 부풀렸지만 엘리베이터 앞까지 10여 미터를 걷는 동안 서동수는 침을 두 번이나 삼켰다. 이곳은 스위트룸용 엘리베이터인 것 같다. 둘이 앞에 서자마자 엘리베이터가 열렸고 들어가자마자 움직였으니까, 안에 나란히 섰을 때 정재민이 앞쪽을 향한 채 불쑥 묻는다.

“급해요?”

“예.”

“오래 굶었어요?”

“아니, 그건 아니고.”

엘리베이터가 멈췄으므로 둘이 내렸다. 이곳은 32층이다. 그때 앞쪽의 방문으로 다가가던 정재민이 다시 묻는다.

"그런데 왜 그렇게 서둘러요?"

"마음을 비우니까 그렇게 됩니다."

"마음을 비워요?"

그러자 서동수가 입맛 다시는 소리를 냈다.

"거, 참, 질문 많네. 마음을 비우니까 거시기가 거침없이 서더란 말입니다."

스위트룸의 첫인상은 왕의 침실처럼 느껴진다는 것이었다. 황금색과 붉은색으로 장식된 가구가 중국 사극에서 본 왕의 침전과 비슷했다. 침대는 붉은 기둥 4개로 받쳐졌고 사방에 금박을 입힌 휘장이 드리워졌으며 지붕에 황금용이 똬리를 틀고 앉았다. 침대에 올라 휘장, 즉 커튼을 내리면 이것도 또 방이 될 것이었다. 침대가 배드민턴장 반쪽쯤 되어 보였기 때문이다. 침전 중앙에 선 서동수가 주위를 둘러보았다. 옆쪽에 응접실이 있고 문 옆에도 방이 있다. 침전 담당시녀가 있었던가?

"이런 지기미."

마침내 서동수가 한국어로 투덜거렸다. 주방 쪽으로 가던 정재민이 머리를 돌려 서동수를 보았다. 눈이 놀란 듯 조금 커졌다. 서동수가 투덜거렸다.

"저 침대에서 자고 나면 황금색 몸뚱이에 붉은 털이 달린 놈이 태어나겠군."

피식, 웃은 정재민이 다시 주방으로 가면서 물었다.

"뭘 드실래요?"

"위스키나 한잔."

"저기 선반에서 고르세요, 난 안주 준비할 테니까."

정재민이 가리킨 선반에는 10여 종류의 위스키가 진열되어 있다. 목구멍으로 탄성을 뱉은 서동수가 선반으로 다가갔다. 자세히 보니 코냑에 보드카, 샴페인도 있다. 서동수가 30년산 위스키병을 집으면서 소리쳐 정재민에게 묻는다. 방이 넓어서 목소리가 높아진다.

"남자가 필요할 때 말요, 박세영 씨가 이번처럼 공급해줍니까?"

정재민은 대답하지 않았다. 서동수는 술병과 잔을 들고 소파로 다가가 앉는다. 서동수가 정재민의 뒷모습을 향해 다시 말을 이었다.

"여기 칭다오에 남자 공급소가 있습니다. 그런 곳을 이용하는 것이 차라리 낫다는 생각이 드는데, 아무리 친구지간이라고 하지만 그건 좀 어색하지 않습니까? 한두 번도 아니고 말요."

"……."

"여기 공급소는 중국 여자가 경영하는데 제법 물이 좋아요. 괜찮은 남자들을 확보하고 있습니다. 내가 전화번호 적어드리고 그쪽에다도 말해놓을 테니까 한번 이용해봐요."

그때 안주 접시를 들고 온 정재민이 탁자 위에 내려놓더니 웃음 띤 얼굴로 말했다.

"나, 옷 갈아입고 나올게요."

"나도 갈아입을 옷 없습니까?"

"욕실에 가시면 가운이 있을 거예요."

정재민이 웃음 띤 얼굴로 말을 이었다.

"재미있어요. 서동수 씨는."

"내가 지금 정상이 아녜요."

위스키 병뚜껑을 뜯으면서 서동수가 쓴웃음을 짓고 말했다.

"일단 주눅이 들었다가 반발심, 거부반응, 거기에다 성욕까지 겹쳐서 뒤죽박죽이 되어 있거든."

"가만 계셔도 돼요."

다시 뒷모습을 보인 채 걸으면서 정재민이 앞쪽에다 대고 말했다.

"내가 슬슬 서동수 씨가 좋아지기 시작했으니까 자신감을 가지셔도 되겠네요."

정재민이 방으로 들어서고 문이 닫혔을 때 서동수가 이 사이로 말했다.

"망하지는 않았구만."

하지만 뒤죽박죽이다. 불쑥 내질렀다가 당황해서 별놈의 말을 다 꺼냈는데 다행히 정재민의 반응이 호의적이다. 심호흡을 한 서동수가 잔에 위스키를 채우고는 진정제를 마시는 것처럼 한 모금에 털어 넣었다. 그러고는 혼잣소리처럼 자신에게 말한다.

"그래. 승자, 패자 가르지 말자, 이 사업은 이기고 지는 싸움이 아녀."

4장
독립

서동수는 두 다리를 쭉 뻗고 소파에 앉아 TV를 보는 중이다. 욕실에서 가운을 갈아입은 터라 가운 밑에는 팬티 하나만 걸쳤다. TV에서는 중국무협 드라마가 방영되고 있었는데 대사가 귀에 쏙쏙 들어온다. 정재민은 방에서 아직 나오지 않았다. 옷 갈아입느라고 꾸물대고 있었지만 서동수는 느긋하다. 조은희가 떠난 후로 집에서 기다리는 사람도 없는 것이다. 오늘은 이곳 황제의 침실에서 잘 요량이다. 다시 한 모금 위스키를 삼킨 서동수가 잔을 내려놓았을 때 방에서 정재민이 나왔다. 그 순간 서동수는 숨을 들이켰다. 은색 실크 가운을 입은 정재민이 서동수의 시선을 받더니 수줍게 웃었다.

"어울려요?"

정재민은 전혀 다른 분위기로 변했다. 발목까지 내려온 가운은 몸의 윤곽을 그대로 드러내 주고 있다. 벗은 알몸보다 더 자극적이다. 저도 모르게 자리에서 일어선 서동수가 정재민을 보았다. 입 안에 고인 침을 넘기느라 대답 대신 머리만 끄덕였다. 정재민이 가운을 펄럭이며 다가왔다. 젖가슴 위쪽 부분이 다 드러났고 가운 밑으로 젖꼭지가 솟아올랐다. 다가선 정재민의 시선이 탁자 위에 놓인 술병과 잔을 스치고 지나갔다.

"술 너무 많이 마시는 거 아냐?"

부드럽게 묻는 정재민한테서 향내가 맡아졌다. 서동수는 한 걸음 다가가 정재민의 허리를 감아 안았다. 그러자 몸을 붙여둔 정재민이 얼굴을 펴고 웃었다.

"흐응, 벌써?"

이제는 자연스럽게 말을 놓는다. 서동수가 먼저 정재민의 눈 위에 입술을 붙였다가 떼면서 말했다.

"절차 생략하자구."

그러고는 정재민의 입술을 덮었으므로 대답은 듣지 못했다. 정재민이 팔을 들어 서동수의 목을 감싸 안았다. 어느덧 입을 연 정재민의 혀가 서동수의 입 안에서 꿈틀거렸다. 서동수의 팔 하나가 정재민의 가운을 젖히고는 하반신을 훑었다. 그 순간 서동수의 심장 박동이 빨라졌다. 정재민은 가운 밑에 아무것도 걸치지 않은 것이다. 서동수의 손이 골짜기를 덮자 정재민은 다리 한쪽을 들었다. 그러자 서동수의 손이 골짜기를 완전히 덮었고 손가락은 샘 안으로 들어갔다.

"자기, 잘 해?"

입술을 뗀 정재민이 헐떡이며 물었으므로 서동수는 풀썩 웃었다. 그때 정재민의 손 하나가 뻗쳐오더니 서동수의 팬티를 잡았다. 그러더니 아래로 끌어내린다. 골짜기 안으로 파고들었던 서동수의 손이 금방 젖었다.

정재민이 다리 한쪽을 서동수의 몸에 감고 선 채로 헐떡이며 말한다.

"아유, 좋아."

어느덧 서동수의 팬티를 끌어내린 정재민이 남성을 움켜쥐고 있다. 잠깐 얼굴을 뗀 정재민이 서동수를 올려다보았다. 얼굴은 상기되었고 불빛에 반사된 눈동자가 반짝였다.

"여기서 해."

서동수의 남성을 힘주어 쥐면서 정재민이 헐떡였다.

"못 참겠어."

서동수는 정재민의 가운을 벗겼다. 그러자 순식간에 정재민의 알몸이 드러났다. 이제는 정재민이 서동수의 가운을 서둘러 벗긴다. 금방 알몸이 된 둘은 소파 위로 엉킨 채 쓰러졌다.

"그냥 해, 자기야."

다리 한쪽을 소파 등받이에 올린 정재민이 소리치듯 말했지만 서동수는 먼저 숨을 골랐다. 정재민의 알몸은 풍만했다. 피부는 윤기가 흘렀으며 허벅지는 단단하고 실팍했다. 그때 정재민이 허리를 들썩였다.

"뭐 해? 빨리!"

다시 정재민이 소리쳤을 때 서동수는 머리를 숙였다. 그러고는 정재민의 젖가슴을 입안에 가득 넣었다. 놀란 정재민이 엉겁결에 서동수의 머리칼을 움켜쥐었다. 그러나 곧 덮쳐온 쾌감으로 입을 딱 벌리고 신음했다.

"아아아."

거침없는 신음이다. 서동수가 혀로 젖꼭지를 놀리면서 골짜기를 덮은 손이 현란하게 움직였기 때문이다. 이미 질퍽해진 동굴 안에서 서동수의 손가락이 갖가지 재주를 부리고 있다. 정재민이 안달을 했지만 서동수는 서둘지 않았다.

"아이구 아야."

정재민의 신음이 높아졌다. 허리를 들썩였다가 치켜세웠던 두 다리를 꼬면서 정재민이 두 손으로 서동수의 머리칼을 움켜쥐었다. 서동수의 입술이 배꼽으로 내려가자 정재민은 긴장했다. 가쁜 숨을 뱉더니 두 다리를 딱 붙였다.

"싫어. 거긴."

입술이 아래쪽으로 내려가는 것이 부끄러운 것 같다. 그러나 이번에도 서동수는 말을 듣지 않는다. 아랫배를 훑고 간 입술이 골짜기에 닿자 정재민이 몸을 비틀었다.

"이제 그만."

그러고는 서동수의 어깨를 잡고 끌어올리려는 시늉을 했다. 정재민의 샘은 흘러넘치고 있다. 서동수는 정재민의 손을 뿌리치고 샘에 입술을 붙였다. 그 순간 정재민의 저항이 그쳐졌다. 입에서 앓는 소리만 뱉어낼 뿐 온몸이 늘어져 있다. 서동수의 입술이 정재민의 샘 끝을 애무하기 시작했다. 그 순간 다시 정재민의 몸이 꿈틀거렸고 금방 달아올랐다. 애무는 몸을 달아오르게 할 뿐만 아니라 마음의 벽을 허물어주는 효과도 있는 것이다. 이제 정재민은 무방비 상태가 되었다. 서동수에게 몸을 맡긴 것이다. 이윽고 정재민이 폭발했다. 정재민의 절정은 독특하다. 온몸을 쭈욱 뻗고 경련을 일으키는 것이 마치 숨이 넘어가는 것 같다. 그리고 그 동작이 꽤 오래가는 것이다. 서동수는 정재민의 샘에 얼굴을 붙인 채 참을성 있게 경련이 끝나기를 기다렸다. 여자의 절정은 모두 다르다. 얼굴이 다르듯이 같은 절정은 존재하지 않는 것이다. 같은 여자의 절정도 매일, 매번 다르다. 정재민의 몸이 풀려졌을 때는 5분쯤이나 지난 후였다. 온몸을 늘어뜨린 정재민이 가쁜 숨을 몰아쉬며 열기로 흐려진 눈으로 서동수를 보았다. 서동수는 지금 소파 앞에 두 무릎을 꿇고 앉은 자세였으며 정재민은 눈앞에 가로로 눕혀진 상태다.

"자기야, 고마워."

정재민이 말하자 서동수는 저도 모르게 풀석 웃었다.

"그게 무슨 말이야? 고맙다니?"

"나만 좋게 해줘서."

"쓸데없는 소리 그만두고 이제 올라갈까? 나두 이젠 급해."

정재민이 머리를 끄덕였으므로 서동수는 몸을 일으켰다. 고맙다는 인사에 갑자기 가슴이 답답해진 것이다. 그래서 정재민의 몸 위로 올라 거칠게 다리를 젖히고는 여유도 주지 않고 몸을 부딪쳤다.

"아악."

정재민이 비명 같은 외침을 뱉더니 두 손으로 서동수의 어깨를 움켜쥐었다. 눈을 치켜떴지만 이미 초점은 멀다. 서동수가 난폭하게 몸을 움직이며 말했다.

"입 닥치고 있어."

정재민의 입에서는 이제 외마디 신음만 터져 나왔다. 그러나 온몸은 빈틈없이 서동수의 몸을 받아들이고 있다. 두 다리가 번갈아 쳐들렸다가 소파를 짚고는 서동수의 몸을 강하게 받아 올린다.

서동수의 가슴에 얼굴을 붙인 정재민이 더운 숨을 뱉으면서 물었다.

"자기, 사업을 처음 한다면서?"

박세영한테서 들었을 것이므로 서동수는 정재민의 알몸 엉덩이를 손바닥으로 쓸면서 대답했다.

"그래, 방금 구워낸 따끈따끈한 사장이지."

방안은 아직도 습하고 끈적한 열기로 덮여져 있다. 밤 12시 반이 되어가고 있다.

이미 두 번이나 엉켰다가 풀어진 상태에서 둘은 이제 조금도 어색하지가 않다. 이제는 침대로 옮겨와 있었는데 사방이 내려다보이는 터라 마치 배에 탄 것 같다. 정재민이 손을 뻗어 서동수의 남성을 감싸 안으면서 다시 물었다.

"자본금은 충분해?"

"시작할 만큼은 있어."

"동업한다면서?"

그러자 서동수가 정재민의 엉덩이를 손으로 움켜쥐었다.

"아야."

하면서 몸은 붙인 정재민이 상기된 얼굴로 눈을 흘겼다.

"아파."

"자꾸 그런 거 묻지 마, 딴 이야기 해."

"왜?"

그러자 서동수가 몸을 틀어 정재민의 몸 위로 오른다. 이미 남성은 돌기둥이 되어 있는 터라 작전에 지장은 없다. 대포를 발사하지 않은 것이다.

"또?"

하고 정재민이 눈을 크게 뜨는 시늉은 했지만 다리를 벌려 맞을 차비를 한다.

"자기 정말 잘해."

서동수의 어깨를 두 손으로 잡으면서 정재민이 들뜬 표정으로 말했다. 상체를 세운 서동수가 정재민을 내려다보았다. 정재민의 모습이 숨이 막힐 만큼 아름다웠기 때문이다. 서동수는 문득 머리를 숙여 정재민의 입술에 키스했다. 정재민이 놀란 듯 눈을 크게 떴다가 서동수의 목은 팔로 감싸 안더니 곧 혀를 내밀었다. 다음 순간 정재민의 입이 딱 벌어지면서 목구멍에서 신음이 터졌다. 서동수의 몸이 합쳐졌기 때문이다. 다시 방안에 뜨거운 폭풍이 휘몰아쳤다. 정재민은 마음껏 아우성을 쳤으며 황제의 침대는 요동을 쳤다. 서동수도 이제는 거침없이 움직인다. 그리고 둘은 함께 폭발했다. 폭발을 느낀 정재민의 감동이 격해졌기 때문에 절정은 가장 길게 이어졌다. 둘이 다시 떼어졌을 때 서동수가 땀과 눈물로 범벅이 된 정재민의 얼굴을 손끝으로 닦아주며 웃었다.

"너, 정말 좋았어."

"정말?"

아직도 숨을 고르다 정재민이 눈을 크게 떴다. 기쁜 표정이다.

"정말 내가 좋았어?"

"그렇다니까."

"그럼 나만 좋았던 게 아니네."

상반신을 일으킨 서동수가 정재민을 내려다보고 물었다.

"마실 것 줄까?"

"난 손가락 들 기운도 없어."

침대에서 나온 서동수가 냉장고에서 생수병을 꺼내 병째로 마셨다.

그러고는 몸을 돌린 서동수가 침대에서 자신을 보고 있는 정재민에게 말했다.

"가끔 놀러와, 한 달에 한 번쯤이 좋겠다."

"정말?"

정재민이 정색하고 다시 묻는다.

"그럼 우리 만나는 거야?"

"네가 좋다면."

"난 좋아."

상반신을 힘들게 일으킨 정재민이 알몸을 그대로 드러낸 채 말을 잇는다.

"그럼 세영이한테 우리 만난다고 이야기해도 되겠지? 그렇게 해야 개가 딴생각 안 할 것 같아서 그래."

성동실업의 칭다오 매장 두 곳은 개장 두 달 만에 순이익을 올리기 시작했다. 두 곳 다 20평 규모에 판매 사원이 세 명인 소규모 매장이었지만 금방 입소문을 타고 손님들이 꼬인 것이다. 동대문에서 하루 만에 제품이 배달, 전시되는 터라 유행에 민감한 중국 청년층의 관심을 받았다. 첫 달부터 손님이 모이더니 2개월째 순이익이 각각 4만 위안을 달성했다.

"시작이 좋군."

결산을 마친 한영복이 웃음 띤 얼굴로 서동수를 보았다. 칭다오의 중식당 안이다.

"서 사장, 이 기세로 밀고 나갑시다. 이제부터 옌타이, 톈진, 베이징 매장도 개장 준비를 해야겠소."

"아닙니다. 조금 두고 보십시다."

정색한 서동수가 머리를 저었으므로 한영복의 얼굴에서 웃음기가 지워졌다.

"아니, 왜? 무슨 일 있습니까? 사업이란 때를 놓치면 안 돼요. 지금이 기회란 말입니다. 전망도 좋고……."

전망은 박세영이 조사해온 결과다. 지난달에도 박세영은 베이징 등 상하이까지 중국 대도시를 돌아보고 온 것이다. 한영복의 시선을 받은 서동수가 입을 열었다.

"벌써 우리 제품을 모방한 제품이 나오고 있습니다. 그것도 동대문에서 생산해내고 있단 말입니다."

그렇다. 성동실업 칭다오 매장에서 100미터도 안 되는 거리에 간판도 비슷하게 붙인 가게 하나가 오픈되었다. 주인은 중국인이었지만 판매사원은 한국인이다. 그리고 제품도 동대문에서 공급받는 것이다. 한영복이 머리를 끄덕였다.

"그러니까 우리가 먼저 선수를 치자는 겁니다. 어차피 1등은 쫓기게 되어 있으니까 먼저 나가는 수밖에 없어요."

"그런 1등이 되면 안 됩니다."

서동수가 말을 이었다.

"도망가는 1등은 넘어지면 끝장입니다. 기반부터 굳히고 1등을 차지해야 됩니다. 지금은 차분하고 성실하게 브랜드 가치를 인정받아야 됩니다. 매장과 브랜드만 벌려놓으면 안 됩니다."

"하긴 판매는 서 사장한테 맡겼으니까."

서동수의 시선을 받은 한영복이 마침내 머리를 끄덕이며 말했다.

"서 사장 계획대로 합시다. 하지만……."

"따라오지 못하도록 기반을 굳혀야 됩니다."

서동수가 말하자 한영복은 숨만 들이켰다. 미련이 많은 표정이었다.

그날 밤, 한영복과 헤어진 서동수가 1호 매장에 들어섰다. 오후 10시가 되어가고 있었지만 매장 안은 손님이 많았다. 매장 책임자 진영아가 서동수를 맞는다.

"식사는 했어?"

사흘에 한 번꼴로 꼭 들르는 터라 서동수는 이제 자연스럽게 진영아를 대한다.

"네. 사장님."

다가선 진영아한테서 여자 냄새가 맡아졌으므로 서동수는 숨을 깊게 들이켰다. 버릇이다. 이 냄새는 언제나 향기롭다.

"저기 로터리 짝퉁 매장 말이야."

눈으로 밖을 가리킨 서동수가 말을 잇는다. 짝퉁 매장이란 중국인이 개업한 경쟁업체를 그렇게 부른 것이다.

"들어가 봤더니 손님이 꽤 많던데, 제품도 더 다양해졌고."

그러자 진영아가 쓴웃음을 지었다.

"가격도 이곳보다 10%쯤 싸게 팔고 있어요."

"그렇겠지."

머리를 끄덕인 서동수가 가게 안을 둘러보았다. 한국인 1명을 지원받고 중국인 판매사원 셋이 열심히 손님을 상대하고 있다. 이런 상황에서 매장만 늘려 나갈 수는 없는 것이다. 서동수가 지그시 진영아를 보았다.

"오늘 밤 나하고 술 한잔 할까?"

"난 단숨에 무엇을 이룰 생각은 없어. 그리고 그건 있을 수도 없는 일이야."

서동수가 술잔을 들고 말했다. 카페 안은 떠들썩했지만 그것이 오히려 안정감을 줄 때가 있다. 지금이 그렇다. 밤 11시, 서동수와 진영아는 아파트 근처의 작은 카페에서 술을 마시고 있다. 진영아의 아파트 근처다. 조금 전에 진영아는 어머니한테 전화를 해서 딸이 잠들었다는 것을 확인했다. 서동수가 말을 이었다.

"진영아 씨도 명심해야 될 거다. 차곡차곡 쌓아가자는 뜻이야. 그러려면 시장을 더 깊게, 더 넓게 공부하고 나 자신을 단련시켜야 돼."

"알았습니다."

서동수의 시선과 마주친 진영아가 맥주잔을 들더니 벌컥이며 삼켰다. 단숨에 잔을 비운 진영아가 잔을 내려놓고 손등으로 입을 닦았다.

"사장님이 자꾸 저를 불러 교육을 시키시는 의도도 알았구요."

"그것이 무슨 의도인 것 같으냐?"

"저를 사장님 심복으로 만드시려는 것이지요."

"오버하고 있군."

"틀렸나요?"

진영아가 다시 잔에 맥주를 5분의 4쯤 따르더니 위스키로 나머지를 채웠다. 그들은 지금 폭탄주를 마시고 있다. 이 카페에서 벌써 세 번째 만나고 있는 터라 진영아의 태도도 자연스럽다. 서동수가 잠자코 제 술잔을 들더니 폭탄주를 삼켰다. 진영아는 전장에서 싸우는 전사(戰士)다. 전장, 즉 시장을 모르면 작전계획을 세울 수가 없는 것이다. 그래서 수시로 가게를 찾아갔고 진영아로부터 시장 상황을 들어왔다. 그것이 밑바닥에서부터 단련해온 서동수의 장점이다. 공장 기술자였다가 사장이 된 한영복과 사고가 다를 수밖에 없다. 잔을 비운 서동수가 숨을 고르더니 진영아를 보았다.

"내가 너한테 공을 들이는 이유가 뭔지 알고 있어?"

"네, 사장님."

술잔을 든 진영아가 눈을 초승달 모양으로 만들며 웃었다. 입술 끝도 함께 올라가면서 얼굴이 환해졌다. 그러더니 말을 이었다.

"아이하고 엄마까지 데려온 놈이라 쉽게 도망가지 않을 것 같아서요."

"그렇게 생각했니?"

"2호점장 미스 양은 박 실장 심복이죠. 그쪽을 견제하려면 제가 필요할 수도 있으니까요."

"옳지, 그런 관계가 있군."

"저를 여자로 보시는 것 같지는 않아요. 가끔 사장님 눈빛이 수상하긴 하지만요."

"그런가?"

그때 진영아가 다시 폭탄주를 마셨다.

지금 넉 잔째를 마시고 있다. 진영아가 술잔을 내려놓았을 때 서동수가 말했다.

"첫째 넌 시장을 보는 눈이 예민했고 시야가 넓었어. 난 네 보고를 듣고 마음에 들었다."

진영아가 이제는 시선만 주었고 서동수는 말을 잇는다.

"직장 생활을 하게 되면 알게 돼. 장래성이 있는 놈, 일을 맡길 만한 놈인가를 말야, 난 너한테서 그걸 본 거야."

"……."

"그게 심복으로 키우려는 의도로 생각했는지, 난데없는 박 실장까지 끼워 넣을 줄은 몰랐다."

그러고는 서동수가 쓴웃음을 지었다. 박 실장이란 박세영을 말한다. 박세영이 기획실장인 것이다. 그때 진영아가 말했다.

"절 믿으셔도 돼요. 그리고……"

심호흡을 한 진영아가 서동수를 보았다.

"가끔씩 절 여자로 봐 주셔도 돼요. 그때마다 제가 자극을 받거든요."

텅 빈 아파트로 돌아온 서동수가 냉장고에서 물병부터 꺼내 마신다. 아파트는 썰렁했지만 깨끗하게 정돈되었다. 매일 청소를 하기 때문인데 혼자 있다고 주변을 어지럽히는 성품이 아니다. 벽시계가 밤 12시 반을 가리키고 있다. 진영아 하고는 카페 앞에서 헤어진 것이다. 저고리를 벗은 서동수가 소파에 앉아 TV를 켰다. 술을 마셨지만 자기 전에 중국어 공부를 하려는 것이다. 이제는 듣기와 말하기에 지장은 없다. TV를 봐도 90% 이상은 다 알아듣는다. 소파에 머리를 기대고 앉은 서동수가 눈을 감았다. 이제 곧 회사를 그만두고 내 사업을 시작하게 되었다. 독립이다. 모든 직장인의 꿈이 독립이라고 하지만 과연 얼마나 꿈을 실현할 수 있을까? 극소수일 것이다. 독립의 조건은 여러 가지가 있겠지만 가장 중요한 것은 의지다. 과연 나는 그 의지가 바탕에 깔려 있는가?

눈을 뜬 서동수의 시선이 TV로 옮겨졌다. 중국 연속극으로 삼각관계의 남녀가 다투는 중이다. 서동수는 머리를 끄덕였다. 꺾이지 않겠다는 자신도 있다. 다만 한영복과의 동업으로 시작된 것이 조심스러울 뿐이다. 지금은 서로의 장점을 이용하는 단계로 시너지 효과를 내고 있지만 언젠가는 갈라서야만 한다. 그것을 염두에 둬야 하지 않겠는가? 한영복도 예상하고 있을 것이다. 그때 핸드폰이 진동을 했으므로 서동수는 상반신을 세웠다. 이 시간에 누구인가? 핸드폰을 집어든 서동수의 몸이 굳어졌다. 전처 박서현이다. 이 시간에 웬일인가? 핸드폰을 켠 서동수가 귀에 붙였다.

"나야."

"왜 나만 묶여 있어야 되니?"

하고 불쑥 박서현이 물었으므로 서동수의 가슴이 철렁 내려앉았다. 다음 순간 가슴에서 머리끝까지 불덩이가 치솟는 느낌을 받았다. 눈을 부릅뜬 서동수가 소리쳤다.

"네가 데리고 있겠다고 했지 않아? 이년아!"

미혜를 데리고 있겠다면서 고집을 피운 것은 박서현이고 이 모정에 꺾여 서동수는 양보를 했다. 그때 박서현이 말했다.

"너만 홀가분하게 즐기는 것이 분해, 미혜 데려가."

"내일 당장 갈 테니까 준비해라."

서동수가 이 사이로 말했다.

"말 잘했어. 데려갈게"

박서현은 서동수의 서슬에 질린 듯 잠깐 주춤하더니 결심한 듯 말했다.

"알았어. 준비할 테니까."

정지 버튼을 누른 서동수가 심호흡을 세 번 하고 나서 벽시계를 보았다. 1시가 되어가고 있다. 그러나 서동수는 핸드폰의 버튼을 누르고는 귀에 붙였다.

"여보세요, 동수냐?"

신호음 세 번 만에 수화기에서 목소리가 울렸다. 어머니다. 세상에서 가장 만만한 대상이 어머니다. 가장 이해심이 많은 인물도 어머니다. 서동수는 어금니를 물었다.

"어머니, 나, 미혜 데려 오기로 했는데."

대뜸 그렇게 말했더니 어머니도 대번에 말을 받는다.

"오냐, 잘했다."

미혜에 대한 서동수의 그리움을 아는 것이다. 어머니가 말을 잇는다.

"내가 키우마, 내가."

"아니, 어머니, 내가 여기서 키워야겠어."

"그렇다면 내가 거기로 가마."

어머니가 당장에 고속버스라도 타고 올 기세로 말했다.

"나하고 미혜하고 너하고 살자. 여기 농사는 네 형이 잘할 것이다."

어머니는 중국땅이 아니라 시베리아라도 상관이 없다. 아들 있는 곳이면 다 간다.

이런 일은 솔직하게 털어놓는 것이 낫다. 다음 날 아침, 서동수는 출근하자마자 공장장 윤명기에게 내막을 털어놓았다. 윤명기가 제 일처럼 나서서 서둘러 주었는데 휴가를 낼 필요 없이 출장으로 처리해주겠다고 했다. 물론 이 일은 윤명기만 안다. 그래서 그날 오후 3시에 서동수는 남현동의 구처가로 들어서게 되었다.

"아빠."

이번에도 미혜가 가장 반갑게 맞아 주었는데 박서현과 박병만, 최영주까지 셋은 뒤쪽에 잠자코 서 있는 것이 좀비들 같았다.

“어, 그래.”

달려온 미혜를 안아든 서동수가 선 채로 셋을 둘러보았다.

“여기서 머뭇거릴 시간도 없고 그럴 필요도 없으니 그냥 가겠습니다.”

서동수의 시선이 박병만에게 옮겨졌다.

“미혜 엄마는 언제든지 미혜 만나러 올 수 있습니다. 그건 어른께 약속드리지요.”

“알았네.”

박병만이 외면한 채 대답했다.

“나는 자네를 잘 아네.”

“하지만 더 이상 미혜를 이리저리 옮기게 할 수는 없습니다. 떠나기 전에 변호사 사무실에서 각서를 받아야겠습니다.”

“내가 알아서 할 테니 연락만 해주게.”

“그럼 가겠습니다.”

머리를 숙여 보인 서동수가 몸을 돌렸더니 안겨 있던 미혜가 박서현에게 손을 흔들었다.

“엄마, 나, 갔다 올게.”

박서현에게 아빠 따라 중국에 가서 놀고 오는 것으로 하라고 시킨 것이다. 유치원에 가기 싫어했던 미혜는 좋아하고 있다. 그때 뒤를 따라오면서 박서현이 말했다.

“미혜야, 엄마가 너 보러 갈게.”

목소리에 울음이 섞여 있었으므로 서동수는 어금니를 물었다. 그래서 서둘러 신발을 신고 현관을 나섰더니 안겨 있던 미혜가 묻는다.

"아빠, 엄마가 왜 울어?"

"좋으면 그래."

"뭐가 좋아?"

"엄마가 혼자 놀려고."

"뭘 하고 노는데?"

헷갈린 미혜가 물었을 때 서동수는 대문 밖으로 나섰다.

"미혜야!"

승합차의 앞쪽에 서 있던 어머니가 두 팔을 벌리면서 다가왔는데 눈에 눈물이 가득 담겨졌다.

"아이구, 내 새끼."

어머니를 따라온 형과 형수, 그리고 10살, 8살짜리 조카가 뒤쪽에 서 있다. 일가족이 총출동한 것이다. 물론 서동수의 연출이다. 당장 미혜의 정신을 빼놓으려는 수작이었는데 어머니, 형 부부가 모두 동의했다. 얼떨떨해진 미혜가 할머니 다음에 형과 형수에게 차례로 안기더니 곧 승합차에 오른다. 두 조카는 나이가 많았지만 촌놈들이라 쭈뼛거렸고 그것이 미혜의 경계심을 풀어주는 효과를 내었다. 형이 운전하는 승합차가 고속도로 톨게이트를 지날 무렵에는 미혜가 두 사촌에게 이야기를 거는 상황이 되어 있었다.

"짐은 칭다오로 보내준다고 했습니다."

서동수가 어머니와 형 내외에게 말했다.

"미혜 여권이 이틀이면 만들어질 테니까 사흘 후에는 출발해야 됩니다."

"제가 어머니 모시고 중국에 갈게요."

미리 이야기가 되었는지 형수 박애영이 말했다.

"저는 애들이 다 컸으니까 중국에서 며칠 있다가 돌아와도 돼요."

저녁 식사는 마당에 펴놓은 돗자리 위에서 했다. 옆쪽에 모닥불을 피워 놓았는데 미혜가 신기한지 밥 먹다가 다가가서 나무토막을 불구덩이 속으로 던져 넣는다. 언니인 정미가 그때마다 따라가 둘이서 웃고 떠든다.

"금방 잊어 먹는다."

둘을 보면서 어머니가 자신 있게 말했다.

"부모 없어도 잘만 크는 애들도 많다. 미혜 걱정은 마라."

"형, 할 이야기가 있는데."

머리를 든 서동수가 형 서민수를 보았다. 어머니와 형수 박애영의 시선도 모아졌고 서동수가 말을 잇는다.

"정미하고 영진이 중국에서 학교 보내지요. 거기 학교 좋습니다."

모두 시선만 주었고 서동수의 목소리에 열기가 더해졌다.

"한국 애들이 다니는 국제학교가 있어요. 거긴 저학년부터 영어를 가르치고 여기서처럼 과외를 대여섯 개씩 다닐 필요가 없어요. 학교에서 다 해주니까요. 요즘 애들 얼마나 고생합니까? 안 그래요?"

그러자 서민수는 입맛만 다셨지만 박애영의 눈동자가 반짝였다.

"저도 들었어요. 그런데 국제학교 교육비가 만만치 않다던데."

"그건 저한테 맡기시고요. 형 애들이 온다면 형수님도 오실 테니까 저택 큰 거 하나 장만하렵니다. 가정부도 구하고요."

"그만."

손바닥을 펴 보인 서민수가 쓴웃음을 지었다. 그러고는 웃음 띤 얼굴로 서동수를 보았다.

"일단 어머니하고 미혜부터 가야지. 그리고 천천히 상의하자."

"저도 이번에 따라갈 테니까 한번 보지요. 미혜 아버지."

하고 박애영이 말했으므로 서동수가 심호흡을 했다.

"예, 형수님, 솔직히 미혜 혼자 중국에 두기도 외로울 것 같아서 그랬습니다. 하지만……."

"알아요, 삼촌."

박애영이 웃음 띤 얼굴로 서동수의 말을 받는다.

"영진이가 3학년인데 여기서도 과외를 다섯 개나 다녀요. 누군 외국으로 유학을 보낸다는데 저도 그런 생각 안 해 봤겠어요? 이것이 좋은 기회인지 모르죠."

그때 어머니가 말했다.

"어서 밥부터 먹자. 그나저나 동수 회사 일부터 잘 되어야지."

서동수는 잠자코 수저를 들었다. 만일 몇 달 후에 회사를 그만두고 새 사업을 시작한다면 어머니는 중국에 가지 않겠다고 할지 모른다. 어머니를 불안하게 만들 필요는 없는 것이다. 이제 어머니와 미혜까지 중국으로 옮겨놓을 테니 전력을 다해야 한다. 올인이다. 주머니에 든 핸드폰이 진동으로 떨었을 때는 저녁 9시였다. 핸드폰을 쥐면서 그것이 박서현일 거라고 생각했던 서동수는 발신자 번호를 보고 나서 저절로 쓴웃음을 지었다. 정재민이었기 때문이다. 스위트룸에서 헤어지고 나서 열흘이 지났다. 그 동안 연락도 없었던 것이다.

"거기, 유성이야?"

대뜸 정재민이 물었으므로 서동수는 주위부터 둘러보았다. 어머니는 미혜, 정미와 함께 안방에 있었고 형수는 주방에서 설거지를 한다. 형은 마당에 있을 것이다.

"아니, 여기 있는 줄 어떻게 알았어?"

"세영이한테 들었어. 유성 본가에 인사차 들른다고 했다면서? 급한 일은 아니겠지?"

"아, 그래. 급한 일은 없어."

"그럼 나, 유성에 왔는데 거기 어딘지 내비게이션에 찍을게 말해줄래?"

흰색 승용차가 샛길로 들어오는 입구에 세워져 있다. 서동수의 본가에서 30미터쯤 떨어진 곳이다. 주위는 짙은 어둠에 덮여져 있다. 샛길 위쪽으로 50미터쯤 들어가면 마을회관이 나오는데 그 아래쪽으로 30여 호의 민가가 드문드문 자리 잡았다. 유성에서 국도를 따라 4킬로쯤 떨어진 마을, 그것도 국도에서 마을길로 150미터를 들어가야 되는 곳이라 잘도 찾아왔다. 내비게이션 덕분이다. 서동수가 다가가자 운전석의 문이 열리더니 정재민이 나왔다. 어둠 속이었지만 밝은 색 옷 때문인지 윤곽이 뚜렷하게 드러났다.

"놀랐니?"

다가선 서동수를 향해 정재민이 이를 드러내고 환하게 웃었다. 정재민한테서 짙은 향내가 맡아졌다. 풀과 흙, 거름냄새에 젖었던 서동수의 폐가 세차게 박동하기 시작했다. 서동수는 잠자코 정재민의 허리를 당겨 안았다.

"어이구, 왜 이래?"

놀란 듯 말했지만 정재민은 거부하지 않았다. 두 팔을 서동수의 어깨 위로 늘어뜨리고는 똑바로 시선을 주었다.

"내가 여기까지 찾아올지 몰랐지?"

그 순간 서동수는 정재민의 입술에 키스했다. 이번에도 정재민이 입을 벌려 혀를 내밀어주었다. 서동수가 갈증이 났던 사람처럼 정재민의 혀를 빨아 삼킨다. 그때 정재민이 얼굴을 떼면서 물었다.

"무슨 일 있어?"

호흡이 가빴으므로 정재민이 잠깐 숨을 돌리고는 다시 묻는다.

"집에 말이야."

그 순간이다. 갑자기 목이 멘 서동수가 어깨를 부풀렸고 다음 순간 눈에서 눈물이 쏟아졌다. 순식간에 일어난 일이어서 당황한 서동수가 외면했지만 바로 얼굴을 맞대고 있던 정재민을 피하지 못했다. 정재민도 놀란 것 같다. 몸을 굳혔던 정재민이 손을 들어 손끝으로 서동수의 눈물줄기를 훔쳐주었다.

"내가 잘 왔다. 그렇지?"

낮게 물었던 정재민이 다시 묻는다.

"내가 해줄 일 있어?"

그때 서동수가 어깨를 부풀렸다가 내리면서 말했다.

"한 번 하자."

"열 번이라도 해줄게."

"차 안으로 들어가자."

"뒷좌석으로 들어가. 넓어."

정재민이 뒤쪽 문을 열어주면서 말했다.

"나, 한 번도 차 안에서 안 해 봤어."

벤츠도 여러 종류지만 뒤쪽은 넓었다. 서동수가 자리에 앉자 정재민이 앞으로 다가와 서둘러 바지 혁대를 풀었다. 정재민의 숨소리가 거칠었다. 서동수도 정재민의 스커트 호크를 풀고는 지퍼를 내렸다. 그러자 스커트가 흘러 떨어졌고 팬티만 남았다. 그때 서동수의 바지와 팬티를 벗긴 정재민이 위로 오르면서 말했다.

"자기야, 내가 위에서 해줄게."

그때 정재민의 팬티가 끌려 내려졌고 바로 몸이 부딪쳤다. 서동수는 정재민의 허리를 두 손으로 받치듯이 잡았다. 그 순간 정재민이 주저앉으면서 서동수의 남성을 받아들였다.

"아아."

입을 딱 벌린 정재민은 차 안이 떠나갈 것 같은 신음을 뱉었다. 서동수가 정재민의 다리를 들어 올리면서 말했다.

"고맙다."

그러나 정재민은 대답 대신 더 거칠게 몸을 부딪치더니 신음을 뱉는다. 차 안은 뜨거운 열기로 덮여지기 시작했다. 이제는 열중한 서동수가 정재민을 넘어뜨렸고 신음소리는 더욱 높아졌다. 그러나 주위는 짙은 어둠에 덮여져 있었고 차 안의 소음은 적막을 깨뜨리지 않았다.

"우와!"

집 안으로 들어선 미혜가 가장 먼저 감탄사를 입 밖으로 내었다. 그만큼 밝고 기죽지 않은 증거이기도 할 것이다. 어머니와 형수 박애영은 숨만 들이켜고는 눈동자를 굴렸으며 따라온 조카 정미는 얼어붙었다. 서동수는 만족했다. 이곳은 칭다오 해변에 신축한 고급 아파트다. 지금 서동수 가족은 120평형 아파트 안에 들어와 있는 것이다. 그때 안내한 유

사장이 설명했다.

“식품만 사오시면 지금 당장 요리를 해 드실 수 있습니다. 주방 기구까지 최고급으로 준비되어 있거든요.”

“아이구머니.”

주방으로 다가간 어머니가 그때서야 감탄했다. 식기가 수저, 젓가락까지 완벽하게 갖춰져 있었기 때문이다. 냉장고, 김치냉장고, 한국산 전자밥통에 오븐까지 없는 게 없다. 전에 봐두었던 이 아파트에 전세로 입주한 것이다. 중국식 전세는 호텔식과 같다. 보통 1년 단위로 대금을 치르고 입주하는 것이다. 한국처럼 나올 때 전세금을 돌려받지 않는다. 중국인들한테 그 이야기를 해주었더니 그럼 공짜로 사는 것과 같다면서 부러워했다. 방이 6개, 방마다 벽걸이 TV가 설치되었으며 거실은 2개에 화장실이 3개인 호화 아파트다. 유 사장이 돌아갔을 때 어머니와 박애영이 소파에 앉아 놀란 표정으로 서동수를 보았다.

“이 집을 전세로 들었다구? 도대체 전세금이 얼만데?”

먼저 어머니가 묻자 서동수는 머리부터 저었다.

“그건 알 필요 없어, 어머니.”

서동수가 웃음 띤 얼굴로 어머니를 보았다. 전세금을 빼내지 못하고 나가는 아파트라면 어머니는 펄쩍 뛸 것이다.

“회사에서 해준 아파트에다 내가 조금 보탠 거니까 큰 부담은 없어.”

그때 미혜가 정미하고 달려왔으므로 부담스러운 대화가 끊겼다.

“아빠, 이게 우리 집이야? 오늘부터 이곳에서 사는 거야?”

“그렇단다.”

“엄마는?”

"곧 올 거다."

"방이 많아서 몇 개인지 까먹었어."

"정미야, 네가 미혜 데리고 같이 방 세어봐라."

박애영이 정미를 시켰고 둘은 다시 사라졌다. 서동수가 둘에게 말했다.

"오늘 저녁에 가정부 일을 할 조선족 아줌마 올 겁니다. 두 분이 만나보고 나서 결정을 하세요."

"가정부는 무슨."

어머니가 머리를 젓자 서동수가 말을 이었다.

"애들한테 중국어도 가르치고 중국 물정에 빨리 익숙해질 수 있어요. 그리고 그 사람은 교양도 있고 음식 솜씨도 좋다고 추천을 받았습니다."

조은희한테서 추천을 받은 여자다. 그러자 박애영이 먼저 머리를 끄덕였다.

"그게 좋겠네요. 나중에는 우리끼리 살아가더라두요. 어머니, 시장을 가더라도 처음부터 우리가 갈 수 없지 않겠어요?"

"이웃하고의 관계에서도 필요하고요."

서동수가 거들자 어머니도 마침내 머리를 끄덕였다.

"하긴 집이 너무 커서 이 식구로도 허전하다."

그러더니 어머니가 다시 일어서면서 박애영한테 말했다. 얼굴에 생기가 떠올라 있다.

"어디, 집 구경을 다시 하자. 난 이렇게 큰 집을 처음 봤다. 중국 사람들이 부자가 많은가 보다."

박애영이 따라 일어섰고 서동수는 심호흡을 했다.

공장장실로 들어선 서동수가 윤명기를 보았다. 오전 10시 반, 책상에 앉아 있던 윤명기가 눈으로 앞쪽 소파를 가리키며 말했다.

"앉아."

잠자코 소파에 앉은 서동수에게 윤명기가 자리에서 일어나 다가오면서 물었다.

"집 옮겼다고? 어디로?"

"해산(海山) 아파트입니다."

"거긴 대형 아파트라던데."

앞쪽에 앉은 윤명기가 다시 묻는다.

"딸하고 두 식구가 살기엔 너무 크지 않겠어?"

"어머니하고 형수, 그리고 형님의 두 아이까지 함께 살기로 했습니다."

"그렇구나."

눈을 크게 떴던 윤명기가 곧 얼굴을 펴고 웃었다.

"그래. 어머니, 형님 가족하고 같이 살면 아이가 외롭지 않겠지."

"형님 가족까지 이용한 것 같아서 마음이 무겁습니다."

"윈윈 아닌가? 서로 좋은 점을 찾을 수도 있을 거야."

"공장장님."

정색한 서동수가 윤명기를 보았다. 윤명기가 서동수의 표정을 보더니 눈썹이 모아졌다.

"무슨 일이 있는 거냐?"

"저, 회사 그만두려고 합니다."

그러고는 서동수가 숨을 들이켰다가 천천히 뱉어냈다. 털어놓기로 마음을 바꾼 것이다. 그것이 최소한의 예의다.

"그게 무슨 말이야?"

그렇게 묻는 윤명기의 목소리도 굳어져 있다. 서동수가 말을 이었다.

"솔직히 말씀드리겠습니다. 저는 이미 성동실업을 한영복 사장하고 합작 투자해서 운영하고 있습니다."

"……."

"칭다오에 의류 매장을 2개 개업했는데 곧 3개를 더 늘릴 것입니다. 그리고 내년까지 중국에 15개의 매장을 확보할 계획입니다."

"……."

"사직 날짜는 공장장님이 본사로 옮기신 직후로 잡고 있습니다."

"이 자식이."

이 사이로 말한 윤명기가 외면하더니 곧 길게 숨을 뱉었다.

"네가 가만있을 놈이 아니라는 건 알았어. 하지만 충격이군."

"배신하기 싫었습니다."

"넌 이미 배신한 거야, 인마."

머리를 든 윤명기가 똑바로 서동수를 보았다. 그러나 표정이 굳어져 있지는 않다.

"그리고 예상하고 있으면서도 네놈하고 손을 잡은 나도 책임이 있어."

"죄송합니다."

"서로 이용한 것이지."

말을 자른 윤명기가 소파에 등을 붙이더니 불쑥 묻는다.

"한영복과 손을 잡았다고? 그 사람을 믿고 있는 거냐?"

"서로 의지하는 입장입니다. 저는 한 사장의 생산 노하우와 자금력을, 그리고 한 사장은 제 영업과 기획력을 말씀입니다."

"너, 알고 있어?"

상반신을 편 윤명기가 다시 물었다.

"한 사장이 과거에 두 번 동업했다가 동업자하고 갈라선 사건 말이다."

"모릅니다."

"동업관계를 비밀로 해서 몇 명만 알고 있는 일인데 한 사장이 알맹이를 빼먹고 동업자를 배신한 거다. 난 동업자한테서 직접 들었다."

그러더니 윤명기가 쓴웃음을 지었다.

"이 자식, 진짜 모르고 있었던 모양이군. 너, 나한테 털어놓은 게 잘했다는 생각 안 드냐?"

한영복에 대해서는 회사를 그만둔 이인섭한테서 들은 것이 대부분이다. 자수성가한 기업가이며 수백억대의 자산가, 국교수립 전부터 중국에서 사업을 한 중국통 등이다. 서동수는 정보력에 대한 자신의 한계를 뼈저리게 느껴야만 했다.

그러나 비밀을 털어놓음으로써 윤명기로부터 보상을 받은 셈이 되었다. 인생사는 물론 사업에서도 하나를 내놓으면 꼭 다른 보상이 온다는 서동수의 신조가 다시 한 번 맞았다.

그로부터 보름쯤이 지난 날 아침에 화란이 다가와 말했다.

"부장님, 오늘 저녁에 대아건설 호 사장하고 약속이 있으십니다."

대아건설은 이번에 공장 창고 건설을 맡았는데 공사비가 1,500만 위안으로 한화로 27억 원이다. 서동수의 시선을 받은 화란의 얼굴에 희미하게 웃음기가 떠올랐다. 눈에는 더 생기가 띠워진 것 같다.

"저도 따라갑니까?"

"그래야지."

그렇게 대답한 순간 서동수는 화란에게는 끝까지 새 사업에 대한 비밀을 털어놓지 않기로 작정을 했다. 이미 화란은 오염되었다. 한마디로 돈맛을 안 것이다. 꿀이 뚝뚝 떨어지는 이곳을 떠나 눈보라가 휘날리는 벌판에서 함께 싸우자고 한다는 것 자체가 미친 수작이다.

놔둬라, 한영복의 진면목을 알게 된 마당에 전장은 더욱 살벌해졌다. 일찍 퇴근을 하고 아파트로 돌아왔더니 미혜가 뛰어나와 반겼다.

"아빠, 오늘 노래 배웠어."

"어, 그래?"

서동수가 눈을 둥그렇게 뜨자 어머니가 웃었다.

"나는 미혜한테 배웠단다."

"재미있어요, 노래가."

형수 박애영이 거들었다. 미혜는 사립유치원에 다니는데 국제학교다. 외국인 자녀가 많아서 시설도 좋았고 정미가 다니는 사립초등학교 수준도 월등했다.

미혜와 정미의 등하교와 집안일을 돕는 가정부까지 채용했으므로 집 안은 어머니와 미혜, 형수 박애영과 정미에다 가정부 둘, 서동수까지 일곱 식구가 부대끼며 산다. 그리고 곧 정미의 오빠 영진도 이곳 사립초등학교로 전학을 올 것이었다.

"저, 다시 나가야 돼요, 저녁 약속이 있습니다."

주방으로 들어가는 어머니에게 말하자 형수 박애영이 대신 대답했다.

"그럼 들어오시지 않아도 되는데 그러세요. 미혜는 노느라 정신없는데."

아닌 게 아니라 미혜는 아빠한테 잠깐 안겨 있더니 정미하고 제 방에 들어가버렸다. 둘이 우애가 좋아서 모두 만족하고 있다.

"아뇨, 그래도 미혜 얼굴은 보고 나가야지요. 앞으로도 그럴 겁니다."

"아이고, 이놈아."

혀를 찬 어머니가 다가와 앞쪽 소파에 앉았다. 이제 어머니는 밭일하는 할머니 차림이 아니다. 면바지에 카디건을 걸쳐서 어엿한 사모님 모습이다. 어머니의 시선을 받은 서동수가 쓴웃음을 짓고 말했다.

"진작 이랬다면 헤어지지 않았을 것이라고 말하고 싶어요? 아니, 그러지 않았을 겁니다."

어머니는 웃으려다 말았고 박애영은 주방 입구에 서서 시선만 주었다. 서동수가 웃음 띤 얼굴로 말을 이었다.

"어떤 이유를 대든지 헤어지게 되어 있어요. 저녁에 들어왔다가 나갔다는 것쯤은 아무것도 아닙니다."

이것도 서동수의 생활철학이다. 한번 끝난 일은 되돌릴 수 없다. 마치 흘러간 시간이나 같다. 새로 시작하되 전혀 달라야 한다. 연연하면 저만 손해다.

대아건설 호 사장은 50대 중반쯤의 나이에 부드러운 인상의 사내였다. 인상이 좋으면 여러 가지로 이롭고 특히 웃음 띤 얼굴에서 호감을 느끼는 경우가 많다. 하지만 그 웃음이 부자연스러울 때는 오히려 역효과가 발생하는 것이다. 따라서 평소에 자주 웃는 습관을 길러 두는 것이 낫다. 대아 호 사장의 웃음은 자연스러웠고 편안했다. 서동수와 화란과 악수를 하고 나서 호 사장이 영어로 물었다.

"식사하시고 2차를 가실 겁니까?"

"아니, 이곳에서 끝내지요."

서동수가 중식당의 방안을 둘러보며 말을 이었다.

"좋은 안주가 이곳에 있는데 왜 다른 곳에서 술을 마십니까?"

"그렇죠."

호 사장이 머리를 끄덕이더니 기다리고 선 종업원에게 말했다.

"이봐, 좋은 술이 있으면 추천해."

종업원에게는 고압적인 말투를 썼지만 얼굴은 여전히 웃는 표정이다. 요리와 술을 시키고 나서 다시 셋이 되었을 때 호 사장이 말했다.

"현금으로 100만 위안을 가져왔습니다. 부피가 커서 차에 실어 놓았는데 댁으로 돌아가실 때 차에 옮겨 드리겠습니다."

서동수의 시선이 화란에게 옮겨졌다. 대신 말하라는 뜻으로 알아들은 화란이 대답했다.

"알겠습니다."

지금 셋은 만국 공용어인 영어를 쓴다. 서동수는 아직까지 전혀 중국어를 사용하지 않는다. 화란 앞에서는 자랑 삼아 털어놓고 싶은 욕구가 하루에도 몇 번씩 솟아올랐지만 참아왔다. 놀란 소동이 어색했고 귀찮기도 했기 때문이다. 곧 술과 요리를 들여왔으므로 저녁식사 겸 주연이 떠들썩해졌다. 호 사장은 분위기를 부드럽게 이끌었고 농담도 적절했다. 그래서 방안에는 웃음소리가 끊어지지 않았다. 60도짜리 백주를 세 병째 마셨을 때는 호 사장도 취했다. 혀가 잘 움직이지 않아서 말이 느려졌지만 방안 분위기는 더 밝아졌다. 영어로 서양 농담까지 유창하게 구사하던 호 사장이 웃음 끝에 어물거린 중국어를 서동수는 흘려들을 뻔했다.

"액수가 적은 거요?"

화란에게 한 말이다. 서동수는 웃음 띤 얼굴로 딴청을 부렸지만 짧게 웃고 난 화란이 역시 중국어로 대답하는 소리는 들었다.

"아뇨, 됐어요."

그러자 호 선생이 다시 영어로 서양 농담을 시작했다. 술잔을 든 서동수가 웃음 띤 얼굴로 호 선생의 농담을 듣는다. 본래 대아건설의 리베이트는 10%인 150만 위안이었다. 그것을 윤명기한테도 보고했고 그만큼 공사 대금도 높게 책정해 주었는데 원부자재 대금이 상승했다는 이유로 100만 위안이 된 것이다. 뒤통수를 맞은 셈이었지만 아직 계약서에 공장장 결재는 받지 않았다. 오늘 리베이트를 받고 나서 결재를 하는 것이 정상인 것이다. 호 선생의 농담이 끝났을 때 화란이 소리 내어 웃으면서 중국어로 말했다.

"신경 쓰지 마세요."

따라 웃던 서동수는 가슴이 무거워진 느낌을 받는다. 화란마저 이인섭의 전철을 밟는 것인가? 호 선생의 농담이 너무 재미있어서 저도 모르게 중국말이 터진 것 같은 저 노련함, 오히려 이인섭보다 더 교활하지 않은가? 그때 호 선생이 중국어로 말했다.

"그럼 안심이고."

하더니 이번에는 영어로 말을 잇는다.

"자, 야한 농담은 그만하십시다."

서동수는 머리를 끄덕였지만 저도 모르게 이가 악물어졌다.

핸드폰의 벨이 울렸을 때는 술자리가 끝나갈 분위기인 10시 반이 되어갈 무렵이었다. 둘의 시선이 모아졌고 서동수가 주머니에 든 핸드폰을 꺼내 보았다.

"실례."

발신자 번호를 본 서동수가 긴장한 표정으로 자리에서 일어나며 말했다. 그러고는 방을 나가더니 5분쯤 지나서야 돌아왔다.

"오늘은 이만 마칩시다."

자리에 앉지도 않은 채 서동수가 호 사장에게 말했다.

"금방 공장장 전화를 받았는데 본사에서 내일 감사를 나온다는 정보를 받았다는 겁니다."

그러더니 이맛살을 찌푸렸다. 화장실에 갔을 때 우명호한테 전화해 달라고 한 것이다.

"물론 이번 창고 건설 건은 관계가 없겠지만 가져오신 돈은 오늘은 그냥 가져가시는 것이 낫겠습니다."

"그래야겠군요."

자리에서 일어선 호 사장이 긴장한 표정으로 말을 이었다.

"이런 상황에서는 조심해야지요."

"계약 직전에 이런 정보를 받은 것이 오히려 다행입니다."

문으로 다가가면서 서동수가 정색한 얼굴로 호 사장을 보았다.

"감사는 계약서부터 철저히 체크하니까요. 감사 끝나고 나서 일을 시작하면 됩니다."

"그렇군요."

호 사장이 맞장구를 쳤지만 얼굴은 굳어져 있다. 방을 나온 일행이 복도를 걸어 현관으로 다가갈 때다. 서동수는 뒤를 따르던 화란의 중국어를 놓치지 않았다. 신경을 곤두세우고 있었기 때문이다.

"제가 연락드릴게요."

낮게 말했지만 서동수에게는 귀에 콕콕 박히는 것처럼 들렸다. 호 사장의 대답 소리는 들리지 않았다. 식당 앞에서 호 사장은 대기시킨 차를 타고 먼저 떠났다. 돈가방이 실려 있을 트렁크를 바라보던 서동수에게 화란이 물었다.

"집에 가실 거예요?"

어느새 화란이 옆에 바짝 붙어 서 있었던 것이다. 화란한테서 익숙한 향내가 맡아졌다. 그 순간 서동수의 얼굴에 웃음이 떠올랐다. 그 말을 듣고 불끈 솟아오른 욕정에 대한 만족감 때문일 것이다. 그것은 배신감, 상처를 금방 회복했다는 표시였다.

"그래, 오랜만에 널 안고 싶다."

머리를 끄덕인 서동수가 지그시 화란을 보았다.

"네 신음 소리가 듣고 싶기도 하고."

"아휴, 보스도."

서동수의 어깨를 손바닥으로 툭 친 화란이 앞장섰다. 깊은 밤이다. 이곳은 시내여서 앞에 보이는 호텔만 여럿이다.

"저기로 가요."

바로 앞쪽의 호텔을 턱으로 가리킨 화란이 옆에 바짝 붙어 걸으면서 물었다.

"갑자기 무슨 감사일까요?"

"공장장도 놀라더군. 내 진급에 불만이 있는 회사 내부의 모함이 있을지도 모른다는 거야."

"그래요?"

놀란 화란이 잠깐 입을 다물었다. 얼굴 표정도 어두워져 있다. 서동수가 문제가 있다면 그 심복인 화란도 연루가 되는 것이다. 실제로 화란은 그 동안 수많은 문제에 연루되었다. 그리고 이번에는 대아건설 리베이트에 주도적으로 나서고 있지 않은가? 호텔로 다가가면서 서동수의 머릿속이 맹렬하게 움직였다. 화란은 얼마나 챙기려고 했을까? 50만 위안을 깎았으니 그 절반인 25만 위안? 그때 화란이 서동수의 팔을 끼었다.

"보스, 나, 벌써 뜨거워졌어요."

"아아악."

화란의 탄성이 마치 절규처럼 들렸다.

"여보, 제발 제발."

이렇게 영어로 소리치고 있다.

"나 죽어, 나 죽어."

이것은 중국어다. 중국어까지 온 것은 이제 이성을 잃었다고 봐도 옳다. 그러나 서동수의 머릿속은 더욱 맑아졌고 생각이 분명해졌다. 내가 지금 방아를 찧는 여자는 날 희롱하고 있다. 배신이라는 말은 쓰지 않겠다. 처음부터 철저히 믿은 것은 아니었으니까. 전자팀장이었다가 이곳에 던져졌을 때 이미 공부를 했다. 직장에서 영원한 신의는 존재하지 않는다. 이용하고 이용당하는 거래만 존재할 뿐이다. 나는 과연 준 만큼 받았는가? 받은 만큼 주지 못했다면 무능이고 그 반대는 사기다. 둘 다 오래 못 간다. 나는 지난번 준 만큼 받지 못했다. 그래서 무능했다. 인간관계의 무능.

"아이구, 그만, 그만."

절정에 오르면서 화란이 중국어로 아우성을 쳤다. 온몸이 땀으로 범벅이 되었고 사지가 서동수의 몸에 빈틈없이 엉켰다가 떼어졌다. 그것을 서너 번 반복하더니 끝에 닿는다.

"아아악."

화란의 동굴이 와락 좁혀지는 것 같더니 온몸이 굳어졌다. 그 순간 서동수도 몸에 힘을 준 채 화란의 허리를 당겨 안았다.

"아아아아."

절정의 탄성이 길게 터져 나오면서 서동수의 몸에 감긴 화란의 몸이 떨리기 시작했다. 이번으로 두 번째 절정에 오르는 것이다. 서동수는 화란의 귀에 대고 길게 숨을 뱉었다. 더운 숨이 귀를 간질이는 바람에 화란의 몸이 꿈틀거렸다. 아직도 화란의 동굴 안 근육은 남성을 압박하고 있다.

"사랑해요."

갑자기 화란이 중국어로 말하는 바람에 서동수가 숨을 죽였다. 화란이 앓는 소리와 함께 가쁜 숨소리에 섞여 말을 이었다.

"당신을 정말 사랑해."

그 순간 서동수는 화란한테서 몸을 빼었다. 옆으로 몸을 굴린 서동수가 천장을 향한 채 긴 숨을 뱉는다. 방안의 열기는 아직 뜨겁다. 더운 공기 속에 비린 정액의 냄새가 맡아졌다. 향기 같다. 탁자 위의 전광시계가 밤 12시 5분에서 껌벅이고 있다. 그때 화란이 입을 열었다.

"결혼은 안 하실 건가요?"

영어다, 난데없는 질문이었으므로 서동수가 천장을 응시하다가 대답했다.

"천천히 해도 상관없는 일이야."

"집안 정리는 다 끝내셨어요?"

"그래."

이사한 것은 총무부에서도 다 안다. 아파트 관리가 총무부 소관이기도 했기 때문이다. 한국의 가족과 함께 살려고 큰집으로 옮긴 것도 알 것이다. 그러나 이번 이사는 서동수가 혼자서 처리해서 회사직원은 아무도 새집에 오지 않았다. 새 아파트는 회사 관리 주택이 아닌 것이다.

"혹시 새 아파트 문제로 본사에서 감사 나온 것이 아닐까요?"

이제 호흡을 고른 화란이 물었으므로 서동수가 몸을 돌려 누웠다. 머리를 한 손으로 받치고 비스듬히 눕자 화란의 알몸이 드러났다. 젖꼭지가 아직도 탱탱하게 솟아올랐고 땀에 배인 알몸이 번들거리고 있다. 서동수의 시선을 받은 화란이 눈웃음을 쳤다.

"보스, 걱정되지 않아요?"

"전혀."

"보스는 스트롱맨이에요."

화란이 손을 뻗어 서동수의 남성을 쥐더니 눈을 크게 떴다. 아직도 남성이 굳어진 채 흔들거리고 있었기 때문이다.

서동수가 화란의 젖가슴을 움켜쥐었다. 다른 한 손은 엉덩이를 잡아당겨 몸에 딱 붙였다. 그러자 화란의 다리 한쪽이 서동수의 몸 위에 걸쳐졌고 상반신이 겹친 자세가 되었다. 서동수의 남성을 두 손으로 감싸쥔 화란이 붉어진 얼굴로 묻는다. 다시 숨결이 뜨거워져 있다.

"넣어요?"

서동수가 머리를 끄덕이자 화란은 모로 누운 자세에서 남성을 동굴에 넣는다.

서동수가 허리를 밀자 남성은 아직도 뜨거운 화란의 동굴 안으로 미끄러지듯 진입했다.

"아아."

입을 딱 벌린 화란이 두 손으로 서동수의 허리를 감아 안았다. 다리 한쪽이 치켜들려 있어서 발가락이 옆쪽에 떠 있다. 서동수가 안쪽으로 잔뜩 굽어진 발가락을 손으로 움켜쥐면서 말했다.

"결혼 이야기는 왜 물었니?"

그러고는 허리를 움직였으므로 화란이 신음하면서 대답했다.

"아이한텐 어머니가 필요하거든요, 그게 새 어머니라고 해도……."

"할머니가 와 계셔."

이제 서동수는 몸을 세워 정상위 자세가 되었다. 그러고는 화란의 두 다리를 어깨 위에 걸치고는 내려다보았다. 화란이 시선을 맞추려고 했지만 곧 단념하고는 외면한 채 소리쳤다.

"아, 좋아, 좋아."

서동수는 화란의 다리를 앞으로 밀면서 더 세게 몸을 부딪쳤다. 몸이 둥글게 굽어진 화란이 비명 같은 탄성을 뱉었지만 오히려 두 손은 서동수의 목을 더 끌어당기고 있다. 서동수는 어금니를 물었다. 화란의 몸은 신비한 악기다. 거칠면 거친 대로, 부드러우면 또 그 분위기에 맞춰 신비스러운 음악이 울려나오는 것이다. 이윽고 화란의 탄성이 격렬해지더니 소리쳤다.

"보스, 내가 위에서!"

서동수가 잠자코 몸을 늦추면서 그 자세 그대로 몸을 눕혔더니 화란이 위에 앉은 자세가 되었다. 화란은 반듯이 앉아 상반신을 뒤로 젖히면서 움직이기 시작했다.

"사랑해요."

그때 다시 화란이 중국어로 말했으므로 서동수는 두 손을 뻗어 화란의 젖가슴을 움켜쥐었다. 화란이 말을 타듯이 몸을 흔들면서 중국어로 말을 잇는다.

"난 당신하고 결혼하고 싶었던 거야."

그 순간 서동수가 허리를 치켜들었으므로 화란이 커다랗게 신음했다. 깊숙한 쾌감을 느꼈기 때문이다. 이제 서동수가 거칠게 하반신을 움직였고 화란이 맞추고 있다. 그때 화란이 신음과 함께 말을 뱉는다.

"당신의 아이를 낳고 같이 살고 싶어."

그때 서동수는 상반신을 일으켜 다시 화란을 밑에 눕혔다. 그러고는 거칠게 몸을 부딪치기 시작했다. 너무 거칠어서 놀란 화란이 눈과 입을 딱 벌렸지만 곧 두 손으로 서동수의 팔을 움켜쥐었다. 그러고는 소리쳤다.

"보스, 더! 더!"

화란이 금방 절정으로 오르기 시작했다. 두 다리가 허공으로 치솟아 올랐다가 침대를 차면서 허리를 잔뜩 치켜들었다.

"아아악."

다음 순간 화란이 폭발했다. 너무 거친 폭발이어서 온몸을 굳힌 화란의 입에서 신음만 이어졌다. 서동수는 화란을 안은 채 온몸을 굳히고 있다. 결혼을 생각하고 있었단 말인가? 머리가 하얗게 비워진 느낌이 들었고 다른 한편으론 뒤죽박죽이 된 것 같기도 했다. 그때 화란이 온몸을 떨면서 서동수를 껴안았다. 팔다리가 빈틈없이 엉켜져 있는 것이 놓치지 않으려는 것 같다.

물론 감사는 없다. 대아건설 호 사장의 리베이트를 받지 않으려고 순간적으로 꾸며낸 작전이었기 때문이다. 그러나 다음 날 오전, 공장장실에서 올해 작성한 모든 계약서를 가져오라는 지시가 내려왔으므로 화란은 물론 사원들은 감사가 시작된 것으로 믿었다. 하지만 이것도 서동수가 공장장 윤명기에게 말해서 감사 시늉을 낸 것이다. 공장장실에 들어간 서류가 어떻게 되는지는 부장급도 알 수가 없는 터라 '쫄따구' 들은 팥으로 메주를 쑨다고 해도 믿는 수밖에 없다.

"그거 골치 아픈데."

공장장실에서 윤명기가 쓴웃음을 짓고 말했다. 앞에 앉은 서동수는 굳어진 표정이다. 어젯밤에 화란과 잔 것만 빼고 모두 말한 터라 지금 대아건설의 리베이트 처리를 상의하는 중이다. 머리를 기울였던 윤명기가 물었다.

"100만 위안이면 큰돈이다. 그걸 놔둘 수도 없는 일 아니냐?"

"예. 그렇지만 화란이 먹는 50만 위안도 큰돈입니다. 그래서,"

호흡을 고른 서동수가 윤명기를 보았다.

"방법이 하나 있습니다."

"뭔데?"

"화란을 양천마을 학교 공사 감독관으로 발령을 내는 것입니다. 화란이 학교 건설에 적극적으로 참여했으니 명분이 있습니다. 더구나 화란의 할아버지가 가 계시니까요."

"그렇군."

윤명기의 얼굴에 웃음이 떠올랐다. 동양그룹의 벽지 학교건설 사업은 활발하게 진행되고 있다. 양천마을은 화란의 할아버지 화석영의 고향으로 빈촌이다. 화란이 공사 감독으로 파견된다면 화석영도 좋아할 것이었다. 서동수가 말을 이었다.

"화란이 공사 감독으로 발령이 나면 호 사장은 리베이트를 주지 않을 것입니다. 그때 제가 다시 절충을 하지요."

"좋다."

소파에 등을 붙인 윤명기가 이제는 웃음이 가신 얼굴로 서동수를 보았다.

"너 화란이 50만 위안을 챙길 작정이라고 믿는구나?"

"제 예감이 틀리기를 바라고 있습니다."

외면한 서동수가 쓴웃음을 지었다.

"자업자득이라는 생각이 들지만 조금 허탈해서 그럽니다."

"발령은 오후에 내지. 믿을지 모르지만 내가 독단으로 발령을 냈다고 하자."

"예, 공장장님."

자리에서 일어선 서동수가 지그시 윤명기를 보았다. 문득 윤명기와 헤어지게 되는 것이 안타깝게 느껴졌기 때문이다. 그러나 곧 마음을 고쳐먹었다. 윤명기는 이미 본사 발령이 예정된 사람이다. 어차피 갈라서게 될 운명인 것이다. 그리고 그날 오후 5시 경에 서동수는 화란을 상담실로 불러 마주앉았다. 영문을 모르는 화란은 둘이 있게 되자 발그레 상기된 얼굴로 서동수를 보았다. 어젯밤에는 새벽 두 시에 집에 돌아갔다.

화란의 시선을 받은 서동수가 입을 열었다.

"화란, 내일자로 넌 양천마을 학교 공사감독관으로 임명되었어. 현장 감독관이 없어서 지난성 관계자하고 협조 관계가 잘 이뤄지지 않았기 때문이야."

차츰 화란의 얼굴이 굳어지더니 이제는 눈도 깜박이지 않는다. 서동수가 말을 이었다.

"물론 공사가 끝날 때까지야. 공장장은 너만 한 적격자가 없다는구만. 그래서 과장 직책으로 감독관에 임명된 것이라구."

"……."

"할아버지도 기뻐하시겠다. 화 과장."

그러자 화란이 심호흡을 하더니 똑바로 서동수를 보았다. 그렇게 시선을 부딪친 채 한동안 입을 열지 않았다.

윤명기한테서 한영복의 과거를 들은 후부터 서동수는 결심을 굳혔다. 한영복과의 동업을 곧 끝낸다는 것이다. 투자한 지분은 법적으로 공증까지 받아 놓았기 때문에 더 이상의 합작 사업은 벌리지 않고 은밀하게 정리할 작정이었다. 사업에는 자금과 시기, 그리고 사람이 3대 요소라고들 한다. 사람이란 곧 두뇌이니 서동수가 현재 가장 아쉬워하는 부분이다. 화란은 다음 날 오후에 양천마을로 출발했는데 공사감독관 겸 과장으로 임시 승진을 했으니 누가 봐도 영전이다. 주위의 축하 인사를 받다보니 본인도 분위기에 젖어서 들뜬 상태로 떠났다. 그리고 그날 저녁 8시에 서동수는 사흘 전에 만났던 그 중식당에서 호 사장과 둘이 마주 앉아 있다. 오늘은 호 사장이 자주 웃지 않았으므로 분위기가 조금 무겁다. 종업원에게 주문을 하고 나서 다시 둘이 되었을 때 호 사장이 서동수를 보았다.

"화 대리의 갑작스러운 승진인사에 놀랐습니다."

"꽤 오래전부터 공장장이 염두에 두고 계셨던 일이지요."

"화 대리가 적임이긴 합니다."

머리를 끄덕인 호 사장이 슬쩍 물었다.

"공사는 예정대로 진행되겠지요?"

"감사가 진행 중이라 아직…."

"리베이트는 아직도 제 차에 실려 있는데요."

"리베이트는 받지 않기로 했습니다."

물잔을 쥔 서동수가 웃음 띤 얼굴로 호 사장을 보았다.

"대신 가격을 300만 위안 깎아야 감사에 통과될 것 같습니다."

"300만 위안이라면."

놀란 호 사장의 얼굴이 굳어졌다.

"부장님, 그럼 저희들은 남는 게 없습니다. 공사가 한 달만 길어져도 손해가 됩니다."

"그렇다면 할 수 없지요. 공사를 보류시키는 수밖에요."

정색한 서동수가 호 사장을 보았다.

"내일 중으로 보류 통고를 하겠습니다."

계약 전이니 하자가 없는 것이다. 서동수의 시선을 받은 호 사장이 물을 한 모금 마시고는 길게 숨을 뱉었다.

"준비를 다 해놓았는데 이렇게 되는군요. 정말 안타깝습니다. 부장님."

"동감입니다."

"어떻게, 다른 방법이 없을까요?"

"리베이트가 갑자기 100만 위안으로 줄어든 이유가 뭡니까? 원가 상승 같은 말도 안 되는 이유를 붙이지 말고 말해줄 수 있습니까?"

불쑥 서동수가 묻자 호 사장이 입안에 고인 침을 삼키고는 시선을 주었다. 눈동자가 흔들리고 있다. 이윽고 호 사장이 입을 열었다.

"말씀드리면 고려해주실 수 있습니까?"

"신뢰가 가면."

"약속을 해 주시지요. 그래야 말씀드리겠습니다."

"사실이라면 약속하지요."

"계약이 끝나면 화 대리한테 70만 위안을 주기로 했습니다. 그래서 가격을 올리고 리베이트를 100만 위안으로 내린 겁니다."

냅킨으로 이마에 번진 땀을 닦은 호 사장이 번들거리는 눈으로 서동수를 보았다. 얼굴까지 상기되어 있다.

"제가 별 일 없겠느냐고 물었더니 자기한테 맡기라고 하더군요. 부장님을 설득시킬 수 있다고 말입니다."

"……."

"갑자기 감사 이야기가 나오고 바로 다음 날 화 대리가 감독관으로 발령이 나는 것을 보고 예감이 이상하긴 했습니다."

그러더니 호 사장이 똑바로 서동수를 보았다.

"화 대리가 떠나기 전에 절대 비밀로 해달라고 전화를 했습니다."

"기다리셨어요?"

밤 10시 반, 카페의 밀실 안으로 들어서며 진영아가 물었는데 탐색하는 것 같은 표정이다. 이맛살이 조금 좁혀졌고 몸이 굳어져 있다.

"앉아."

술잔을 든 서동수가 눈으로 앞쪽 자리를 가리켰다. 호 사장과 헤어지고 나서 진영아의 가게 근처 카페로 온 것이다. 기다리면서 양주를 반병쯤 마신 터라 술기운이 오른 상태다. 자리에 앉은 진영아가 술병과 서동수를 번갈아 보았다.

"무슨 일 있으세요?"

"있어."

서동수가 진영아 앞으로 잔을 내려놓고는 술을 채우면서 대답했다.

"나는 사람이 필요하다."

"여자요?"

여전히 긴장한 채 진영아가 물었으므로 서동수는 어깨를 늘어뜨렸다.

"넌 나를 개로 보았구나, 발정만 나면 킁킁대고 달려드는 개."

"저를 여자로 봐주셔도 된다고 말씀드렸는데요, 뭐."

술잔을 쥔 진영아의 얼굴에 어느덧 웃음기가 떠올랐다. 서동수가 열이 오를수록 진영아는 안정이 되어간다. 묘한 배합이다. 한 모금에 위스키를 삼킨 진영아가 더운 숨을 뱉고서 말했다.

"아세요? 한 사장님하고 박 실장이 가까운 사이가 되었더군요."

그 순간 퍼뜩 시선을 든 서동수에게 진영아가 빙그레 웃었다.

"놀라셨죠?"

"사실이야?"

"우리 1호점 중국인 점원 둘이 호텔에 들어가는 걸 보았다고 하더군요."

"같이 밥 먹으러 갔겠지."

“뒤를 따라갔더니 둘이 방에 들어가더라는 거예요.”

진영아가 제 잔에 술을 따르면서 서동수를 보았다.

“박 실장이 남 밑에 있을 사람이 아녜요. 제가 알아요.”

“……”

“아마 한 사장하고 그렇고 그런 사이가 된 후에 성동실업에 기반을 굳히겠죠. 그런 능력이 뛰어난 사람이니까요.”

서동수는 들고 있던 위스키를 한 모금에 삼켰다. 그러나 마실수록 술이 깨는 것 같다. 진영아의 시선을 받은 서동수가 길게 숨을 뱉고 물었다.

“애는 자냐?”

“네, 엄마한테 연락했어요.”

“뭐라고?”

“오늘 늦을 것 같다고, 어쩌면 내일 새벽에 들어갈지도 모르겠다고.”

“……”

“사장님은 뭐라고 하셨는데요?”

“나도 애가 잔다.”

“어머님한테는 뭐라고 하셨죠?”

서동수는 진영아의 두 눈이 반짝이는 것을 보았다. 물기에 젖은 입술은 번들거렸고 얼굴은 상기되었다.

“가자.”

상반신을 세운 서동수가 말하자 진영아가 묻는다.

“어디로요?”

“호텔.”

“우리 아파트 근처의 호텔로 가요.”

자리에서 먼저 일어선 진영아가 정색하고 서동수를 보았다.

"좀 외진 곳이라 사람들 눈에 잘 띄지 않을 것 같아요."

"그런가?"

쓴웃음을 지은 서동수가 소리 죽여 숨을 뱉었다. 직장 생활에서는 가능한 한 부하 여직원과의 관계를 절제해 왔던 것이다. 그때 진영아가 먼저 발을 떼며 말했다.

"회사 사람들한테 들키기 싫어요."

욕실에서 나온 진영아는 헝겊 한 장 붙이지 않은 알몸이었다. 손을 늘어뜨리고 있어서 밝은 불빛 아래 벌거벗은 몸이 다 드러났다. 서동수는 침대에 누운 채 홀린 듯한 표정으로 진영아를 보았다. 감동을 한 것이다.

"제 몸 예뻐요?"

천천히 다가온 진영아가 그렇게 물었을 때 서동수는 입안에 고인 침을 삼켰다. 진영아의 몸은 목이 멜 정도로 자극적이었다. 예쁘다기보다 성적 마력으로 가득 찬 몸이었다. 둥근 어깨에 단단한 팔, 군살이 없고 마르지도 않은 몸매, 허리의 부드러운 곡선이 아랫배에 닿아서는 약간 볼록해졌고 곧 짙은 숲에 덮인 건강한 허벅지로 내려간다. 힘찬 허벅지다. 두 다리를 조금 벌리고 서 있어서 숲 안쪽의 골짜기가 선명하게 드러났다. 선홍빛 골짜기 겉쪽은 검푸른 빛이었고 위쪽에 젖꼭지만 한 클리토리스가 매달렸다. 진영아가 서동수의 거침없는 시선을 받더니 곧 두 다리를 오므렸다. 얼굴에 웃음기가 떠올라 있다.

"이제 그만."

그러고는 한 걸음 다가섰으므로 침대에 바짝 붙어선 셈이 되었다.

"불 꺼요?"

"아니, 조금만 더 널 보여줘."

그러자 진영아가 눈을 흘겼다.

"보기만 할 거예요?"

"먼저 실컷 봐야지."

"선수신가 봐. 사장님은."

그러면서 진영아가 한 걸음 물러나 온몸을 다 드러내었다.

"자, 봐요."

"침대 위에 다리 하나를 올려놓고."

그것은 동굴 안을 더 잘 들여다보려는 의도다. 진영아가 거침없이 다리 하나를 침대 위에 올려놓았고 곧 숲이 벌려지면서 동굴 안이 드러났다.

"으음."

탄성을 뱉은 서동수가 몸을 덮은 시트를 치우자 알몸이 드러났다. 그 순간 진영아의 눈빛이 강해졌다. 서동수의 남성이 곤두서 있었기 때문이다.

"아유, 죽겠어."

혀로 아래위 입술을 적시면서 진영아가 말했다. 목소리에 물기가 빠져 갈라진 소리가 난다. 진영아가 서동수의 남성에 시선을 준 채 물었다.

"오럴 해드려요?"

"넌 어때?"

"난 좋아요."

"해주는 거? 하는 거?"

"해주는 거, 내가 하는 건 싫어."

"그럼 이리 와."

마침내 진영아가 침대 위에 얹혔던 다리에 힘 한번 주고 올라와 서동수 옆에 눕는다. 몸이 부딪치자 더운 숨결과 함께 달아오른 피부가 느껴졌다. 상반신을 일으킨 서동수가 곧 진영아의 입술에 키스했다. 진영아가 두 손으로 서동수의 목을 감싸 안더니 곧 혀를 내밀었다. 서동수는 매끄럽고 탄력 있는 진영아의 혀를 애무했다. 키스는 섹스의 인사 같은 역할을 한다. 키스로써 경계심이 무너지고 두려움이 해소되며 유대감이 형성되는 것이다. 그러고는 곧 도화선 구실을 한다. 혀를 비비면서 서동수의 손이 진영아의 젖가슴과 아랫배, 그리고 숲에 닿았다. 손끝이 클리토리스에 닿자 진영아의 하반신이 찔끔하더니 곧 두 다리가 벌어졌다. 서동수의 손이 거침없이 숲을 덮더니 손가락 하나가 동굴 안으로 탐색하듯이 진입했다.

"으응."

진영아의 입에서 신음이 터졌다. 서동수는 손가락이 흥건하게 젖은 것을 느끼고는 진영아의 입에서 얼굴을 떼었다. 진영아의 숨결이 가쁘다. 눈동자의 초점도 멀다.

"으으으."

진영아가 그렇게 신음을 뱉으면서 터졌다. 절정에 오르는 모습은 다 다르다. 자세히 보면 같은 여자의 절정도 매번 다른 것이다. 그러나 진영아의 터지는 순간은 독특했다. 마치 상처받은 짐승처럼 길고 굵은 신음을 뱉으면서 온몸을 오그린 것이다. 서동수는 진영아의 골짜기에서 머리를 들었다. 진영아의 신음과 오르가슴은 계속되고 있다. 온몸을 새우처럼 굽히고는 떨면서 신음한다. 이것이 진영아가 터졌을 때의 모습이다. 그때 서동수가 진영아를 돌려 바로 눕히면서 몸 위에 오른다. 마치 응급실 의사처럼 정확하고 빠른 몸놀림이다. 그러고는 진영아의 다리를 벌리고는 곧장 몸을 합쳤다. 그 순간이다. 진영아가 입을 딱 벌리더니 두 손으로 서동수의 팔을 움켜쥐었다. 그러고는 눈을 부릅뜨고 말했다.

"아이고 여보, 좋아."

한국어다. 그 순간 서동수는 피가 머리끝으로 솟는 느낌을 받는다. 한국어에 익숙해진 뇌가 바로 자극을 받았기 때문일 것이다. 서동수가 거칠게 몸을 움직이자 진영아가 신음하며 말했다.

"여보, 천천히, 천천히."

서동수는 움직임을 늦췄다. 그러자 진영아가 허리를 들어 올려 서동수와 리듬을 맞추면서 소리쳤다.

"아, 좋아, 여보, 너무 좋아."

"너, 말이 많은 편이야?"

불쑥 서동수가 물었더니 진영아가 눈을 크게 떴다. 그러고는 초점이 잡히지 않은 눈을 깜박이며 묻는다. 신음이 섞였다.

"아, 아, 무슨 말이에요?"

"말이 많다고."

이제 서동수의 움직임이 다시 거칠어졌고 진영아의 신음도 더 높아졌다. 그러더니 진영아가 소리쳐 말했다.

"좋아서 그래요, 참을 수가 없어!"

진영아의 몸은 뜨겁고 샘은 용암이 넘쳐흐르고 있다. 그때 절정으로 오르던 진영아가 다시 소리쳤다.

"자세 바꾸지 않아도 돼?"

여자마다 다 다르다. 그래야 인간이다. 같으면 로봇이지 인간인가? 같다면 오입하는 남자는 없을 것이다. 그러나 진영아는 독특했다. 물론 주변 환경의 영향도 있었을 테지만 이 와중에도 자세 걱정해주는 여자는 처음이다. 모두 쾌락의 시간을 늦추려는 시도인 것이다. 움직임을 멈춘 서동수가 진영아의 허리를 잡고 돌리는 시늉을 했더니 금방 눈치를 채고 엎드렸다. 얼굴은 침대에 붙이고는 상반신을 납작 엎드린 채 엉덩이를 뒤로 내민다. 서동수는 진영아의 희고 풍만한 엉덩이를 두 손으로 움켜쥐었다.

"아아아!"

다시 두 몸이 합쳐졌을 때 이제 진영아의 입에서 커다란 탄성이 터졌다. 전위로 할 때와는 전혀 다른 반응이다. 서동수가 거칠게 허리를 움직일 때마다 진영아의 탄성이 점점 더 커졌다. 그래서 서동수가 다시 움직임을 멈춰야만 했다.

"소리가 너무 커."

"여보, 나, 죽겠어."

엉덩이를 흔들면서 대답이 그렇게 나왔다. 진영아가 시트를 움켜쥔 채 왼쪽 얼굴을 보이면서 소리쳤다.

"여보, 어서요, 빨리."

다시 서동수가 움직였고 서너 번의 신음소리가 이어지더니 바로 진영아가 폭발했다. 엄청난 폭발이다. 진영아가 침대 시트를 입으로 물어뜯으면서 몸을 웅크리고 있다. 서동수는 진영아의 허리를 뒤에서 부둥켜안았다. 계속해서 진영아의 신음이 이어지고 있었으므로 서동수는 기다렸다. 이윽고 진영아의 몸이 늘어진 것은 5분쯤이 지난 후였다. 땀으로 범벅이 된 등에 찬 기운이 느껴지고 있다.

다음 날 오후 5시 정각이 되었을 때 대아건설 호 사장이 동양섬유 총무부로 들어섰다. 총무부는 300평 가깝게 되는 사무실에 200여 명의 직원이 근무하고 있다. 직원의 안내를 받은 호 사장이 상담실에서 기다린 지 5분쯤 지났을 때 방 안으로 총무부장 서동수가 들어섰다. 서동수의 뒤를 서류 파일을 손에 든 소천이 따르고 있다. 인사를 마친 그들이 테이블을 사이에 두고 마주 앉았을 때 서동수가 말했다.

"계약서를 수정해야겠습니다."

그때 소천이 잠자코 호 사장 앞으로 계약서를 내밀었다. 계약서를 훑어본 호 사장이 숨을 들이켰다. 본래의 계약 금액에서 150만 위안이 깎여 있는 것이다. 그러나 어제 말한 300만 위안은 아니다. 그때 서동수가 물었다.

"어떻습니까? 이 가격으로 공사하시겠습니까?"

머리를 든 호 사장이 서동수를 보았다. 서동수의 눈동자는 흔들리지 않는다. 한동안 시선을 부딪쳤던 서동수가 입을 열었다.

"동양그룹은 리베이트 같은 것은 끼워 넣지 않습니다. 깨끗한 가격이죠."

그러자 숨을 들이켠 호 사장이 어깨를 펴고 대답했다.

"동양그룹이 그럴 리가 있습니까? 이 가격으로 합의하겠습니다."

"좋습니다."

머리를 끄덕인 서동수가 서류를 당겨 사인을 하더니 호 사장에게 밀었다. 호 사장이 서둘러 사인을 하자 서동수가 서류를 눈으로 가리키며 소천에게 말했다.

"공장장실 미스 김에게 갖다 줘. 공장장님께서 기다리고 계실 거야. 사인하시면 나한테 가져오도록."

영어 지시다. 소천이 서류를 들고 방을 나갔을 때 의자에 등을 붙인 서동수가 호 사장을 보았다.

"공사 잘 부탁드립니다."

"염려하지 마십시오. 최선을 다하겠습니다."

리베이트가 없는 상태로 150만 위안을 깎게 되면 대아건설로서는 전혀 손해가 없는 것이다. 원래 리베이트로 170만 위안을 계산에 넣어야 했기 때문이다. 호 사장의 시선을 받은 서동수가 쓴웃음을 지었다.

"화란한테 70만 위안을 주기로 하셨다니 170만 위안을 깎을 걸 잘못 계산했습니다."

"부끄럽습니다."

앉은 채로 머리를 숙였던 호 사장이 쓴웃음을 짓고 말을 잇는다.

"그리고 감사합니다."

"우리가 잘못한 점이 많습니다."

서동수가 소리 죽여 숨을 뱉는다. 대아건설과의 계약은 이것이 최선이다. 공장장이나 자신이 곧 회사를 떠날 입장인데 리베이트만 먹고 도망갈 수는 없는 노릇인 것이다. 이것은 공장장 윤명기하고도 합의한 일이다. 윤명기는 화란이 70만 위안을 먹기로 했다는 말을 듣더니 쓴웃음만 지었다. 그러나 윤명기가 본사로 떠나기 전에 화란에 대한 조처는 있을 것이었다. 소천이 곧 윤명기의 결재를 받은 서류를 가져왔으므로 호 사장은 가벼운 걸음으로 사무실을 나갔다. 그러고는 그날 저녁 8시가 되었을 때 서동수는 칭다오 시내의 프린스호텔 커피숍으로 들어섰다. 잠깐 입구에 멈춰선 서동수가 커피숍 안을 둘러보자 안쪽에서 엉거주춤 일어서는 사내가 보였다. 서동수는 그쪽으로 발을 떼었다. 일어선 채 다가오는 서동수를 기다리는 사내는 이인섭이다. 조선족 이인섭은 한 달 동안 유치장 생활을 하다가 풀려난 후로 지금은 논다. 다가선 서동수가 이인섭에게 손을 내밀었다. 그러자 어깨를 부풀렸다가 내린 이인섭이 손을 잡는다. 그러나 얼굴은 굳어 있다.

5장
세상은 넓다

"오랜만이야."

자리에 앉으면서 서동수가 차분한 표정으로 말했지만 이인섭은 그러지 못했다. 만감이 교차하는 모양으로 얼굴이 붉어졌다가 금방 하얗게 변했고 눈동자가 흔들렸다. 손가락을 쥐어짜듯이 엉켜 쥐고 앉았는데 어금니까지 악문 것 같다. 볼의 근육이 튀어나와 있다. 그것을 본 서동수가 풀썩 웃었다.

"이봐, 나한테 아직도 원한이 남았나?"

"용건을 말씀하시죠."

이인섭의 목소리에는 물기가 다 빠졌다. 의자에 등을 붙인 서동수가 다가온 종업원에게 커피 둘을 시키고 돌려보냈다.

"하나만 묻자."

서동수가 똑바로 이인섭을 응시하며 말했다.

"내가 만나자고 연락을 했을 때 네 가슴에 어떤 기운이 떠돌더냐?"

이인섭이 눈만 치켜떴으므로 서동수가 말을 이었다.

"쉽게 설명하지. 내 전화를 받고 떠오른 감정이 뭐냐? 분노? 복수? 아니면 기대감이냐?"

이제 이인섭은 몸을 굳힌 채 움직이지 않았고 서동수의 목소리에 힘이 실려졌다. 눈이 번들거리고 있다.

"솔직하게 말해주고 끝내자. 분노나 복수심이 떠올랐다면 너하고 더 이상 말 한마디 섞기 싫다. 하지만,"

서동수가 이인섭을 쏘아보았다.

"기대감이라면 너하고 할 이야기가 있어."

서동수가 심호흡을 했다.

"자, 분노나 복수심이라면 일어나서 나가."

이인섭도 서동수의 시선을 받은 채 일어나지 않았다. 그렇게 5초쯤 지났을 때 서동수는 의자에서 상반신을 떼었다.

"그렇다면 너하고 상의할 일이 있다."

"……."

"한 번 배신한 놈은 또 배신한다는 말이 있지만 그때는 날 잘 몰랐기 때문이라고 이해하기로 했다."

"……."

"난 너하고 다시 시작하고 싶다. 함께 말이야."

"……."

"너만 한 인재도 찾기 힘들다는 생각도 들었고 너하고 나는 손발이 맞는 상대야. 그래서 널 끌어안기로 한 거다."

"도대체 무슨……."

그렇게 운을 뗀 이인섭이 어깨를 늘어뜨리며 서동수를 보았다. 아직 긴장이 덜 풀렸기 때문인지 목소리가 굳어져 있고 표정도 어색하다.

"어쩌자는 겁니까?"

"나하고 같이 일하는 거다."

"동양그룹에 날 다시 입사시켜준다는 겁니까?"

"그럴 수는 없지. 회사에서 그런 전례도 없고."

"그럼 뭡니까?"

"나도 곧 회사 그만둔다."

그 순간 이인섭이 입을 다물었고 서동수는 말을 이었다.

"새 세상으로 나가는 것이지. 새 세상에서 나하고 같이 일하자는 거야."

"어떤 일인데요?"

"먼저 약속을 해야지."

혀를 찬 서동수가 이인섭을 노려보았다.

"나하고 같이 일하겠다는 약속 말이다."

"……."

"일할 거냐?"

이인섭이 눈을 부릅뜨고 서동수를 마주 보았다. 다시 얼굴이 하얗게 굳어졌다.

"하겠습니다."

"네가 지난번 한 일에 대한 사과를 안 받았다. 정리를 해야지."

"잘못했습니다. 용서해주십시오."

이인섭의 목소리가 떨렸고 눈이 붉어졌다.

커피숍에서 나온 둘은 근처의 카페로 들어섰다. 카페라고 했지만 룸살롱과 가라오케를 혼합한 형태의 주점이다. 근처 식당에서 온갖 요리를 공급받기 때문에 먹고 마시고 노래 부를 수 있는 중국식 주점이다. 물론 아가씨들도 준비돼 있다. 방으로 안내된 둘은 양주에 안주, 거기에 여자까지 주문했다. 고급 손님에 신이 난 마담이 방을 나갔을 때 이인섭이 정색한 얼굴로 서동수를 보았다.

"화란에게 무슨 문제가 있습니까?"

"누구한테 들은 거냐?"

되물었더니 이인섭이 상반신을 세웠다. 정중한 자세다.

"총무과 유현입니다."

유현은 한족으로 화란의 보조 역할을 맡은 사내다. 유현이 이인섭의 정보원 노릇을 한 것이다. 이인섭이 말을 이었다.

"화란은 직원들한테 자원해서 양천마을 공사장 감독관으로 간다고 했다는데 제 생각은 다릅니다."

"왜?"

"이것저것 계약이 걸려 있는 상황에 감독관으로 떠나다니요? 혹시……."

이인섭의 시선을 받은 서동수가 풀썩 웃었다.

"혹시 뭐냐?"

"화란이 제 전철을 밟은 것이 아닙니까?"

"화란이 그럴 가능성이 많다고 보나?"

"많습니다."

몸을 더 굳힌 이인섭이 똑바로 서동수를 보았다.

"제가 밖에서 들은 소문은 화란이 과장님, 아니, 부장님 위세를 업고 호가호위한다는 것이었습니다. 거래업체 몇 곳은 화란한테 따로 상납한다는 소문도 들었습니다."

"시기하는 사원들이 많을 테니까."

"밖에서는 더 잘 보입니다."

"넌 밖에서 이쪽만 들여다보았구나."

그때 술과 안주가 들어왔으므로 잠깐 이야기를 멈췄던 이인섭이 다시 둘이 되었을 때 말을 이었다.

"가만있어도 전화가 올 때도 있습니다. 화란이 돈맛을 알았다고 하더군요. 거래처를 자주 만난다고 합니다."

"……."

"부장님이 화란하고 뜨거운 사이라는 소문도 있었습니다. 그것도 화란 입에서 나온 것 같습니다."

"……."

"소천하고 화란이 싸웠다는 소문도 있습니다. 부장님을 빼앗기지 않으려고 화란이 소천을 왕따시켰고 소천은 화란이 거래처에서 돈을 받은 것을 폭로하겠다고 대들었다는군요."

"……."

"그래서 이번엔 화란이 감독관으로 가게 되자 소천한테 기회가 온 것이라고 들었습니다."

"어이구."

한숨을 뱉은 서동수가 술잔을 들더니 이인섭에게 내밀었다.

"내가 조직관리를 잘못했기 때문이야. 다 내 탓이다."

"이제 어떻게 새 세상으로 나오실 것인지를 말씀해주셔야지요."

서동수의 잔에 술을 따르면서 이인섭이 말했다. 이제 이인섭은 예전의 분위기로 돌아와 있다. 그때 서동수가 양복 가슴 주머니에서 두툼한 봉투를 꺼내 이인섭의 앞에 놓았다.

"먼저 계약금부터 받아라. 3만 위안이다."

이인섭이 몸을 굳혔고 서동수의 말이 이어졌다.

"그 동안 수입이 없어서 와이프가 고생했을 테니까 그대로 가져다 줘."

서동수는 한 모금에 양주를 삼키고는 더운 숨을 뱉었다. 이런 실수는 두 번 다시 되풀이되면 안 될 것이다.

상하이와 베이징에 각각 두 개씩의 매장이 오픈된 다음 날 서동수는 사직서를 제출했다. 공장장 윤명기보다 한 달쯤 먼저 떠나는 셈이었다. 공장장실 안에서 탁자 위에 사직서를 내려놓고 윤명기와 서동수는 마주 앉아 있다. 일주일 전부터 서동수는 업무1과장에게 업무 인계를 했던 터라 이제 떠나기만 하면 된다.

"서울에 오면 연락해라, 둘이서 술이나 마시자."

윤명기가 심란한 표정으로 서동수를 보았다.

"나도 한 달 후에 떠날 테니까 덜 서운하다. 남아 있었다면 속상할 뻔했어."

"죄송합니다. 공장장님."

갑자기 목이 멘 서동수가 외면하고는 헛기침을 했다.

"제가 폐만 끼쳤습니다. 제 마지막 직장 상관이자 은인으로 가슴 깊게 모시겠습니다."

"이 자식이 조문 외우는 것 같네."

혼잣소리처럼 투덜거린 윤명기가 똑바로 서동수를 보았다.

"그 말, 연습한 거냐?"

"예, 꽤 오래 궁리해서 문장을 만들었습니다. 공장장님."

"진심이냐?"

"진심이니까 그렇게 만들었지요."

"성공해라."

"열심히 하겠습니다."

"한 사장 조심하고."

"명심하고 있습니다."

윤명기가 길게 숨을 뱉더니 소파에 등을 붙였다.

"나도 언젠가는 떠날 거야. 네 결단이 부럽다."

서동수는 대답하지 않았다. 누가 잘했는지는 아직 아무도 모른다. 그렇다고 남는 자가 결단이 부족하다는 말도 맞지 않는다. 잘난 놈이 떠난다는 누구의 말도 틀리다. 인생에는 수많은 변수가 존재한다. 사람마다 다른 그 변수에 따라 반응하는 것이다. 타인(他人)이 어찌 이해하겠는가? 서동수가 자리에서 일어섰을 때 따라 일어선 윤명기가 손을 내밀었다. 서동수가 손을 쥐자 윤명기는 어깨를 당겨 안았다.

"잘해."

윤명기가 안긴 서동수의 등을 손바닥으로 두드렸다.

"감사합니다. 공장장님."

갑자기 목이 멘 서동수의 목소리가 잠겼고 눈에 눈물이 고였다. 몸을 뗀 서동수는 절을 하고 나서 서둘러 몸을 돌렸는데 눈물을 보이지 않으려는 의도였다. 방을 나온 서동수의 심장은 세차게 박동했다. 그것은 떠남의 서글픔보다 공장장 윤명기의 격려를 받았다는 감개 때문이다. 회사원이 떠날 때 상사로부터 누가 이런 격려를 받겠는가? 자부심이 솟아난 서동수의 어깨가 치켜 올라갔다.

"부장님, 송별연을 해야 됩니다."

사무실로 돌아왔을 때 책상 앞으로 다가선 소천이 말했다. 소천은 눈을 크게 뜨고 시선을 떼지 않았다. 화가 난 표정이다.

"총무과 간부급 사원들만 모이기로 했습니다. 부서장들하고는 나중에 송별연을 하시더라도 오늘은 저희들하고 해야 됩니다."

소천이 한마디 한마디를 영어로 정확하게 표현한 후다. 서동수가 중국어로 말했다.

"좋아, 오늘은 내가 살 테니까 근사한 장소를 정하도록, 총무과 회식비는 쓰지 말도록 해."

놀란 소천이 숨을 죽였고 서동수의 중국어가 이어졌다.

"내가 여러분께 정식으로 중국식 신고를 하는 자리다. 내가 새롭게 시작하니까 말이야."

칭다오 시내 중심가에 위치한 '대명원'은 건평이 1,000평도 넘는다. 주방 직원만 50여 명에 종업원이 100명이 넘어서 첫 번째로 규모에 놀라고 두 번째는 요리가 다양한 데 놀라며 세 번째는 맛에 놀란다고 했다. 그 대명원의 방에 10여 명의 남녀가 떠들썩한 주연을 벌이고 있다. 바로 서동수의 송별연이다. 1년 반 전에 서동수가 총무과장으로 부임했을 때 환영연에 모였던 그 면면이다. 그런데 보이지 않거나 바뀐 얼굴이 몇 명 있다. 이인섭이 보이지 않았고 화란 대신으로 소천이 앉아 있다. 화란은 양천마을에 있는 것이다. 송별연은 대개 분위기가 가라앉은 상태에서 끝나지만 방 안은 떠들썩했다. 서동수가 그렇게 이끌었기 때문이다. 맛있는 요리를 가득 시킨 데다 고급술을 얼마든지 들여왔으므로 모두 신바람이 났다. 웃고 떠들며 먹고 마신다.

"사무실은 어디죠?"

옆에 앉은 소천이 물었는데 영어다. 지금까지 중국어를 쓰다가 갑자기 바꿨다.

"어. 국제빌딩에 있어."

영어로 대답한 서동수가 소천을 보았다. 소천의 얼굴은 술기운으로 붉게 달아올라 있다. 60도짜리, 70도짜리 백주(白酒)를 권하는 대로 마신 것이다. 그때 소천이 물었다. 주위가 떠들썩해서 목소리를 높였다.

"사무실 놀러가도 되죠?"

"물론이지."

"오늘 밤 저, 데려가요."

"어디로?"

그렇게 물었던 서동수는 숨을 들이켰다. 소천의 두 눈이 번들거리고 있었던 것이다. 이 얼굴, 반쯤 열린 입술과 물기에 젖은 눈, 상기된 얼굴은 바로 욕정으로 무너지기 직전의 모습이다. 다음 단계는 눈동자의 초점이 멀어지면서 입이 조금 더 열린다. 저절로 입안에 고인 침을 삼킨 서동수가 영어로 물었다.

"이유를 듣자."

"좋아하니까."

그러고는 소천이 눈웃음을 쳤다. 다시 한 번 서동수의 심장 박동이 빨라졌다. 고혹적이다. 남자를 유혹하는 웃음이다. 소천이 떠들썩한 소음을 뚫고 말을 잇는다.

"이제야 기회가 오는군요. 보스."

"난 보스가 아니다."

"그럼 애인 해요."

그때 옆쪽에 앉은 경비책임자 곽 주임이 서동수에게 술잔을 건넸다.

"따꺼, 한잔 드시고 잔을 돌리시오."

서동수는 물잔에 가득 담긴 70도짜리 백주를 받아 들고 냉수처럼 마셨다. 식도를 타고 위까지 불덩이가 떨어지는 느낌이 전해졌다. 보고 있던 주임들이 박수를 쳤다. 곽 주임에게 술을 채운 잔을 돌려준 서동수에게 소천이 말했다.

"술 그만 마셔요."

"왜?"

"섹스에 지장이 있어요."

그 순간 서동수가 얼굴을 펴고 웃었다.

"너, 이젠 마음대로 말하는구나."

"당연히, 당신은 이제 몸조심하지 않아도 돼요."

그러고는 눈웃음을 치며 덧붙였다.

"화란한테 신경을 쓰지 않아도 되고."

서동수가 시선만 주었고 소천의 말이 이어졌다.

"화란을 양천마을로 보내신 건 감독관 일 때문이 아니죠?"

"왜 그렇게 생각하나?"

"소문이 다 났어요. 화란이 리베이트를 몰래 챙기다가 보스한테 발각이 되었다는 소문."

"……."

"그 진원지는 대아건설 호 사장이죠. 호 사장이 직접 말하고 다닌다네요."

그럴 줄 알았다. 그래야 호 사장은 뒤를 깨끗이 닦는 셈이 된다. 이것이 사회다.

"따꺼, 그 동안 감사했습니다. 앞으로 자주 연락주십시오."

마지막으로 청소담당 위 주임이 서동수의 손을 두 손으로 쥐고 인사를 했다. 밤 10시 반, 실컷 먹고 마신 총무과 간부들이 하나씩 어둠 속으로 사라져갔다. 대명관 앞에 혼자 남은 서동수에게 종업원이 다가와 말했다.

"택시가 기다리고 있습니다."

"아, 고마워."

종업원에게 팁을 건네 준 서동수는 길가에 주차된 택시 쪽으로 다가갔다. 그때 바지 주머니에 넣은 핸드폰이 진동했다. 핸드폰을 꺼내 본 서동수가 곧 귀에 붙였다. 소천이다. 소천이 술에 취했다면서 먼저 나갔던 것이다. 서동수가 응답했을 때 소천이 물었다.

"끝났어요?"

"그래, 방금 다 헤어졌다."

"저, 지금 그린호텔에 있어요. 거기서 아래쪽. 보이죠?"

머리를 든 서동수가 바로 50미터쯤 아래쪽 건물을 보았다. 10여 층짜리 건물 위쪽에 그린호텔이라는 네온이 반짝이고 있다. 수화구에서 소천의 말이 이어졌다.

"507호실, 누가 물으면 제 이름 대요."

저도 모르게 쓴웃음을 지은 서동수가 핸드폰을 귀에서 떼었다. 택시 운전사에게 대기료를 건네 준 서동수가 507호실 앞에 선 것은 10분쯤 후다. 벨을 누르자 곧 문이 열렸는데 서동수의 얼굴에 다시 웃음이 떠올랐다. 소천은 가운 차림이었던 것이다.

"뭐가 우스워요?"

몸을 비끼면서 소천이 화가 난 것처럼 눈을 크게 뜨고 물었다. 서동수가 다가가 소천의 어깨에 두 손을 얹었다. 이제 소천은 시선만 준다.

"소천, 너, 남자 경험이 있는 거냐?"

"그건 왜 물어요?"

"너무 태도가 익숙해서 그래."

"미치겠네."

혼잣소리를 한 소천이 눈을 흘겼다.

"그래요, 난 이런 일에 익숙해요."

"그렇게 보인다는 말이야."

이제 서동수가 소천의 두 볼을 손바닥으로 감싸 안고 얼굴을 가깝게 붙였다. 그 순간 소천은 눈을 감고 기다린다. 서동수의 입술을 받으면서 소천은 긴장한 듯 한동안 입을 벌리지 않았다. 이윽고 숨이 막힌 소천이 입을 열었을 때 서동수의 혀가 닫혔던 입안으로 들어갔다. 서동수는 수줍은 듯 자꾸 뒤로 물러나는 소천의 혀를 당겨 내었다. 이윽고 서동수가 소천의 혀를 빨아내었을 때 소천이 몸을 비틀었다. 하반신이 밀착되어 있는 터라 남성이 소천의 허벅지를 압박했기 때문이다. 잠깐 입술을 뗀 소천이 가쁜 숨을 몰아쉬며 말했다.

"숨 가빠요. 보스."

"키스를 더 하고 싶은데."

"싫어요, 이제 그만."

"그럼 침대로 가자."

소천을 번쩍 안아든 서동수가 곧장 침대로 다가갔다. 침대 위로 소천을 던지듯이 내려놓자 가운이 젖혀지면서 소천의 허벅지가 드러났다. 소천은 가운 밑에 브래지어와 팬티만 입고 있었던 것이다. 소천을 내려다보면서 서동수는 옷을 벗어던졌다. 몸을 웅크린 채 이쪽으로 등을 보인 소천은 움직이지 않는다. 순식간에 알몸이 된 서동수가 침대 위로 올라 소천의 몸을 당겨 안았다. 그러고는 가운을 거칠게 벗겨 내었다.

"보스, 천천히."

겨우 그렇게 말한 소천의 얼굴을 새빨갛게 상기되었다. 서동수가 브래지어를 풀자 소천이 다시 말했다.

"저, 섹스를 잘 몰라요. 쾌감도 느껴 보지 못했고요. 그러니까 천천히, 네?"

순간 서동수는 홀린 듯한 표정으로 소천의 알몸 상반신을 보았다. 작은 국사발을 엎어 놓은 것 같은 소천의 젖가슴에 콩알만 한 젖꼭지가 붙어 있다. 아직 덜 익은 몸매다. 나이가 스물넷인데도 몸매는 미성년자 같다. 마른 때문인지도 모른다. 그때 서동수의 시선을 의식한 소천이 두 손으로 젖가슴을 가렸다. 얼굴이 더 새빨개졌다.

"보지 말아요."

"아름답다."

서동수의 입에서 저절로 중국어가 그렇게 나왔다. 진심이다. 여윈 어깨와 작은 젖가슴, 홀쭉한 아랫배가 드러났지만 소천의 상반신은 눈이 부실 만큼 아름다웠던 것이다. 서동수는 남아 있는 소천의 분홍색 팬티를 끌어내렸다. 소천이 몸을 비틀었지만 곧 엉덩이가 드러났고 팬티가 발목 밑으로 끌려 내려갔을 때 서동수는 몸을 바로눕혔다. 그 순간 소천의 알몸이 밑에 펼쳐졌다. 소천의 숲은 옅고 드물었다. 그래서 골짜기와 동굴이 더욱 선명하게 드러났으므로 서동수는 숨을 들이켰다. 특별한 숲과 골짜기였기 때문이다. 지금까지 수많은 여자를 만났지만 숲과 골짜기가 똑같은 경우는 한 번도 없다. 동굴은 더욱 그렇다. 그런데 소천의 숲은 그들과 전혀 달랐기 때문이다. 선명하게 드러난 선홍빛 골짜기, 그리고 겹으로 싸인 동굴이 서동수의 시선을 빨아들이는 것 같다.

"그만."

마침내 소천이 이제는 손바닥으로 숲을 가리며 말했는데 수치심 때문인지 목소리가 떨렸고 눈에는 눈물까지 고였다.

그 순간 서동수는 소천의 숲에 얼굴을 묻었다.

"아앗!"

놀란 외침이 소천의 입에서 터졌고 상반신이 벌떡 세워졌지만 곧 눕혀졌다.

서동수가 밀어 넘어뜨렸기 때문이다. 소천의 상반신을 고정시킨 서동수가 곧 솟아오른 골짜기를 애무했다. 소천이 하반신을 비틀었지만 서동수의 얼굴에 눌린 터라 곧 저항을 그쳤다. 서동수는 천천히 소천의 골짜기를 입술과 혀로 애무했다. 소천은 지금까지 쾌감을 느낀 적이 없다고 했다. 묻지도 않았는데 그렇게 말한 것은 불안감 때문일 것이다. 혹시나 서동수가 만족하지 못하면 어떡하나 걱정이 일어났는지도 모른다. 서동수는 끈질기게 소천의 골짜기를 애무했고 손을 뻗어 젖가슴과 젖꼭지를 쓰다듬었다. 소천이 이를 악물고 있었지만 곧 몸이 뜨거워지는 것을 느낄 수 있었다. 사지를 꿈틀거리면서 숨소리가 점점 거칠어졌다.

온몸을 쓸던 서동수의 손바닥에 땀이 묻어났다. 이제 소천의 몸은 땀으로 덮이고 있다. 이윽고 서동수는 소천의 샘에서 뜨거운 생명수가 비치는 것을 알 수 있었다.

"아아."

소천이 가쁜 숨소리에 섞여 앓는 신음을 뱉는다. 서동수는 소천의 콩알만 한 젖꼭지가 발딱 세워져 있는 것도 알 수 있었다. 머리를 든 서동수가 소천을 올려다보면서 말했다.

"소천, 긴장을 풀어."

"네, 보스."

앓는 소리를 뱉던 소천이 착한 학생처럼 대답했다.

"네 몸이 뜨거워지고 있어, 소천."

"알아요, 보스."

"너, 나 보고 섹스에 지장이 있으니까 술 많이 마시지 말라고 했지?"

대답 대신 소천이 엉덩이를 치켜들었으므로 서동수의 얼굴이 골짜기에 깊게 묻혔다. 소천이 적극적으로 반응한 셈이다.

"옳지, 잘한다."

서동수가 칭찬하자 이제는 소천이 두 다리를 들어 서동수의 머리를 감았다.

서동수는 소천의 몸 위에 올랐다. 이제 시기가 온 것이다. 소천의 몸은 뜨거워져 있다. 서동수가 위에서 자세를 갖추었을 때 소천의 눈동자에 초점이 잡혀졌다. 소천이 가쁜 숨을 뱉으면서 말했다.

"보스, 천천히요."

서동수는 문득 소천이 자꾸 천천히라고 말하는 것에 의심이 일어났다. 왜 이러는가? 빨리하다가 사고 난 놈이라도 있는가? 서동수가 물었다.

"빨리하면 안 되나?"

"아파서 그래요."

"빠르면 아파?"

다시 물었던 서동수가 그때서야 말뜻을 알아차리고는 호흡을 골랐다. 방 안에는 뜨거운 열기가 덮여 있다. 소천의 거친 숨소리가 이어졌고 열지만 비린 냄새도 맡아졌다. 서동수는 이미 골짜기 끝에 붙여진 남성을 동굴에 붙였다. 그 촉감을 느낀 소천이 와락 긴장했으므로 서동수가 머리를 숙여 가볍게 키스를 했다.

"소천, 걱정하지 마라."

"알아요. 보스."

"넌 이미 뜨거워져 있어."

그때 서동수의 남성이 동굴 안으로 천천히 진입했다. 그 순간 서동수는 눈을 부릅떴다. 소천의 동굴에서 전해진 압박감 때문이다. 동굴 표면은 이미 습한 이끼로 뒤덮여 있었지만 압력이 강하다.

"아아아."

입을 딱 벌린 소천이 비명 같은 외침을 뱉더니 두 손으로 서동수의 어깨를 움켜쥐었다. 눈을 크게 떴지만 초점은 멀다. 땀으로 뒤덮인 소천의 얼굴은 새빨갛게 달아올라 있다. 다시 서동수가 끝까지 남성을 진입시켰을 때였다.

"아아아."

소천이 턱을 치켜들면서 다시 신음했다. 그러나 서동수는 소천의 두 손이 어깨를 세차게 끌어 쥐고 있는 것을 의식하고 있다. 이제 남성은 소천의 동굴에 갇혀 강한 압력을 받는 중이다. 서동수는 천천히 남성을 끌어내었다.

"아아앗."

소천의 신음이 더 높아졌다. 천천히라고 한 이유를 이제 알았다. 동굴의 강한 압박을 견디지 못한 다른 남성들이 금방 쥐어짜듯이 당하고 나서 나가 떨어졌기 때문이다. 그것이 소천에게 모욕감과 황당함을 안겨주었으며 남성의 주인 또한 두 번 다시 나타나지 못한 것 같다. 서동수는 소천의 두 손이 어깨를 끌어당기는 것을 느꼈다. 이제 다시 넣으라는 표시 같다.

"아앗!"

남성이 진입하자 소천의 입에서 다시 커다란 신음이 터졌다. 이제는 탄성으로 들린다. 서동수는 진입했던 남성을 거침없이 뽑았으며 다음에는 거칠게 움직였다. 소천의 신음이 더 높아졌다.

이제 서동수의 움직임은 더 거칠고 더 빨라졌다. 소천의 요구와는 반대다. 그러나 소천의 탄성은 더 높아졌으며 마침내 소리쳐 울부짖었다.

"아이고 나 죽어."

이것은 탄성의 절정이다. 죽을 것처럼 황홀하다는 의미다. 소천은 자신도 모르게 열중하고 있다. 두 다리를 한껏 옆으로 눕혔다가 서동수의 하반신을 껴안기도 했으며 움직임에 맞춰 허리를 들어올리기도 했다. 이윽고 온갖 탄성을 다 뱉던 소천이 폭발했다. 이를 악물고 서동수의 몸에 매달려 터진 것이다. 서동수는 땀으로 범벅이 된 소천의 알몸을 빈틈없이 껴안았다. 숨이 넘어갈 것처럼 헐떡이며 소천의 앓는 소리가 끝없이 이어지고 있다. 서동수는 소천의 연약한 몸을 안은 채 다시 한 번 여체의 신비감을 절감한다. 그리고 소천에게 그것을 깨닫게 해준 인간이 바로 자신인 것이다.

성동실업 사무실에는 서동수를 포함해서 직원이 넷이다. 이것이 본사다. 50평 면적에 책상과 소파, 사무집기를 들여놓고 쇼룸과 상담실도 만들어 놓았지만 사장실은 없다. 맨 뒤쪽에 서동수의 책상을 놓았고 그 앞쪽이 업무부장 이인섭, 한족 여직원 둘은 그 앞에 나란히 앉았다. 다음날부터 사무실에 출근한 서동수는 바쁘다. 사무실 문을 연 것은 두 달쯤 전이라 여직원들도 일한 지 두 달이 되었는데 이인섭도 열흘쯤 전부터 출근했기 때문이다. 기획실장 겸 디자이너 박세영은 옌타이의 공장에서 근무했는데 오늘은 칭다오 사무실에 들렀다. 서동수의 첫 공식출근을 축하하려는 것 같다.

"개업식 화환이라도 늘어놓아야 하는 거 아녜요?"

이인섭과는 이미 인사를 시킨 터라 상담실에 앉은 박세영이 웃음 띤 얼굴로 물었다. 벽시계가 오전 10시 10분을 가리키고 있다.

"사장님이 오늘부터 공식 취임하셨는데 너무 적적하네."

"다음에 크게 하신답니다."

이인섭이 대신 말하고는 방을 나갔다. 둘이 되었을 때 박세영의 얼굴에서 웃음기가 지워졌다.

"신제품을 매장에 넣으려는데 자금이 부족해요."

서동수는 시선만 주었고 박세영의 말이 이어졌다.

"이번 추동복 제품에 1차로 12억 원이 필요한데 한 사장님은 2억 원밖에 준비하지 못하겠다네요."

서동수가 머리를 끄덕였다. 며칠 전 한영복의 연락을 받은 것이다. 이제 성동실업은 매장이 8개가 되었다. 칭다오 2개, 옌타이와 다롄에 각각 1개, 그리고 베이징과 상하이에 각각 2개씩이다. 한국에서 고용한 영업사원은 모두 18명, 사무실 직원은 8명이 되었으므로 인건비 지출도 만만치 않다. 지금 성동실업의 주 수입원은 옌타이의 성동실업이었는데 아직 궤도에 오르지 못한 매장의 개발, 제품 구입비까지 만들 능력은 없다.

"한 사장님은 서 사장님한테 상의해보라고 하시는데요. 어떡하죠?"

박세영의 시선을 받은 서동수가 쓴웃음을 지었다. 회사에서 나오자마자 한영복은 진면목을 드러낸 셈이었다. 지금까지 서동수와 한영복은 똑같이 투자해왔다. 한영복의 재산이 많다고 해도 투자액은 똑같았고 지분도 같다. 서동수가 투자한 6억 5000만 원은 전 재산의 거의 50%였다. 이윽고 서동수가 말했다.

"한 사장님은 자금이 갑자기 은행 담보에 막혀서 풀리지 않는다는 거요. 한 달쯤 지나면 풀릴 테니까 내가 조달해주면 바로 갚겠다는구먼."

"저도 들었어요."

"이번에 매장 4개를 한꺼번에 오픈한 것이 자금에 영향을 미쳤어."

"한 사장님이 밀어붙이시는 바람에……."

박세영이 시선을 내렸다. 그러나 박세영과 한영복은 한 공장에서 머리를 맞대고 침대에서는 배를 맞대고 지내온 사이다. 둘이 자금 문제를 상의 안 했을 리가 없다. 더구나 한영복 같은 인간이 한 달 후의 자금관계를 모른다면 말이 안 된다. 서동수가 박세영을 보았다. 박세영은 이 문제 때문에 온 것이다.

"알았어요. 검토해보고 내일까지 결정을 할 테니까 기다려요."

"그럼 그 동안 오늘은 칭다오에 있겠어요. 매장도 둘러보고요."

박세영이 눈웃음을 쳤다.

"출근 첫날에 부담을 드렸네요. 사장님."

"천만에."

쓴웃음을 지은 서동수가 자리에서 일어서며 말했다.

"이쯤은 각오하고 있었어야지."

다음 날 오후 3시가 되었을 때 성동실업의 상담실에는 세 남녀가 둘러앉았다. 서동수와 한영복, 그리고 박세영이다. 서동수의 연락을 받고 옌타이에서 달려온 한영복은 시종 웃음 띤 얼굴이다.

"성동실업이 이제야말로 자리가 잡히는 것 같구먼."

한영복이 커피잔을 들면서 말했다.

"이렇게 셋이 모이면 못할 일이 없겠다는 생각이 들어."

"아유, 사장님은 립서비스가 대단하셔."

박세영이 거들었다.

"꿈이 크면 실망도 크다는 말 모르세요?"

"이건 꿈이 아냐, 현실이야."

그때 상담실 안으로 이인섭이 들어서더니 서동수의 앞에 서류를 놓고 나갔다. 이인섭이 한영복에게도 시선을 마주치지 않는 바람에 분위기가 조금 가라앉았다. 그 기회에 박세영이 먼저 입을 열었다.

"저, 바빠요. 추동복 자금 회의를 하죠."

머리를 든 서동수가 한영복을 보았다.

어느덧 한영복의 얼굴에서 웃음기가 지워져 있다.

"이 기회에 갈라섰으면 좋겠는데요. 어떻게 생각하십니까?"

한영복은 무슨 말인지 금방 알아듣지 못하고 서너 번 눈만 깜박였다. 다시 서동수가 말을 이었다.

"공장은 그대로 두는 게 낫겠지요. 하지만 매장은 나눠야 될 것 같습니다."

서동수의 시선이 박세영에게로 옮아갔다.

"박 실장도 이 기회에 공급자로 독립하시고, 어떻게 생각하십니까?"

"이건 도무지."

한영복이 그때서야 입을 열었는데 이맛살이 찌푸려져 있다.

"서 사장, 갑자기 무슨 말을 하는 거요?"

"지금까지 서로 간에 도움을 주고받았다고 생각합니다. 그래서 이 시점에 갈라서는 것이 낫겠다고 말씀드린 겁니다."

"그건 그렇지만 이유는 뭐요?"

한영복의 심기가 점점 불편해지는 것 같았지만 서동수는 말을 이었다.

"뚜렷한 이유는 없습니다."

"이번 자금 집행 때문입니까?"

"그것도 있습니다."

그러자 의자에 등을 붙인 한영복이 입맛을 다셨다.

"참, 그런 일을 가지고……."

"여기 서류 가져왔습니다."

서동수가 이인섭이 가져온 서류를 한영복과 박세영에게 한 부씩 나눠 주면서 말을 이었다.

"8개 매장에 대한 양도 각서와 엔타이 공장 운영과 결산 합의, 그리고 브랜드 소유권, 매장 직원 운영 관리에 대한 합의서입니다."

이제는 둘이 입을 다물었고 서동수의 목소리가 상담실을 울렸다.

"먼저 매장을 나누기로 하지요."

상담실에서 회의가 끝났을 때는 오후 7시가 되어 갈 무렵이다. 서동수는 칭다오의 1호 매장과 다롄, 상하이, 베이징의 매장 1개씩 4개 매장에 대한 권리를 양도받았고 나머지 4개는 한영복의 몫이 되었다. 합의서에 서명했을 때 한영복이 쓴웃음을 짓고 말했다.

"나, 이런 동업은 처음 보았습니다. 시작도 하기 전에 갈라서다니요."

"이렇게 웃으면서 갈라서지 않았습니까?"

서동수가 웃음 띤 얼굴로 묻자 한영복이 머리를 끄덕였다.

"하긴 그러네."

"하지만 앞으로 어려운 일이 있으면 저도 미력하나마 힘을 보태겠습니다."

"나도 마찬가지지요."

자리에서 일어선 한영복이 손을 내밀었다. 그에게 이런 동업은 처음일 것이다. 윤명기의 말에 의하면 한영복의 동업 상대들은 모두 배신을 당했다고 했으니까.

“저도 박 언니만큼 할 수 있어요.”

서동수가 분가(分家) 이야기를 끝냈을 때 진영아는 긴장한 듯 굳어진 표정으로 말했다. 오후 10시 반, 매장 근처의 카페 안이다. 진영아가 말을 이었다.

“박 언니한테 수수료를 떼어줄 필요가 없다고요. 저도 디자인해서 제품 만들 수 있거든요? 오히려……”

입 안이 마른 진영아가 맥주잔을 들어 한 모금 마시더니 똑바로 서동수를 보았다.

“제가 매장에서 직접 구매자를 만나고 있으니까 패션 흐름을 더 안다고요.”

“…….”

“일주일에 한 번 그것도 30분쯤 둘러보고, 재고 조사해서 뭘 한다고. 패션을 리드하는 것도 아니면서…….”

말을 그친 진영아가 두 손으로 붉어진 볼을 감싸 덮었다. 그러고는 눈을 흘겼다.

“뭘 봐요?”

“네가 섹시해서.”

“오늘은 그날이라 안 돼요.”

“난 상관없는데.”

“난 지저분해서 싫다고요.”

“네가 해라.”

불쑥 서동수가 말했더니 진영아가 볼에 붙였던 손을 떼었다. 눈이 둥그레져 있다.

"뭘요?"

"네가 한다면서?"

"정말요?"

진영아의 얼굴이 환해졌다.

"제가 디자인해서 팔아도 돼요?"

"오늘밤 섹스 해주면."

"할게요."

진영아가 손목시계를 보더니 상반신을 세웠다.

"늦었어요. 빨리 가요."

"어디를?"

"호텔 간다면서요?"

서동수가 앞에 놓인 위스키잔을 들어 한 모금에 삼키고는 더운 숨을 뱉었다.

"그리고 네가 제1호 매장을 운영하는 거야. 무슨 말이냐 하면."

서동수가 지그시 진영아를 보았다.

"기본급 외에 매출 이익의 일정액을 보상으로 받는 거다. 성과급이지. 매장 인원의 고용도 네가 알아서 해야 돼. 할 수 있겠어?"

숨을 죽인 진영아가 시선만 주었으므로 서동수가 말을 이었다.

"지역별로 독점매장에 맡기겠어. 칭다오의 독점매장 관리는 너야. 네가 제2호점, 3호점 개설도 나하고 상의해서 결정하고 관리하는 거야. 알겠어?"

"여기서 이야기해요?"

진영아가 손을 뻗쳐 서동수의 팔을 쥐고 당겼다.

"호텔로 가요."

"그거 한다면서?"

"씻으면 돼요."

마침내 피식 웃은 서동수가 자리에서 일어섰다. 그렇게 매장의 영업을 활성화시키면서 시장을 확장하는 것이다. 전부터 계획하고 있었지만 진영아의 의욕적인 요청을 듣자 결심이 굳어졌다. 카페를 나온 진영아가 서동수의 팔짱을 끼면서 말했다.

"제 꿈이 매장을 운영하면서 제가 디자인한 제품을 구매자들한테 직접 파는 거예요."

몸을 딱 붙여서 엉덩이가 부딪혔고 젖가슴도 닿았지만 진영아는 들뜬 목소리로 말을 잇는다.

"그런데 사장님은 그 꿈을 더 키워주시네요. 독점매장이라니요."

"할 수 있겠어?"

"박 언니 콧대를 꽉 눌러주지요."

진영아가 바로 옆쪽에서 반짝이는 호텔 간판을 보더니 그쪽으로 서동수를 끌었다. 오늘은 제 집에서 가까운 호텔로 가자고 하지 않는다.

대책도 없이 한영복에게 갈라서자고 한 것이 아니다. 그리고 한영복 또한 산전수전 다 겪은 인물이다. 거절하면 서동수가 어떻게 나올 것인가도 예상하고 있었을 것이다. 서동수는 한영복이 분가를 거절하면 더 이상의 투자를 하지 않고 기다릴 계획이었다. 그렇게 되면 공멸한다. 추동복 제품을 입고시키기도 전에 매장 8개는 재고가 떨어지게 될 것이고 운영비도 감당 못한다. 그러니 화가 나지만 하자는 대로 할 수밖에 없다. 세상에서 윈윈(win-win) 하는데 헛소리다. 같은 목적을 가진 인간끼리 윈윈할 수는 없다. 서로 필요한 것을 주고받는 것이 엄격한 의미의 윈윈인 것이다. 한영복과 짧은 공조기간이었지만 서동수는 합작을 이용한 투자로 이득을 보았다. 첫째, 엔타이의 성동실업 인수다. 한영복의 절반 투자금이 없었다면 계속 이득을 내는 성동실업을 인수하지 못했다. 그리고 둘째, 기업 설립의 노하우를 배웠다. 한영복이 척척 도와주는 바람에 사무실이 순식간에 가동되었다. 세 번째, 창립 의지와 자신감을 얻게 되었다. 거기에 덤으로 공장장 윤명기의 조언을 받아 재빠르게 분가했으니 미련도 안 남는다. 한영복은? 마찬가지로 성동실업의 유리한 조건 인수와 오더 보장에 서동수의 도움을 받았으며 그 동안의 매장 영업과 개업, 시장조사와 브랜드 개척에 서동수의 도움을 받은 것이다. 제각기 자신의 특성으로 상대방을 돕고 나서 갈라섰으니 그야말로 윈윈이다.

"뭘 생각해요?"

씻고 나온 진영아가 알몸으로 다가오며 물었다. 서동수의 시선을 받은 진영아가 눈을 흘기는 시늉을 했다.

"오늘은 거기 빨지 마."

서둘러 침대 위로 오른 진영아가 손에 쥔 타월을 바닥에 깔았다. 진영아한테서 상큼한 살냄새가 맡아졌다. 서동수가 어깨를 끌어당겨 안자 진영아가 입술을 내밀었다.

"키스해 줘요."

진영아는 적극적인 스타일이었지만 막상 행위가 시작되면 적당히 수동적이다. 그것이 상대방을 더욱 자극시키는 것이다. 서동수는 진영아의 달콤하고 말랑한 혀를 빨았다. 사지가 빈틈없이 뒤엉켰고 두 손은 상대방의 몸을 애무하느라 바쁘게 움직였다. 그때 입술을 뗀 진영아가 허덕이며 말했다.

"나, 색골인가 봐."

"왜?"

"자기 생각만 하면 거기가 뜨거워져요. 그래서 화장실이라도 가서 수음을 해야 돼."

"큰일 났구나."

"오늘 낮에도 가게에 있다가 화장실에 가서 수음했어."

진영아의 손이 서동수의 남성을 감싸 쥐더니 수음하는 시늉을 했다. 서동수는 진영아의 샘에 들어간 손가락이 젖어 넘치는 것을 느꼈다.

"올라와요."

진영아가 참을 수 없다는 듯이 서동수의 어깨를 잡아 세우는 시늉을 했다. 어느덧 얼굴은 상기되었고 눈동자는 흐리다.

"세게 해줘."

다리를 벌려 맞을 채비를 하면서 진영아가 말했다.

"나올 때는 천천히, 응?"

"아유, 이게 정말."

하면서도 서동수는 순순히 진영아의 몸에 오른다. 그 동안 남성은 무섭게 달아올랐고 마음은 조급해졌다. 진영아가 그렇게 만든 것이다.

"자기야, 빨리."

서동수의 어깨를 쥐면서 진영아가 허덕였다. 남성이 닿은 골짜기는 기다리고만 있다.

"아아앗."

방 안이 떠나갈 것 같은 신음이 울리면서 서동수는 머리칼이 솟는 느낌을 받는다. 뜨겁고 탄력이 강한 동굴 속으로 들어간 남성이 받는 쾌감을 어찌 다 표현할 것인가? 방 안에 폭풍이 몰아치기 시작했다. 숨소리에 울음 같은 비명이 섞여졌고 꿈틀거리는 두 쌍의 사지는 마치 목숨을 걸고 싸움을 하는 것 같다. 치솟았던 흰 다리가 땅을 차면서 발버둥을 쳤고 자극을 견디다 못한 진영아가 서동수의 어깨를 이로 물었다. 서동수는 열중했다. 머릿속이 텅 빈 느낌이 들면서도 쾌락의 끈을 놓치지 않고 이어간다. 자세를 바꾸는 것도 이제는 호흡이 맞는다. 치솟아 오르는 강도를 조절하려고 잠깐 움직임을 멈추면 진영아도 이를 악물고 가만있다가 서동수를 따라 움직이기 시작한다. 상반신을 세우면서 허리 한쪽만 밀어도 진영아는 엉덩이를 붙인 채 다리 한쪽은 번쩍 치켜들면서 엎드린다. 그 와중에도 떼어지지 않으려는 것이다. 신음은 마치 비명 같다. 그 비명이 처절할수록 만족감의 강도가 세다는 의미가 된다. 마음 놓고 질러대는 쾌감 또한 만만치 않을 것이다. 어찌 화장실의 수음과 비교하겠는가? 이미 침대 바닥에 깔았던 타월은 뭉쳐져서 어디론가 사라졌지만 아무도 개의치 않는다. 방 안이 뒤집히는 것 같다. 오늘은 진영아도 다르다. 매장을 독립해서 운영해 보라는 말을 들은 때문일 것이다. 이른바 '독립해산' 방식인데 기업체들은 오래전부터 회사 내에서도 사용해왔다. 각 팀을 작은 회사처럼 운용하는 것이다.

"아이구, 엄마."

자세를 후배위에서 다시 정상위로 바꿨을 때 마침내 진영아가 터지려고 했다. 얼굴은 이제 땀으로 흠뻑 젖었고 몸도 땀투성이어서 배가 부딪칠 때마다 철썩대는 소리가 난다.

"나 죽어."

눈을 치켜떴지만 진영아는 먼 곳을 본다. 이윽고 진영아가 마음껏 터졌다. 폭발하면서도 그 여운을 다 가져가겠다는 것인지 온몸으로 서동수를 빈틈없이 감싸안았다. 서동수는 진영아의 동굴이 수축되면서 굳어지는 것을 느낀다. 방 안은 열대림 속의 숲속 같다. 금방 뜨거운 빗발이 쏟아져 내린 열대림 속에서 두 몸뚱이가 한 덩어리가 되어 있다. 진영아가 신음을 계속해서 뱉으면서 이제는 온몸을 떤다. 두 다리로 서동수의 하체를 감고 있어서 꼼짝할 수가 없다. 서동수는 그 자세에서 편안함을 느낀다. 마치 어머니의 배 안에 들어가 있는 것 같다. 진영아는 아이까지 데리고 중국에 왔다. 친정어머니까지 모셔왔으니 실패해서 귀국할 수는 없을 것이다. 그것은 서동수 자신과 같다. 서동수는 저도 모르게 진영아의 앓는 소리가 나오는 입술에 키스했다. 놀란 진영아가 목을 감은 팔에 힘을 주더니 혀를 내밀었다. 그러다가 곧 숨이 가쁜지 입술을 떼고는 허덕이며 말했다.

"사랑해요."

서동수는 진영아의 이마에 입술을 붙였다. 사랑한다는 말은 너무 흔해서 감동이 줄었지만 지금은 신선하게 느껴졌다. 입에 배어 있다고 해도 이보다 더 적당한 말이 있겠는가? 서동수가 손을 뻗어 진영아의 어깨를, 허리를, 그리고 땀에 젖은 허벅지를 부드럽게 쓸었다. 이제 진영아의 몸이 풀리기 시작했다.

"잘해보자. 우리."

서동수가 말하자 이제는 진영아가 목을 당겨 키스했다. 다시 혀가 내밀려졌고 숨결이 가빠졌다. 밤이 깊었다. 둘 다 집에서 아이가 기다리는 처지였지만 아직 몸을 뗄 생각은 하지 않는다.

서동수가 서울에 온 것은 사직하고 한 달쯤이 지났을 때다. 오전 11시, 서동수는 소공동의 동양전자 영업본부장인 김대영 전무의 방에 들어와 있다. 면담 신청을 한 지 일주일 만에 만나자는 연락이 왔기 때문이다. 이제는 동양그룹 사원이 아닌 터라 민간인 신분으로 면담 목적과 내용까지 제출해야만 했다. 김대영은 2년 전만 해도 서동수의 상관이었던 관계다. 서동수가 칭다오로 좌천되고 나서 어떻게 일했고 사직하고 무얼 하는지 모두 조사했을 것이다. 김대영은 40대 후반으로 동양그룹의 핵심간부다. 사주의 후계자인 사장 전기현의 심복이기도 해서 전도가 양양한 신분이다. 김대영이 지그시 서동수를 보았다. 2년 전에도 이렇게 둘이 마주 앉아 있었다. 그때 김대영이 그랬다.

"그래, 칭다오에 가서 열심히 해. 내가 주시하겠다."

그러나 이제 서동수는 사직하고 나서 손바닥만 한 회사를 차렸고 김대영은 상무에서 전무이사로 승진해 있다. 이윽고 김대영이 입을 열었다.

"네 계획서는 보았다. 잘 만들었더군."

외면한 채 김대영이 말을 잇는다.

"하지만 그건 네가 우리 사원이었을 때의 경우야. 회사와 상관이 없는 인간이라면 경우가 다르지."

서동수가 잠자코 김대영의 옆얼굴을 보았다. 사람은 대개 거절할 때나 믿지 못할 때 또는 싫을 때 대화 상대의 얼굴을 직시하지 않는다. 그것을 염두에 두면 대응이 빨라질 수도 있다. 옆쪽 화분을 보면서 김대영이 다시 말했다.

"베이징에 현지법인이 있고 주요 도시에 전문 대리인이 있어. 너한테 프리에이전시를 줄 이유도, 명분도 없다."

서동수는 동양전자 본사에 중국에서 프리에이전시로 활동하도록 요청한 것이다. 본래 전자 영업팀장이었던 서동수다. 영업에는 일가견이 있는 데다 현재 중국에서 생활하고 있으며 중국어 수준도 일상 회화에 지장이 없을 정도다. 매출 증진을 위해서 물불을 가리지 않는 상사 측에서는 고려해볼 만한 조건이었다. 서동수가 똑바로 김대영을 보았다.

"퇴직 사원에게는 에이전시를 준 경우가 없기 때문입니까?"

"그런 경우도 없을 뿐만 아니라 전례가 되면 곤란해."

"제가 팀장으로 일했지만 에이전시가 되면 제 일처럼 뛸 수 있습니다. 전무님도 이해하실 겁니다."

"사장님하고 상의했는데 안 되겠다."

"그럼 제가 한국전자 에이전시를 해도 됩니까?"

그 순간 김대영이 눈을 치켜뜨고 서동수를 노려보았다.

"너, 인마, 협박하는 거야?"

"아닙니다. 한국전자의 제의를 받았기 때문입니다."

서동수를 노려보는 김대영의 눈동자가 약간 흔들렸다가 고정되었다. 한국전자는 동양전자와 2, 3위를 다투는 경쟁업체다. 작년까지만 해도 동양이 2위였는데 올해는 한국한테 빼앗겼다는 것이다. 1위는 일성이다. 서동수는 소리 죽여 숨을 들이켰다. 거짓말이다. 그러나 한국 측에 확인해보지는 못할 것이다. 서동수가 다시 입을 열었다.

"그 제의를 받고 계획서 썼다가 동양부터 연락한 것입니다. 제 능력을 밖에서 발휘하게 해주십시오. 제 진면목을 보여드릴 기회를 주신다면 은혜는 잊지 않겠습니다."

열성을 다 바쳐 말한다. 지금 당장 울어 보일 수도 있다. 서동수는 절실한 표정으로 김대영을 보았다. 김대영이 물끄러미 시선을 주고 있다. 눈동자도 흔들리지 않는다.

오후 1시 반, 서동수는 소공동 지하상가 안의 커피숍으로 들어섰다. 안쪽에서 출입구를 바라보고 앉았던 사내가 벌떡 일어섰다. 이찬홍이다. 얼굴에 환한 웃음을 띤 이찬홍이 서동수가 내민 손을 두 손으로 잡는다.

"팀장, 2년 만입니다."

"야 인마, 나, 사장이다. 넌 이 대리가 되었고."

마주 보고 앉았을 때 서동수가 눈을 좁혀 뜨고 이찬홍을 보았다.

"넌 동양에서 별 딸 거다."

"아닙니다. 그런 욕심 없습니다."

"욕심 갖고 되는 일 아냐, 운이 붙어야 돼."

다가온 종업원에게 커피를 시킨 서동수가 의자에 등을 붙였다.

"김 전무가 연락해주겠다는구나."

긴장한 이찬홍이 서동수를 보았다. 계획안을 만들기 전에 이찬홍과 수시로 연락했던 것이다. 자료도 받았고 조언도 들었다. 사직서를 내기 전부터 계획했던 일이다. 밖으로 나온 이상 섬유에만 매달릴 이유가 없는 것이다. 8년 동안 집중했던 전자제품, 그리고 동양그룹에서 생산하는 모든 상품까지다. 다시 서동수가 말을 이었다.

“처음에는 거부했다가 내가 한국전자 제의를 먼저 받았다고 털어놓았더니 흔들리더군. 다시 연락해주겠다는 거야.”

“연락 안 오면 한국전자로 가시죠. 그럼.”

“받아들이기를 바라야지.”

정색한 서동수가 이찬홍을 보았다. 이찬홍한테도 한국전자의 제의가 왔다고 한 것이다. 그래야 이찬홍의 부담이 작아질 뿐만 아니라 이쪽도 당당해진다. 탁 털어놓고 밑바닥까지 보여주는 것은 거래관계인 사회에서 민폐만 끼칠 뿐이다. 커피잔을 놓고 사라지는 아가씨의 엉덩이를 뚫어지게 보던 서동수가 갑자기 생각났다는 표정을 짓고 양복 주머니에서 봉투를 꺼내 이찬홍 앞에 놓았다.

“정보비 200 넣었다. 받아.”

“아이고, 이런.”

깜짝 놀란 표정을 지은 이찬홍이 상반신까지 세웠지만 봉투에 손을 대지는 않는다. 이찬홍의 시선을 받은 서동수가 빙그레 웃었다.

“내가 뒤가 깨끗한 선수라는 건 네가 제일 잘 알 거다. 얼른 넣어.”

“잘 쓰겠습니다.”

봉투를 양복 주머니에 넣은 이찬홍도 따라 웃었다.

“와이프가 TV 바꾸자고 했는데 잘되었습니다.”

“야 인마, 그건 카드로 사고 그 돈은 와이프한테 용돈 쓰라고 주는 거야.”

“그렇게 하겠습니다.”

“나, 가야겠다.”

서동수가 커피에 손도 안 대고 일어서자 이찬홍이 따라 일어서며 말했다.

"회사 분위기 수시로 전해 드리지요. 궁금하신 일은 언제든 전화 주시고요."

"고마워. 먼저 나갈게. 넌 커피 마셔."

몸을 돌린 서동수가 커피숍을 나와 핸드폰을 꺼내 들었다. 오늘도 낭비 없는 동선 계획을 세웠지만 시간 차이가 났다. 약속 시간을 당기려는 것이다. 버튼을 누르자 신호음 세 번 만에 응답소리가 들렸다.

"자기야?"

오정미다. 정보회사의 과장. 그 순간 서동수의 머리에 열이 오르면서 눈앞에 오정미의 알몸이 펼쳐졌다.

"응, 내가 일이 좀 일찍 끝나서. 4시쯤 만날 수 없어?"

"그래, 별일 없으니까 나갈게. 어디로 가지?"

그러더니 목소리가 낮아졌다.

"우리, 내 차로 바닷가나 가지 않을래? 바닷가에서 오늘밤 같이 있자. 할 이야기도 많아."

속초 바닷가에 세워진 별장식 빌라는 영화에서나 보던 외국 빌라보다 나았다. 물론 산을 깎고 나무를 베어서 시야를 텄고 조경은 꾸몄지만 그쯤 눈감아 주지 못하겠는가? 오후 6시 반, 별장의 잔디밭 끝에 앉은 서동수는 바다를 내려다보면서 만족했다. 뒤에는 방 하나에 응접실과 주방, 샤워장이 딸린 단층 독채 빌라가 이미 불을 환하게 밝히고 있다. 삼면은 숲으로 가려져서 사생활이 완벽하게 보장된 구조다.

"좋구나."

다리를 길게 뻗고 앉은 서동수가 수평선의 붉은 석양을 바라보며 감탄했다. 앞쪽 탁자에다 아래쪽 횟집에서 사온 생선회 안주와 소주를 늘어놓은 오정미가 풀썩 웃었다.

"어때? 근심 걱정이 잠깐 사라졌어?"

"정말이야. 이젠 가슴이 벅차기만 하다."

"왜?"

"우선 저 근사한 경치."

"또 있어?"

"맛있는 안주와 술, 그리고."

"그리고 뭐?"

"너하고의 뜨겁고 열정적인 섹스에 대한 기대."

"맨 나중의 말이 감동적이네."

"여긴……."

하면서 주위를 둘러본 서동수의 시선이 오정미에게 옮아갔다.

"별천지, 아니, 우리 둘만의 세상 아냐?"

"그래서?"

"벗자, 홀랑."

그러고는 자리에서 일어선 서동수가 옷을 벗기 시작했다. 가운으로 갈아입은 터라 가운과 팬티만 벗었더니 금방 알몸이 되었다.

"아, 좋다."

탄성을 뱉은 서동수가 알몸으로 의자에 길게 몸을 붙였다. 9월 중순의 바닷가 날씨는 알맞게 서늘해서 피부의 느낌도 좋다.

"너도 벗어."

서동수가 눈만 깜박이며 바라보는 오정미에게 말했다.

"자연으로 돌아가잔 말야."

"속셈이 그짓이구먼."

"그래야 금방 일을 치를 수도 있고."

"개냐? 금방 찌르게? 난 금방 찌르는 거 싫어. 벗기고 꿈틀거리는 사이에 젖어야 된단 말야."

"아. 글쎄. 그렇게 해줄 테니까……."

"어머나."

오정미가 놀란 것은 말하는 사이에 반듯이 누워 있던 서동수의 남성이 곤두섰기 때문이다.

"재가 알아들은 것 같네."

"네 거시기도 알아들었을 거다. 벗어."

그러자 일어선 오정미도 가운을 벗었다. 브래지어와 팬티를 벗자 금방 알몸이 드러난다. 풍만하지만 군살이 없는 몸매다. 그래서 더욱 육감적으로 보인다.

"뭘 그렇게 봐?"

눈을 흘긴 오정미가 다시 의자에 앉더니 서동수처럼 두 다리를 쭈욱 뻗으면서 말했다.

"개 좀 누워 있으라고 해. 자꾸 서서 건들거리는 통에 신경이 쓰인단 말야."

"말을 잘 안 들어, 애는."

서동수가 잔에 소주를 따르면서 말을 이었다.

"네가 달래줘야 돼."

"아직 안 젖었어."

서동수가 건네준 술잔을 받은 오정미가 이를 드러내며 웃었다.

“자기를 만나면 왜 이렇게 들뜨지?”

“내가 속물이라 그래.”

한 모금에 소주를 삼킨 서동수가 아직도 곤두선 남성의 끝에 소주잔을 뒤집어씌웠다. 그것을 본 오정미가 소리 내어 웃었다. 맑은 웃음소리가 바다 쪽으로 날아간다.

꼭 몸이 부딪쳐야 뜨거워지는 것이 아니다. 오정미가 그것을 모르겠는가?

서동수의 말을 또박또박 받아 넘기는 것이 그 증거다. 소주를 두 병 마셨을 때 둘의 분위기는 고조되었다. 서로의 알몸을 거침없이 보면서 웃음이 헤퍼졌다. 특히 오정미의 들뜬 웃음이 자주 일어났다. 술을 마시고 나면 꼭 서동수가 술잔을 남성 끝에 덮어씌웠고 오정미도 따라서 ‘모자’를 씌웠다. 주위는 이미 어두워졌다. 밤바다에 오징어잡이배가 여러 척 떠 있었는데 그것이 축제의 불꽃 같다.

“앤 죽지도 않아.”

마신 술잔으로 모자를 씌우면서 오정미가 말했을 때다. 서동수는 손을 뻗어 오정미의 샘에 손가락을 넣었다. 갑작스러운 행동이었고 마침 오정미가 다리를 벌린 상태였다. 서동수는 자신의 손가락이 뜨거운 샘 안으로 들어간 느낌을 받았다. 샘은 흘러넘칠 정도다.

“자. 잔디밭에서 한번.”

서동수가 일어서는 바람에 모자가 벗겨졌다. 몸을 비튼 오정미가 잔디밭 쪽으로 뒷걸음질을 치면서 머리를 저었다.

"싫어, 여기선."

"이리 와."

몸을 돌린 오정미가 알몸으로 두어 발짝 뛰었지만 금방 서동수에게 어깨가 잡혔다. 몸을 비튼 오정미가 다시 옆으로 뛰다가 서동수가 발을 거는 바람에 잔디밭 위로 넘어졌다.

"아야."

오정미가 비명을 질렀지만 엄살이다. 서동수는 오정미를 덮어 눌렀다. 어둠 속에서 두 알몸이 잔디밭 위를 뒹굴었다.

그러나 순식간에 오정미를 제압한 서동수가 깔고 앉았다. 두 다리를 거칠게 벌렸을 때 오정미가 다시 비명을 질렀다.

"아유, 등이 따가워!"

서동수의 남성이 골짜기 위에 붙었다. 오정미는 뱀에 잡힌 쥐처럼 순식간에 굳어졌다. 가쁜 숨소리가 잔디밭 위를 덮는다. 그 자세에서 오정미가 헐떡이며 말했다.

"세게 해줘."

그 순간 서동수의 남성이 거칠게 진입했다. 뜨거운 용암 속으로 뛰어든 것이다.

"아악."

입을 딱 벌린 오정미의 외침이 잔디밭 위에 울려 퍼졌다.

"아이고, 여보."

잔디밭에 단단히 두 발을 디딘 오정미가 허리를 솟구치면서 소리쳤다.

"나 죽어!"

머리를 숙였던 서동수는 짙은 땅 냄새를 맡는다. 풀 냄새가 섞인 땅의 냄새다. 맵고도 싱그러운 땅 냄새를 맡으면서 서동수는 거칠게 움직였다. 대지는 단단하다. 오정미의 비명 같은 탄성이 계속해서 울리고 있다. 서동수는 오정미의 허리를 비틀어 자세를 바꾸었다. 오정미가 익숙한 동작으로 잔디밭 위로 납작 엎드린다. 이제는 따갑다는 소리가 쏙 들어갔다. 얼굴 한쪽을 잔디 위에 붙였고 납작 엎드린 채 엉덩이는 추켜올렸다.

"아아악."

잔디에 대고 뱉는 오정미의 신음이 다시 울렸다. 오정미도 이제 잔디 냄새를 맡고 있을 것이다. 앞으로 뻗은 오정미의 두 손이 잔디를 쥐어뜯고 있다. 서동수는 오정미의 풍만한 엉덩이를 두 손으로 움켜쥐었다.

"아아, 여보! 여보!"

오정미가 엉덩이를 흔들면서 소리쳤다.

거친 행동이어서 리듬이 맞지 않는다. 터지려는 것이다. 일찍 터지는 느낌이 들었지만 서동수는 잠자코 오정미에게 맞췄다. 땀 냄새를 맡았기 때문일지도 모른다. 그 순간 오정미가 비명을 지르며 터졌다.

"아유 너무 좋아."

알몸으로 사지를 큰 대자로 벌린 오정미가 잔디밭에 누워 하늘을 보았다. 아직 목소리에 열기가 띄워져 있었지만 밝다. 몸을 굴린 오정미가 서동수의 팔에 머리를 베고 안긴다.

"자기하고 그거 끝나면 몸이 가벼워져."

"말도 안 되는 소리."

밤하늘의 별을 보면서 서동수가 쓴웃음을 지었다.

"지난번에는 거기가 무거워져서 발을 떼기도 힘들다고 했으면서."

"내가 언제?"

오정미가 손을 뻗어 서동수의 남성을 감싸 안았다. 남성은 이제 늘어져 있다.

"쌌어?"

"응."

"난 정신없어서 몰랐어."

서동수가 오정미의 어깨를 감싸 안으면서 물었다.

"나한테 할 이야기가 있다고 했지?"

"참."

몸을 바짝 붙인 오정미가 남성을 감싸 쥔 채 말을 이었다.

"자기 전처 말이야. 사업하는 사람하고 재혼했지?"

"그랬지."

"임신했대."

"당연하지."

어느새 오정미가 조몰락거리던 남성이 단단해져 있다. 밤바람이 둘의 몸 위를 훑고 지나갔다. 섹스를 마치고 씻지도 않았지만 바람결에 다 씻겨진 것 같다. 오정미가 말을 이었다.

"궁금해서 애들 시켜서 조사해봤어. 그랬더니 박서현은 임신 5개월이래"

"씨발년이 식 올리기도 전에 애 만들었구만, 선수네."

"남편은 자동차 부품 공장을 하는데 일감이 끊겨서 부도 직전이야."

"잘됐다."

"남편을 좋아하나 봐, 박서현이 친정집을 담보로 5억을 빌려서 갖다 줬어."

"얼른 부도가 나야 되는데."

"그 여자, 참, 남편 복이 없지?"

"맞아."

했다가 서동수가 머리를 돌려 오정미를 보았다. 별빛을 받은 눈동자가 반짝였다.

"너, 나까지 포함시켜서 말한 거냐?"

아니, 그게 아니고."

오정미의 얼굴에 웃음이 떠올라 있었으므로 서동수는 몸을 세워 오정미의 몸 위에 올랐다. 놀란 듯 오정미가 눈을 크게 떴다.

"또?"

"네가 세워놓았잖아?"

"이번에는 천천히, 여보, 아깐 너무 정신이 없었……."

말을 잇지 못한 오정미가 입을 딱 벌렸다. 서동수가 들어갔기 때문이다.

"아이구 아파."

오정미가 비명을 질렀지만 샘 안은 아직도 젖은 상태여서 적당했다. 두 다리로 서동수의 하반신을 감아 안은 오정미가 헐떡이며 말했다.

"자기야, 화내지 마."

서동수가 거칠게 허리를 움직였으므로 말을 잇지 못한 오정미의 입에서 신음이 터졌다.

"아, 아, 아파."

다시 잔디밭 위에서 둘의 거친 몸부림이 시작되었다. 비명 같은 쾌락의 탄성이 허공으로 솟아올라 별에 부딪쳐서 산산조각이 되어 흩어지는 것 같다. 서동수는 집중했지만 머릿속에 떠오른 박서현의 영상이 지워지지 않는다. 참 복이 없는 여자라는 생각이 들었다가 문득 가슴이 서늘해진다. 나한테도 책임이 있을 것이다. 그러나 그런 식으로 따지면 한도 끝도 없지 않겠는가? 오정미의 신음이 점점 더 높아졌고 움직임도 격렬해졌다. 또 빠르다.

김대영 전무의 전화가 왔을 때는 중국으로 돌아온 지 닷새가 되던 날 오후다. 사무실에서 서동수가 전화를 받았다.

"난데, 서 사장."

김대영이 그렇게 운을 떼었다.

"예, 전무님."

긴장한 서동수의 귀에 김대영의 말이 이어졌다.

"회사에서 결정을 했어. 1년간만 에이전시 역할을 맡기기로 말이야. 하지만 서 사장의 계획서는 조금 수정되어야겠어."

"아아, 예."

"동의하면 계약을 하겠네."

"알겠습니다. 곧 연락드리겠습니다."

전화기를 내려놓은 서동수가 심호흡을 두 번이나 했다. 계약은 된 것이나 같다. 왜냐하면 동양그룹의 조건을 받아들일 것이기 때문이다. 본래 서동수는 에이전시 역할을 하는 조건으로 연간 5,000만 불의 물량을 중개하겠다고 했던 것이다. 그리고 중개 수수료는 3%였다. 그런데 동양 측은 6,500만 불에 2%로 하자는 것이다. 하지만 건드리지 않은 부분도 있다. 지역이다. 서동수는 중국을 포함한 아시아 지역의 에이전시를 요청한 것이다. 몸을 돌린 서동수가 바로 뒤쪽 벽에 붙여진 세계지도를 보았다.

아시아 지역을 붉은 선으로 표시해놓았는데 인도와 중동, 카자흐스탄과 몽골, 아래쪽으로는 동남아 전역까지 이어졌다. 물론 동양그룹은 각국에 현지법인이 있는데다 직접 거래하는 바이어들을 확보한 상태였고 지금도 밤낮으로 영업팀이 시장을 체크하고 있다. 그들은 정규군이나 같다. 지도를 응시한 서동수의 얼굴에 희미하게 웃음기가 떠올랐다. 2년 전에는 자신도 그중 하나였던 것이다. 이제 에이전시 계약이 되면 자신은 비정규군이 된다. 다르게 표현하면 쓰레기 청소부, 매너리즘에 빠진 정규군이 찾지 않은 골목 안 상점까지 뒤지며 내란이 일어났거나 테러가 빈번한 위험지역도 쑤시고 들어가 오더를 만들어올 것이다. 사고가 난 제품을 처리해주는 것도 업무 중 하나가 될 것이다. 70년대, 80년대에는 한국 상사원 대부분이 그렇게 일했다지만 지금은 전설이 되었다. 고급제품을 고급시장에 팔아 높은 이윤을 내는데 굳이 그럴 필요까지는 없다. 그리고 40년 전과 비교해서 한국 상사원 목숨 값이 몇 십 배로 뛴 것도 그 이유 중 하나가 될 것이었다.

"나, 나갔다 올 테니까."

자리에서 일어선 서동수가 이인섭에게 말했다. 이인섭이 시선을 받은 서동수가 얼굴을 펴고 웃었다.

"내가 앞으로 출장이 많아질 거야, 섬유는 네가 맡아야 될 것 같다."

"네? 열심히 하겠습니다만."

복도로 따라 나온 이인섭이 조심스럽게 물었다.

"무슨 일이 있습니까?"

"며칠 후에 이야기하지."

이인섭에게는 에이전시 이야기를 하지 않은 것이다. 독립해서 섬유사업에만 치중할 생각은 없었던 서동수다. 따라서 한영복과 함께 올인할 이유도 없었던 것이다. 머리를 돌린 서동수가 이인섭을 보았다. 이인섭은 의욕적이다. 업무능력이 뛰어났고 하나를 가르치면 셋까지 넘겨짚는 성품이어서 리베이트에 손을 대었다가 데였던 것이다.

"지역별 매장 계획을 세우고 너도 네 와이프 이름으로 매장을 운영시키도록 해봐. 이건 지분 형식이다."

이인섭이 숨을 들이켜는 소리가 났다. 직원들에게 미끼를 던지는 방법은 스스로 체득해야 된다.

서동수의 의류 브랜드는 5개, 물론 한영복과 분가한 후에 개발한 진영아의 작품이다. 브랜드 소유권은 서동수가 쥐고 있었지만 진영아는 착실하게 제품 이미지를 고양시켰다. 소량 다품종 생산 방식을 원칙으로 했고 서동수는 매장 또한 소형화시켜서 여러 곳으로 분산시키는 방법을 택했다. 그러나 고급 이미지는 지키도록 해서 선전효과를 노렸다. 동양그룹과 에이전시 계약을 맺은 지 한 달쯤 지났을 때 서동수는 쿠웨이트에서 구형 휴대폰 1만 개를 팔았다. 동양전자에 쌓여 있던 재고를 처리해준 것이다. 재고 가격은 기준이 없어서 상황에 따라 조정이 되고 많이 사가면 가격도 내려간다. 수시로 신제품이 나오는 터라 시간이 지날수록 재고품 가격이 떨어져 부르는 게 값인 경우도 있다. 그러나 서동수는 부가세를 포함한 생산가에 15% 마진까지 붙여 팔았기 때문에 회사 측의 신임을 받았다. 서동수의 사무실로 정재민이 찾아왔을 때는 서동수가 중동 출장에서 돌아온 다음날이다.

"어유, 대단하네."

쇼룸부터 둘러본 정재민이 탄성을 뱉었다. 이제 서동수의 회사는 국제빌딩의 5층 200평을 사용하고 있다. 그중 100평이 전자제품과 의류의 전시장이었고 사무실 앞에는 '동양그룹 아시아 에이전시' 라는 간판이 붙여져 있다. 그러나 사원은 이인섭을 포함하여 여전히 셋, 서동수까지 넷이다.

"사무실이 너무 커."

사장실로 들어선 정재민이 말했다. 사무실에는 마침 이인섭이 출장중이어서 여직원 둘이 분주하게 전화를 받고 있을 뿐이다.

"커피 마실 거야?"

커피포트를 집어 들고 서동수가 묻자 정재민이 소파에 앉으면서 웃었다.

"아, 커피까지 직접 주시려고? 좋아."

정재민이 만나자는 연락이 왔을 때는 일주일쯤 전이다. 그때는 요르단 암만에 있었을 때여서 오늘로 약속을 한 것이다. 오후 3시가 조금 넘었다. 정재민 앞에 커피잔을 내려놓은 서동수가 앞쪽에 앉으면서 물었다.

"뭐, 그 생각이 나서 만나자고 한 것은 아니겠고, 용건부터 듣자."

"박세영이 이야기 들었지?"

정재민이 묻자 서동수는 머리만 끄덕였다. 15일쯤 전에 박세영도 한영복과 갈라섰다. 서동수가 떠난 후에 한영복이 직접 업무상대가 되다 보니 수시로 마찰이 일어난 것이다. 조직사회를 겪지 못한 인간은 상하관계의 한계와 영역을 모른다. 월권은 상관의 영역을 건드리는 것뿐만이 아니다. 하급자의 업무까지 상관하는 것도 월권이다. 한영복은 공장에서만 자수성가한 인물이어서 조직의 생리에 어두웠을 것이다. 정재민이 지그시 서동수를 보았다. 눈에 교태가 섞여져 있는 것처럼 느껴졌다. 이윽고 정재민의 입이 열렸다.

"세영이가 나한테 합작사업을 하자는 거야, 투자하라는 것이지."

서동수의 시선을 받은 정재민이 빙긋 웃었다.

"그래서 조사를 했어. 박세영과 함께 동업을 했던 한영복, 그리고 자기까지."

"……."

"그랬더니 답이 나오더군. 세영이는 가게 두어 개만 하면 돼. 더 이상은 무리야. 한영복 씨는 공장 운영만 하면 되겠더군. 그것이 한계야."

"……."

"내가 내 재산을 어떻게 불려나간 줄 알아? 분수를 지켰고 철저한 사전조사를 했기 때문이지."

정재민이 정색하고 서동수를 보았다.

"자기하고 동업할 수는 있어."

"동업이야 진즉 시작했지 않아?"

서동수가 시큰둥한 표정으로 말했더니 정재민이 혀를 찼다.

"장난 말고."

"난 동업 안 해."

"그럼 돈 빌려 가. 싼 이자로."

"싫어."

"왜?"

"빌릴 바에는 은행 돈 쓴다."

"왜?"

"내가 정상적인 사업을 하고 있다는 확신을 주니까."

"웃기고 있네."

"지금은 그래."

그때서야 서동수가 얼굴을 펴고 웃었다.

"자금을 만들려고 에이전시 사업을 병행한 거야. 이건 거간꾼 노릇만 잘 하면 중개수수료가 생기니까."

"그래서 의류사업을 키우겠다고?"

"아니. 곧 전자제품 매장, 또 종합매장이 생기겠지."

서동수의 계획 일단이 펼쳐졌다. 잠자코 시선을 주던 정재민이 다시 물었다.

"나한테 매일까 봐서 그래?"

"그것도 있네. 참."

"거꾸로 된 거 아냐? 그런 우려는 내가 해야 되는 거 아니냐구?"

"참. 네가 위에서 하는 거 좋아하지? 잊었다."

"말 돌리지 마."

정색한 정재민이 서동수를 노려보았다.

"200억 빌려줄 테니까 은행이자만 내. 원금은 10년 안에 갚으면 돼."

"싫어."

머리를 저은 서동수가 소파에 등을 붙이고는 길게 숨을 뱉었다.

"배부르면 게을러져. 배고프면 닥치는 대로 삼키게 되고. 적당한 상태가 좋아."

"만일의 경우에도 대비해야지. 바보야."

"글쎄. 너하고 밤에 동업하는 것만으로도 충분하다니까 그러네."

"알았어."

정재민도 소파에 몸을 붙이더니 쓴웃음을 지었다.

"살다 보니 자기 같은 남자도 만나게 되는구나."

"야, 돼지가 안 되려고 그러는 거다. 솔직하게 말하면 목구멍 안에서 손이 나오려는 걸 꾹 누르고 있는 거야."

"나, 프린스호텔에 있어."

정재민이 지그시 시선을 준 채 말을 이었다.

"세영이가 하루에 열 번도 넘게 전화를 하는데 급한가 봐. 내가 여기 와 있는 줄 알면 놀랄 거야."

박세영은 한영복한테서 가게 두 개를 떼어 받고 분가했는데 운영자금이 있을 리가 없다. 제품개발은 뒷전이고 돈 구하는 데 정신이 팔려 있는 것이다.

"걔가 자기하고 나하고 맺어준 은인이기도 한데 말이야."

혼잣소리처럼 정재민이 말했다.

"걘 신용이 없다고 소문이 나서 돈 빌리기가 힘들 거야. 내가 모르고 있는 줄 알지만 아직도 사채 빚이 많아. 제 남자친구한테서도 돈을 빌리고 갚지 않았어."

"돈 이야기 그만."

손바닥을 들어 보인 서동수가 벽시계를 보는 시늉을 했다.

"내가 퇴근하고 바로 네 호텔 방에 갈게. 오늘은 집에 일찍 들어가봐야 돼."

"몇 시에 올 건데?"

"7시쯤."

"같이 저녁 먹을 거야?"

"밥 먹고 뭘 시간이 어디 있어? 바빠 죽겠는데. 홀랑 벗고 기다려."

그러자 정재민이 환하게 웃었다. 흰 이가 다 드러났다.

"아유, 이 남자. 달아오르게 하는 데는 선수야."

오후 6시 반, 곧장 집에 돌아와 미혜하고 놀아주던 서동수는 벽시계를 보고 나서 혼자 침실로 들어왔다. 창가의 의자에 앉은 서동수가 핸드폰을 들고 버튼을 누른다. 발신음이 꽤 오래 울리는 이유도 짐작이 갔으므로 서동수는 차분하게 기다렸다. 이윽고 연결이 되었다.

"여보세요."

박서현이다. 서울은 7시 반, 박서현은 집에서 전화를 받을 것이었다. 임신 5개월, 아니 6개월이 되었나? 요즘은 미혜한테 한 달에 한 번꼴로 전화를 하지만 곧 석 달에 한 번, 애를 낳고는 1년, 2년에 한 번씩으로 늦춰지겠지, 다시 애가 생긴다면 소식이 끊긴다. 그것이 인간사(人間史)다. 서동수의 어머니 말씀이다.

"응, 난데."

발신자 번호를 보고 나서 박서현은 망설였던 것이다. 서동수의 목소리를 들은 박서현이 억양 없는 목소리로 물었다.

"웬일이야? 미혜는 잘 있어?"

"잘 있어, 미혜 걱정은 말고."

"그럼 왜?"

서동수는 의자에 등을 붙였다.

"거기, 네 남편 퇴근했어?"

"글쎄, 왜?"

박서현의 목소리가 차가워졌다.

"빨리 용건을 말해, 나, 밥상 차리는 중이야."

그 순간 서동수의 가슴이 울컥, 했다. 저런 열성으로 차려진 저녁 밥상을 받아본 적이 있었던가? 깊게 숨을 들이켰다가 뱉는 사이에 박서현이 또 입을 놀렸다면 전화를 끊었을지도 모른다. 다행으로 박서현은 기다렸다.

"네 남편 좀 바꿔줘."

"왜?"

놀란듯 박서현의 목소리가 높아졌다.

"미쳤어? 왜 그래?"

"사업문제로 그래, 이 병신아."

마침내 서동수가 욕을 했다. 옛날 같으면 바락바락 대들었겠지만 지금은 전화를 끊을 가능성이 많았으므로 서동수가 서둘러 말을 잇는다.

"네 남편 회사 제품을 중국 자동차 회사에 납품해보려고 하는 거야. 개소리 그만하고 빨리 바꿔."

"뭐?"

'개소리' 라는 말에 다시 열이 올랐던 박서현이 주춤했다. 그만큼 상황이 나쁘다는 증거일 것이다. 다시 서동수는 심호흡을 했다. 저 자식, 정영철은 무슨 재주가 있길래 무능하면서도 박서현에게 저런 보호를 받는가? 물건이 큰가? 아니면 넣고 다섯 시간은 돌리는 놈인가? 그때 박서현이 말했다.

"잠깐만 기다려봐."

그러고는 5분쯤이나 지났을 때 박서현의 새 남편 정영철이 전화를 받았다. 서동수와는 처음 통화다.

"예, 전화 바꿨습니다."

"먼저 결혼, 축하드립니다."

서동수가 그렇게 인사했다.

"아, 예, 감사합니다."

대답하는 정영철의 목소리는 굳어져 있다. 병신, 입술로 중얼거린 서동수가 말을 이었다.

"제가 중국에 있는데 얼마 전에 베이징의 대동자동차 간부를 만날 기회가 있었어요. 그런데 그 친구가 한국 자동차 부품 공장을 소개시켜달라고 해서요."

보나마나 정영철의 귀가 당나귀 귀처럼 되어 있을 것이었다. 연결만 되면 대박이다. 숨을 돌린 서동수의 눈앞에 박서현의 얼굴이 떠올랐다. 웃는 얼굴이다. 저 웃는 얼굴을 언제 보았던가? 너무 오래되어서 기억도 안 난다.

"제가 문자로 주소 보내드릴 테니까 샘플하고 오퍼 보내 주시지요. 빠를수록 좋습니다."

"고맙습니다."

대화가 끝났을 때 정영철이 인사를 했다. 목소리에 진심이 담겨 있는 것 같아서 서동수의 가슴이 따뜻해졌다.

"천만에요. 문득 자동차부품 공장을 하신다는 것이 생각나서요."

"내일 아침에 바로 보내겠습니다. 그런데 수수료는 얼마로……."

"가격에 수수료 10%를 넣으시면 10% 안에서 가격을 절충해보겠습니다.”

“아. 예, 좋습니다.”

정영철의 목소리가 밝아졌다. 어쩔 수 없이 오더를 받고 수수료까지 떼어줄 필요가 없게 된 것이다. 공장을 돌리려고 손해가 나면서도 오더를 받는 경우가 많았는데 바로 그것 때문에 정영철의 회사는 부도 일보 직전이 되었다. 통화를 끝낸 서동수가 응접실로 나왔더니 어머니가 물었다.

“저녁은 밖에서 먹을 거냐?”

“예, 약속이 있어서.”

서동수가 두리번거리자 형수가 말했다.

“미혜는 정미하고 영진이하고 방에서 공부해요.”

형 서민수의 남매까지 같이 사는 터라 미혜는 외로움을 느낄 시간이 없다.

“저, 오늘 출장을 가서요. 내일 아침 일찍 들어올게요.”

뻔하지만 그렇게 말했더니 어머니는 거침없이 대답했다.

“술 많이 마시지 말고 여자 조심해라.”

현관까지 따라오다 형수가 몸을 돌렸고 어머니가 말을 이었다.

“딴 데서 자식은 맹글지 말란 말이다. 나, 미혜 하나만 키울 거다.”

“어머니도, 참, 걱정하지 말라니깐.”

머리칼이 솟는 느낌이 들었으므로 서동수는 서둘러 현관을 나왔다. 오정미한테서 정영철의 공장이 부도 직전이라는 말을 듣고 나서 서동수는 인연을 통해 베이징의 대동자동차 간부와 연결될 수 있었던 것이다. ‘찾으려고 노력하면 길이 보인다.’ 이것이 서동수의 사업정신이다. 정영철을 돕는 것이 박서현을 안정시킬 것이고, 그것이 미혜의 정서에 이롭다는 것이 첫 번째 이유지만 두 번째가 또 있다. 박서현에게 '넌 병신 같은 놈을 만났다' 는 현실을 깨닫게 해주는 것. 그것이 실패한 첫 번째 결혼생활에 대한 위안이 될 것이다.

서동수가 프린스호텔 스위트룸 앞에 섰을 때는 오후 7시 반이다. 벨을 누르자 곧 문이 열렸는데 그 순간 서동수가 숨을 들이켰다. 앞에 선 정재민이 팬티와 브래지어 차림이었기 때문이다.

"들어와."

웃음 띤 얼굴로 정재민이 말하더니 옆으로 비켜섰다.

"쇼 타임이야."

방으로 들어선 서동수의 뒤에서 문을 닫은 정재민이 브래지어를 풀면서 말했다.

"자기도 벗어."

"미쳤구나."

서동수가 얼굴을 펴고 환하게 웃었다.

"그래. 미쳤다."

이젠 팬티를 벗은 정재민이 서동수를 향해 던졌다. 팬티가 서동수의 어깨에 맞더니 걸쳐졌다. 검정색 레이스가 달린 팬티다. 서동수가 팬티를 쥐더니 코에 대고 냄새를 맡는 시늉을 했다.

"나폴레옹은 조세핀하고 만날 때 목욕을 하지 말라고 했어. 이 냄새를 맡으려고."

"이리 와서 맡아, 그럼."

알몸으로 선 정재민이 허리에 두 손을 짚고 서동수를 노려보았다.

"내가 내 몸을 마음 놓고 드러내는 인간은 세상에 자기 하나뿐이야."

"영광이군."

서동수도 옷을 벗으면서 말했다. 정재민의 온몸을 샅샅이 훑어보면서 저고리를, 바지를, 셔츠를, 팬티를 벗어던진다.

순식간에 알몸이 된 서동수가 앞에 선 정재민을 응시했다. 시선이 마주쳤고 잠시 떼어지지 않는다. 그 동안 입도 닫혔으므로 방안에 갑자기 열기 정적이 덮여졌다. 정재민의 알몸은 눈부셨다. 둥근 어깨, 단단하게 솟은 젖가슴, 두 손으로 허리를 짚어서 볼록한 아랫배가 가쁜 숨결에 오르내리는 중이다. 풍만한 엉덩이와 검은 숲, 검붉은 골짜기도 다 드러났다. 정재민의 시선이 서동수의 남성으로 옮겨졌다. 이미 곤두선 남성도 숨결에 따라 건들거리고 있는 중이다.

그때 정재민이 말했다.

"식사 안 했지?"

갑자기 뜬금없는 소리여서 서동수가 눈만 크게 떴더니 몸을 돌린 정재민이 옆쪽 테이블로 다가가 섰다. 서동수는 테이블 위에 놓인 커다란 케이크를 보았다. 흰 생크림으로 만든 케이크다. 그때 정재민이 손을 까닥여 서동수를 불렀다.

"자기야, 거기서 건들거리지만 말고 이리와."

"이런 젠장."

쓴웃음을 지은 서동수가 정재민의 옆으로 다가가 섰다.

"갑자기 케이크는 왜? 케이크 먹고 씨름 하자고?"

그때 정재민의 손으로 케이크를 듬뿍 파내더니 그것을 서동수의 남성에 덮어씌웠다. 금방 남성이 생크림을 뒤집어썼다.

"그래, 케이크 먹자고."

그때서야 정재민의 말뜻을 알아차린 서동수가 입을 벌리면서 소리 없이 웃었다. 서동수도 생크림을 손으로 떠서 알몸인 정재민의 숲에 덮어씌웠다.

"아유 차가워."

차갑지는 않았지만 엄살을 부려 정재민의 두 손으로 크림을 떠서 서동수의 가슴에 문질렀다. 서동수가 뜬 생크림도 정재민의 젖가슴에 덮여졌다.

"얼굴은 하지 마!"

웃으면서 정재민이 몸을 비틀었지만 생크림이 얼굴을 덮어씌웠다. 정재민도 서동수의 얼굴을 덮어씌웠다. 정재민도 서동수의 얼굴에 크림을 문지른다.

"이 색골, 그래서 크림 케이크를 사왔구먼."

크림을 정재민의 엉덩이에 문지르면서 서동수가 웃었다.

"이걸 해보고 싶었어."

크림으로 서동수의 남성을 문지르면서 정재민이 말했다. 순식간에 크림 케이크는 없어졌고 둘의 몸은 흰 크림으로 덮어졌다. 마치 눈 뭉치를 뒤집어쓴 것 같기도 했고 폭탄 파편을 맞은 몰골처럼 보이기도 했다. 그때 서동수가 정재민의 허리를 당겨 안더니 입을 맞췄다. 정재민이 서동수의 목을 감아 감으면서 몸을 붙였다. 크림이 묻은 두 몸이 부딪치면서 미끈거렸다.

"자기야, 나 벌써 흘러."

하반신을 비비면서 정재민이 헐떡였다.

"내 거기 크림 먹어줘."

서동수는 소파 위로 정재민을 밀어 넘어뜨렸다. 가죽 소파 위로 정재민이 넘어지자 서동수는 몸 위로 오른다. 이른바 식스나인 자세, 서동수는 정재민의 숲에 덮인 크림을 핥아 먹기 시작했다. 정재민은 소시지에 묻은 크림부터 빨아먹는 것 같다. 방안을 먹는 소리로 덮어졌다. 크림을 골짜기 안으로 밀어 넣었기 때문에 서동수의 혀가 동굴 안까지 들어갔다.

"자기야."

허리를 치켜세우면서 정재민이 비명처럼 외쳤다. 이미 정재민의 동굴은 흘러넘치고 있는 것이다.

"크림은 나중에 먹고, 해줘."

그러나 서동수는 서둘지 않았다. 단 한 점의 크림도 남기지 않으려는 듯 정성껏 골짜기를 핥는다. 다시 정재민이 소리쳤다.

"그만, 그만, 빨리!"

섹스에 대한 상상은 언제나 가슴을 뛰게 만든다. 상상만으로도 혈액순환을 빠르게 하며 뇌에 희망과 기대감을 심어준다. 몸 전체에 활력을 일으키는 것이다. 정재민은 그 상상을 과도하게 한 것 같다. 생크림 케이크를 사다 놓고 준비를 했으니 다음에는 꿀을 바를 것인가? 서동수는 정재민의 다급한 요구를 듣고 몸 위에 올랐다. 아직 크림을 다 먹지 않아서 둘의 몸은 크림과 침 범벅이 되어 있다.

"그냥 해."

정재민이 헐떡이며 서둘렀다. 손으로 서동수의 남성을 쥐더니 동굴 안으로 끌어들이려고 했다. 허리를 든 서동수가 정재민과 입을 맞췄다.

"빨리."

무릎을 세운 정재민이 허리를 흔들었으므로 서동수가 마침내 얼굴을 떼고 웃었다. 정재민은 더 이상 참지 못하는 상태다.

허리를 편 서동수의 남성이 다시 동굴 끝에 붙여지자 정재민의 몸은 순식간에 굳어졌다. 거친 숨소리도 뚝 그쳤다. 잔뜩 눈을 치켜뜨고는 서동수를 올려다 보았는데 눈동자가 번들거리고 있다. 반쯤 열린 입은 물기에 젖었고 머리칼은 생크림으로 범벅이 되어 있다. 그 순간 서동수의 몸이 진입했다.

"아이구, 엄마."

정재민이 목청껏 소리를 지르면서 남성을 맞는다. 소리 없이 숨까지 참고 첫 진입 순간의 감각을 만끽하려는 사람이 있는가 하면 그 순간 다 터뜨리면서 쾌감을 증폭시키려는 부류도 있다. 정재민은 후자다. 강하게 들어갔다가 천천히, 그러나 무게감을 주면서 빠지는 것이 기본 인사법이다. 들어갈 때보다 나올 때 더 자극을 받는 것이다. 나올 때의 느낌은 온몸이 오그라드는 것 같은 느낌이 들면서 동굴에서 발생한 전류가 발가락과 머리칼 끝까지 번져간다는 것이다.

"아이구, 나 죽어."

이것은 정재민이 부르는 노래다. 세상에서 이만큼 아름다운 천연의 노래가 어디 있는가? 이 노래는 상대의 에너지를 배가시키고 머릿속을 비게 만드는 마술사의 주문이나 같다. 두 쌍의 팔다리가 어지럽게 엉키면서 신음이 더 높아졌다. 허리를 움직이면서 서동수는 정재민의 몸에 남은 크림을 핥는다. 자세를 후배위로 바꾸었고 목덜미에 남은 크림을 먹다가 서동수는 입을 벌려 살덩이까지 물었다.

"죽여!"

납작 엎드리면서 정재민이 절규했다. 누가 여자를 악기라고 했던가? 정재민을 따라 한쪽 무릎을 꿇고 뒤에 붙은 서동수는 꿀구멍을 좇는 한 마리 벌일 뿐이다. 대신 서동수는 정재민의 넓은 엉덩이를 손바닥으로 세게 갈기면서 진입했다.

"아아아."

시트를 두 손으로 움켜쥔 정재민이 엉덩이를 흔들면서 절규했다. 동굴 안 샘에서 흐르는 감로수는 애액이라고 한다. 땀과 비슷한 성분으로 사람에 따라 흐르는 양이 다르다. 정재민의 샘은 넘쳐흐르고 있다. 엉덩이를 빠르게 흔들던 정재민이 이제는 머리를 들더니 초점 없는 눈동자로 서동수를 보았다.

"자기야. 나, 거꾸로……."

새로운 자세다. 성행위의 자세는 기본급으로만 18가지가 있다고 했던가? 서동수는 주저하지 않고 정재민을 침대 옆으로 밀어 거꾸로 세웠다. 그러자 정재민이 두 다리를 가위처럼 벌리더니 서동수를 맞을 채비를 한다. 두 팔은 방바닥을 단단히 짚었고 등을 침대에 붙여 중심을 잡는다. 자세를 잡는 것은 순식간이다. 다음 순간 둘의 몸이 다시 합쳐졌다.

이인섭은 옌타이의 매장 한 곳을 배당받았는데 와이프가 관리인으로 가 있었다. 매장 일에 열성적이어서 개점 두 달 만에 흑자를 기록했고 제2호 매장을 준비 중이다. 부부가 두 집 살림을 하는 셈이었지만 아직 젊다. 이인섭은 전체 매장 관리에 와이프는 옌타이 매장 일에 몰두했다. 오전 10시경, 서동수의 책상 앞으로 다가선 이인섭이 말했다.

"화란이 회사에 사직서를 냈다고 합니다. 그리고 다음 달에 베이징에서 결혼을 한다는데요."

이인섭의 얼굴에 웃음이 떠올랐다.

"조금 전에 전화가 왔습니다. 사장님께 안부 말씀도 전하라고 하는군요."

서동수가 천천히 머리를 끄덕였다. 눈동자의 초점이 멀어져 있다.

"먼저 전화를 걸어주다니, 가슴이 넓은 여자다."

"괜찮은 애입니다."

맞장구를 쳤던 이인섭이 힐끗 서동수의 눈치를 보았다. 그때 서동수가 말했다.

"화란하고 통화 해야겠다."

"지금 말씀입니까?"

놀란 이인섭이 묻자 서동수는 머리만 끄덕였다. 주머니에서 핸드폰을 꺼낸 이인섭이 버튼을 누르더니 귀에 붙였다.

잠시 후에 이인섭이 송화구에 대고 말했다.

"어, 사장님이 너하고 통화하고 싶으시다는 거야. 받아봐."

중국어였지만 서동수는 다 알아들었다. 다시 이인섭이 말했다.

"네 이야기를 전했더니 그래, 지금 내 앞에 계셔. 받아 봐."

서동수는 이인섭이 건네준 핸드폰을 받아들고 숨을 골랐다.

"화란, 오랜만이구나."

그렇게 말하자 앞에 선 이인섭이 몸을 굳혔다. 중국어였기 때문이다.

"네."

화란이 대답은 했지만 어리둥절한 것 같다. 당연히 영어가 나올 줄 알았기 때문일 것이다. 다시 서동수의 중국어가 이어졌다.

"먼저 결혼 축하한다. 넌 잘 살 거야. 그리고 내가 회사 그만둘 때 너한테 이야기를 못하고 떠나서 미안하다."

이제 화란은 듣기만 했는데 기가 막혔는지 숨소리도 들리지 않는다. 서동수의 시선이 이인섭에게로 옮겨졌다. 이인섭 앞에서 이렇게 중국어를 쓰는 것도 오늘이 처음이다. 회사 여직원한테도 지금까지 영어를 썼기 때문이다. 이인섭은 몸을 굳힌 채 눈만 끔벅이고 있다. 그러나 머릿속은 맹렬하게 움직일 것이다. 서동수가 말을 이었다.

"시간 있으면 회사 놀러오도록 해. 이 부장도 있으니까 말이야. 참, 어떠냐? 내 중국어 실력이?"

"그랬군요."

화란의 차분한 목소리가 들렸다. 이제는 화란도 중국어를 쓴다.

"중국어를 알고 계셨군요, 보스."

"미안해, 배우고 있어서 내놓고 자랑하기가 어색했다."

"제가 호 사장하고 하는 이야기를 들으셨군요."

화란의 목소리에 웃음기가 띠어 있었으므로 서동수의 가슴도 가벼워졌다.

"우연히 들은 거야."

"제가 잘못했어요, 보스."

"내 탓도 있어. 너무 지저분한 모습만 보여서 그래, 너희들한테 비전을 심어주었다면 그렇게 되지 않았을 거야."

"보스가 존경스러워요."

화란의 목소리가 가라앉아 있다.

"회사 잘되시기를 진심으로 빕니다. 보스."

"회사에 한번 놀러와."

서동수의 눈앞에 화란의 알몸이 떠올랐다. 신음소리도 들린다. 바로 엊그제 일 같다.

"나도 매장을 줘."

일주일 동안이나 프린스호텔 스위트룸에 머물던 정재민이 떠나는 날 아침에 서동수에게 말했다. 그 동안 정재민은 시장조사차 옌타이와 베이징까지 다녀왔는데 서울에서 김 전무라는 중년 사내를 불러 동행했다. 정재민의 보좌역 겸 비서 역할을 하는 것 같은 사내였다. 가운 차림의 정재민이 룸서비스로 시킨 커피를 마시면서 말을 이었다.

"김 전무도 투자가치가 있다고 했어. 이건 비즈니스야. 베이징과 상하이 매장 20개의 지분 50%를 갖는 조건으로 100억을 낼게. 자기는 자본금이 넉넉해져서 좋고 매장 확장으로 선전효과가 생길 테니까 일거양득이야. 아니, 나 같은 자본가가 참여했다는 것까지 일거삼득이지."

정재민이 맨발로 테이블 밑의 서동수 허벅지를 간질였다.

"그리고 가끔 나 같은 미인 꿀도 빨아먹고. 일거사득 아냐?"

"호사다마라고 했어."

"내가 이젠 자기 잘 알아. 나는 동업자가 아냐. 자회사 지분을 몇 개 가진 주주일 뿐이지."

"……."

"계약서 쓰고 공증을 받아도 돼. 이 남자야."

정재민의 발가락이 서동수의 남성을 긁고 있다. 눈을 흘긴 정재민이 말을 잇는다.

"이 물건처럼 솔직해져보라구. 이놈은 벌써 일어서서 바지 밖으로 나오고 싶어하잖아?"

"좋아. 하자."

불감청이언정 고소원이다. 이런 조건이면 미룰 필요가 없는 것이다. 여유가 일어난 서동수가 의자에 등을 붙이면서 말했다.

"설마 한 달에 세 번은 꿀 목욕을 한다든가 가위치기 섹스를 한다는 조건을 붙이지는 않겠지?"

"참, 그래야겠구나."

정재민이 이를 드러내고 환하게 웃었다. 시장조사를 엄격하게 하고 나서 제의를 했을 것이다. 그 동안 겪어본 바에 의하면 정재민은 절대로 위험을 무릅쓰고 투자를 하는 성품이 아니다. 주식보유 내역을 얼핏 들은 적이 있었는데 안정된 대기업 주식을 장기간 보유한 채 조금도 흔들리지 않았다. 멀리 내다보고 있다는 증거였다.

"오늘은 참겠어."

서동수의 사타구니에서 발을 떼며 정재민이 말했다.

"계약을 하는 날이니까 사적 행동은 미뤄야겠어. 부정 탈지도 모르니까."

"난 기념으로 하고 싶었는데."

서동수가 지그시 시선을 주면서 말을 이었다.

"네 샘에다 꿀을 넣고 말이야."

"아유. 난 그거 앞으로 안 해."

다시 웃음을 띤 정재민이 자리에서 일어서며 말했다.

"나중에 씻어도 찜찜해. 그곳이."

따라 일어선 서동수가 정재민의 어깨를 두 손으로 쥐더니 끌어안았다.

순순히 가슴에 안긴 정재민의 이마에 입술을 붙이고 난 서동수가 귓불을 입술로 물었다.

"난 오늘 저녁에 베이징에 들렀다가 미얀마로 간다."

"서류는 김 전무가 오전에 준비해 올 거야. 우선 사인하고 공증은 서울에 와서 하면 되겠네."

두 팔로 서동수의 허리를 감아 안은 정재민이 말을 이었다.

"돈은 내일이라도 가져가."

아직 자금이 급하지는 않았지만 서동수에게는 천상의 옥음(玉音) 같은 말이었다. 그러나 항상 대비해야 되는 것이 기업인이다. 아직 풋내기였지만 서동수는 일희일비하지 않았다.

베이징의 대동자동차는 중국 자동차업체 순위 3위로 떠오르는 태양에 비유될 만큼 성장 속도가 빠른 기업이다. 대동자동차는 한국의 동양전자로부터 자동차용 컴퓨터 부품을 수입해왔기 때문에 서동수가 전자 팀장으로 근무할 때 알고 지낸 간부가 많다. 서동수가 정영철에게 대동자동차 간부를 '우연히' 만날 기회가 있었다고 한 것은 거짓말이다. 일부러 연락을 해서 두 번이나 찾아가 만난 것이다. 정영철이 오퍼와 샘플을 보낸 후에도 수입담당 간부 위광(衛光) 이사에게 두 번이나 전화를 한 후에 오늘 세 번째 만난다. 베이징 이화원 근처의 중식당 안이다. 오후 7시 반, 서동수는 정재민과 계약을 마치고 베이징으로 날아왔다. 위 이사는 술이 세었고 서동수가 전자 팀장이었을 때부터 호흡이 맞았다. 좀처럼 속을 드러내지 않는 성품이었지만 일단 가슴을 열자 제 처제까지 불러내어 서동수 옆에 앉혔던 위광이다. 40대 중반의 위광은 미국 유학파 엘리트였지만 사고는 동양적이다. 어른을 공경하고 신의를 지키며 등소평을 존경했다. 요리와 함께 60도짜리 백주를 시켜놓고 둘은 밀실에 마주 앉았다. 서동수가 전에는 영어를 썼지만 지금은 중국어를 쓴다.

"형님, 도어가 되겠습니까?"

술잔을 권 서동수가 묻자 위광이 눈을 가늘게 뜨고 보았다. 둥근 얼굴이 이미 붉게 달아올라 있다.

"아우, 자동차부품 오퍼까지 가다니, 너무 사업 영역을 벌이는 것 아니냐?"

"예, 그렇긴 합니다."

쓴웃음을 지은 서동수가 벌컥이며 물잔에 담긴 백주를 다 마시고 내려놓았다. 지금 석 잔째 마셨다.

"공장 사장이 성실합니다. 아마 형님이 시킨 대로 품질, 생산기일, 기타 조건을 맞춰줄 겁니다."

"경쟁업체가 많아, 서로 우리 하청공장이 되려고 야단이야."

"품질은 우수한데 영업 경쟁에서 밀렸습니다. 한국 근대자동차 하청을 했던 회사입니다. 형님."

위광의 잔에 술을 따른 서동수가 말을 이었다.

"이것으로 형님과 인연을 다시 맺도록 해주십시오."

"신우기계가 영업담당을 잘 채용했군."

쓴웃음을 지은 위광이 지그시 서동수를 보았다. 신우기계는 정영철의 회사명이다.

"아우는 신우기계에서 수수료 얼마를 먹나?"

"가격에 10프로를 넣으라고 했습니다. 형님이 받으신 오퍼는 수수료

10프로가 포함된 금액입니다."

정직하게 털어놓았다. 머리를 끄덕인 위광이 다시 물었다.

"신우기계 사장, 믿을 만한 놈이냐?"

"제 전처의 남편이올시다."

놀란 듯 눈만 크게 뜬 위광을 향해 서동수가 웃어보였다.

"그년은 그놈하고 재혼한 지 넉 달쯤 되었습니다. 그런데 벌써 그놈 아이가 뱃속에 다섯 달째 자라고 있다는군요."

"……."

"그년하고 사이에 일곱 살짜리 딸이 하나 있는데 제가 키우고 있습니다. 결혼해야겠으니 데려가라고 해서 제가 지금 데리고 있습니다. 형님."

"……"

"그런데 소문을 들었더니 그놈 회사가 부도 일보 직전이라고 하네요. 그년은 부도를 막으려고 제 친정집까지 담보로 잡혀 돈을 밀어 넣었는데도 오더가 없어서 부도가 나려고 한다는군요."

그때 위광이 백주병을 들어 서동수의 잔에 술을 따르며 말했다.

"아우. 한 잔 마시고 이야기하자."

정영철이 베이징에 도착한 것은 다음 날 오후 6시쯤이다. 약속 장소인 이화원 근처 중식당으로 들어선 정영철은 김 이사라는 공장장과 동행이었다. 위광과 서동수는 먼저 와 기다리고 있었는데 모두 초면이다. 서동수도 정영철과는 처음 만나는 것이다. 인사를 마친 넷은 원탁에 둘러앉았다. 정영철은 서동수와 동갑인 35세였지만 더 어려 보였다. 피부가 희고 가는 체격이어서 귀공자 분위기다. 정영철의 신우기계는 아버지가 세운 회사로 장남인 그가 물려받은 지 3년이 되었다고 했다. 방안의 분위기를 이끄는 사람은 물론 위광이다. 종업원을 불러 요리와 술을 주문하고 여종업원에게 농담을 해서 웃게 만든 위광의 처신은 노련했다. 물론 위광은 유창한 영어를 썼고 정영철과 김 이사는 알아들었다. 정영철은 어젯밤 오더가 되었다는 서동수의 전화를 받은 것이다. 어젯밤의 통화는 직접 정영철의 핸드폰으로 했기 때문에 박서현을 통하지 않았다. 종업원이 나가고 방에 넷이 되었을 때 위광이 가방에서 서류를 꺼내더니 정영철에게 내밀었다.

"오더 디테일이오. 보시오."

위광이 서동수에게도 한 부를 나눠 주었다. 서류를 편 서동수가 숨을 들이켰다. 물량이 예상 이상이었던 것이다. 12가지 부품에다 각각 1만 개에서 10만 개까지의 수량, 금액은 50만 불에서 200만 불대까지 다양했다. 총액은 1,250만 불, 130억 원이 넘는 금액이다. 머리를 든 서동수가 정영철을 보았다. 정영철의 얼굴이 붉게 상기되어 있다. 눈이 번들거리고 있는 것은 물기가 배어 나왔기 때문일 것이다. 납기일은 3개월, 그러나 이 오더의 신용장만 갖고 들어가면 신용보증기금의 보증으로 당장 50억 원은 대출이 될 것이다. 그러면 만세 삼창이다. 더구나 가격이 오퍼가격 그대로가 아닌가? 서동수에게 줄 10% 커미션, 13억 원이 아깝지 않다. 신우기계는 25% 마진을 포함시켰기 때문이다. 그때 위광이 물었다.

"어떻습니까? 납기를 지킬 수 있습니까?"

"물론입니다."

정영철이 대번에 대답했는데 목소리가 떨렸다. 옆에서 오더시트를 훔

쳐본 공장장도 커다랗게 머리를 끄덕이며 거들었다.

"2개월 안에도 가능합니다."

"품질검사를 통과해야 됩니다."

다시 위광이 말하자 둘은 동시에 대답했다.

"자신 있습니다."

그러자 의자에 등을 붙인 위광이 말을 이었다.

"이번 오더가 사고 없이 진행되면 계속해서 추가 오더를 드리겠소. 그리고 우리 대동자동차의 전문생산공장으로 추천해드릴 수도 있소."

"감사합니다."

이제는 얼굴이 하얗게 굳어진 정영철이 깊게 머리를 숙였다가 들었다.

"최선을 다하겠습니다."

"내일 오전에 회사에 오시오. 정식으로 계약서에 서명합시다."

"예, 이사님."

"모두 여기 있는 서 사장이 애를 썼기 때문이오."

위광이 옆에 앉은 서동수를 눈으로 가리키며 말했다. 그 순간 가슴이 덜컥 내려앉은 서동수가 숨을 삼켰다. 혹시나, 하고 걱정했던 장면이 실현될 것 같았기 때문이다. 정영철의 시선을 받은 위광이 말을 이었다.

"서 사장이 여러 번 나를 찾아와 오더를 부탁했소. 신우기계가 훌륭한 회사라고 선전했습니다. 정 사장도 믿을 만하고 능력이 뛰어난 분이라고 하더군요."

위광의 가늘어진 눈이 짓궂게 느껴졌다. 다행히 전처의 남편 이야기는 꺼내지 않았다.

이렇게 아름다운 여자는 처음이다. 그 동안 수천, 수만 명의 미인을 보았어도 그렇다. 신(神)은 끝없이 새로운 미인을 창조해 내시는 것이다.

"네 이름이 뭐냐?"

서동수가 중국어로 물었지만 대답은 영어로 돌아왔다.

"낸시예요."

아가씨한테서 감미로운 향내가 맡아졌다. 성적 감동을 일으키는 향수가 있다고 했던가? 이곳은 중식당 근처의 특급 룸살롱 안이다. 저녁을 먹은 후에 넷은 이곳으로 자리를 옮겼는데 물론 서동수가 초청했다. 서동수가 이제 영어로 물었다.

"낸시, 네 고향은?"

"베이징."

꽃잎 같은 입술에서 거짓말이 술술 나왔다. 아마 북방의 작은 도시나 시골일 것이다. 이런 얼굴, 엉덩이가 위로 붙은 몸매는 서북쪽 몽골 근처 혼혈인 사이에서 많이 보인다. 앞쪽 위광은 이미 여자를 끌어안고 귓속말을 나누는 중이었다. 그러나 정영철과 공장장은 이곳에 들어올 때부터 바짝 굳어져 있다. 룸살롱 문화는 한국이 중국에 퍼뜨렸다. 10여 년 전만 해도 중국에서 감히 룸살롱 간판을 달지 못하고 '가라오케' '가요주점' '노래방' 등으로 때웠다가 지금은 개방이 되었다. 그 당시에는 룸살롱 손님 대부분이 한국인으로 중국인 전용 클럽은 팁까지 쌌는데 지금은 역전이 되었다. 특급 룸살롱의 주 고객이 중국인으로 바뀐 것이다. 이곳 팁값은 보통 룸살롱의 다섯 배인 1,000위안이다. 서동수가 낸시의 허리를 당겨 안았다. 가는 허리가 팔 안에 들어왔고 상반신이 닿았다.

"어떠냐? 오늘 밤 2차 나갈 테냐?"

“그럼요.”

낸시가 나긋나긋한 목소리로 대답했다. 어느새 가는 손가락이 서동수의 사타구니를 쓸어 올리고 있다. 서동수가 나머지 한 손으로 낸시의 젖가슴을 주무르며 말했다.

“정 사장님, 즐기시지요. 그러시면 손님 분위기가 깨집니다.”

“아아. 예.”

놀란 정영철이 옆에 앉은 아가씨의 허리를 당겨 안았는데 호흡이 맞지 않았다. 잔에 얼음을 넣던 아가씨의 몸이 비틀려졌다. 중식당에서 백주를 석 잔 마신 터라 서동수의 컨디션은 좋은 편이다. 술기운이 적당하게 배어 있는 상태다.

“오늘은 제가 쏠 테니까 2차까지 가시죠. 애들 2차 값은 꽤 비쌉니다. 5,000원은 줘야 됩니다. 제가 다 내지요.”

5,000원은 5,000위안이다. 한화로 100만 원 가깝게 되는 것이다. 놀란 듯 정영철의 얼굴이 굳어졌다.

“아닙니다. 저기 서 사장님.”

서동수의 시선을 받은 정영철이 말을 이었다.

“여기 카드 되지요?”

“아, 그럼요.”

“저기, 2차 값까지 카드 계산할 수 없을까요? 제가 현금을 준비 안해서요.”

“아, 제가 낸다니까요.”

낸시의 젖가슴에서 손을 뺀 서동수가 앞에 대고 흔들었다.

“제가 다 낼 테니까 그냥 2차 가세요. 공장장님까지 말입니다.”

둘 다 모델 같고 배우 같은 아가씨들을 끼고 있었지만 꿔다놓은 보릿자루다. 서동수가 정색하고 정영철을 보았다.

"저 양반하고 넷이 같이 오입하십시다. 빠지면 좀 실례가 되지 않겠습니까? 더구나 정 사장님이 오늘의 주인 격이신데 말입니다."

그냥 술만 마시고 헤어질 수도 있었지만 말 하다 보니 정영철을 오입시켜주고 싶은 충동이 일어났다. 동서 간에 오입 한번 같이 해보자.

"아우, 저 친구 오입시켜 줄 건가?"

위광이 웃음 띤 얼굴로 물었다. 물론 중국어다. 오후 10시 반, 파티가 끝나고 서동수는 밖에 나가 계산을 하고 돌아온 참이었다.

"예, 형님, 계산 다 했습니다."

위광과는 오입을 같이 한 사이여서 부담이 없다. 자리에 앉은 서동수가 중국어로 말을 이었다.

"하지만 형님, 저는 오늘 안 하렵니다."

"아니, 왜?"

여자들은 옷을 갈아입으러 나갔고 방 안에는 넷뿐이다. 정영철과 공장장은 시선만 주고 있다. 외면한 서동수가 말했다.

"이 사람만 시켜주렵니다, 형님."

"한다고는 그래?"

"내키지 않는 것 같지만 어쩔 수 없이 오입하려는 것 같습니다."

"부인을 배신하게 만드는군, 아우가."

"예, 곱게 놔둘 수가 없네요."

"그런데도 사업은 도와준단 말이지? 인간 심리는 이해 불가야."

"제가 이놈한테 제 여자를 빼앗겼다는 선입견이 남아 있는 것 같습니다."

"이해하네."

머리를 끄덕인 위광이 정색했다.

"아우는 인간적이야. 솔직해, 그래서 내가 아우를 좋아해."

"고맙습니다. 형님."

말을 그친 서동수가 머리를 돌려 정영철을 보았다. 정영철의 술기운으로 붉어진 눈을 본 서동수는 얼굴을 펴고 웃었다. 정영철은 중국어를 모른다. 안다면 안색이 변했을 것이었다.

"방금 이번 오더가 잘되면 연속 오더가 될 것이라는 구두 약속을 받았습니다. 위 이사님한테 고맙다는 인사를 하시지요."

서동수가 말하자 정영철이 자리에서 일어섰고 공장장도 따라 일어섰다.

"감사합니다. 최선을 다하겠습니다. 결코 실망시켜 드리지 않겠습니다."

정영철이 영어로 또박또박 말하자 위광이 얼굴을 펴고 웃었다.

"기대하겠소."

영어로 대답한 위광이 서동수를 보았다.

"아우가 다른 이야기를 한 것 같군."

그때 지배인이 들어오더니 서동수에게 호텔 방 키 네 개를 건네주었다. 키에는 번호가 적혀진 작은 스티커가 붙어져 있다. 서동수가 번호를 보고 위광과 정영철, 공장장에게 키를 나눠주었다.

"방에서 기다리시면 여자들이 들어올 겁니다."

위광은 알고 있는 터라 서동수가 둘에게만 말한다.

"위쪽 다이아몬드호텔입니다. 올나이트 요금을 치렀으니까 아가씨들은 내일 아침에 나갈 겁니다. 즐거운 밤이 되시기를."

한국어로 말했지만 위광은 다 알아들은 것처럼 영어로 말을 잇는다.

"서비스가 그만인 아가씨들이오. 이건 오더 기념 행사니까 도장을 잘 찍으시오."

위광의 말을 서동수가 이었다.

"그럼 먼저 가시지요. 저희들은 조금 후에 방으로 가겠습니다."

"예, 그럼 내일 오전에 뵙겠습니다."

자리에서 일어선 정영철이 위광과 서동수를 향해 머리를 숙였다.

"오늘 너무 폐를 끼쳤습니다."

"아닙니다. 내일 뵙지요."

방문 밖까지 둘을 배웅하고 돌아온 서동수에게 위광이 정색하고 물었다.

"아우, 오늘 밤 정말 혼자 잘 건가?"

"예, 형님, 오늘 밤은 내키지 않습니다."

"저 친구는 오입시켜 주고 말이지?"

"예, 형님."

머리를 든 서동수가 초점 없는 눈동자로 위광을 보았다.

"제가 이혼한 가장 큰 이유 중의 하나가 여자 문제였지요."

서유기 - ❷ 승자와 패자

초판 1쇄 : 2014년 8월 20일

지은이 : 이원호
펴낸이 : 박경미
펴낸곳 : 도서출판 황금물고기

등록일자 : 2003년 12월 5일
등록번호 : 제 2013-000213호
주소 : 서울시 마포구 모래내로 83, 한올빌딩 3층
전화 : 02 · 326 · 3336
팩스 : 02 · 325 · 3339
E-mail : baumbook@hanmail.net

ISBN 978 – 89 – 94154 – 30 – 5 04810
ISBN 978 – 89 – 94154 – 28 – 2 (세트)